YOLA
reine déchue du Bassin D'Arcachon

http://www.terresdelouest-editions.fr
email : infos@terresdelouest-editions.fr

ISBN papier : 979-10-97150-93-8
ISBN numérique : 979-10-97150-96-9

Corinne Nadaux CAZADE

YOLA
reine déchue du Bassin D'Arcachon

Uchronie psychologique

1re partie

Le cœur a ses raisons

1
Tout est dans le premier regard

Yola se fraya un passage au milieu d'une foule dense à l'entrée de l'amphithéâtre. Pour son premier cours d'Histoire en troisième année de licence, elle tenait à être au premier rang. Elle voulait voir de près ce professeur nouvellement nommé et dont chacun susurrait qu'il était brillant. Elle prit place sans difficulté, les autres étudiants préférant les bancs du haut. Elle tourna la tête pour observer la nuée colorée se mouvant entre les rangées dans un brouhaha ponctué de rires. Elle n'avait pas d'amis, n'en cherchait pas. D'un tempérament solitaire, elle aimait la compagnie de ses livres. Elle avait choisi l'Histoire parce qu'elle adorait se plonger dans le passé, l'analyser, le décortiquer, l'expliquer et parfois le transformer. Sa période favorite était le XVIIIe siècle. Celui des Lumières où la gloire et le prestige des Rois de France n'étaient que la vitrine de sombres complots et de coups d'État. Depuis qu'elle avait lu la vie de Marie-Antoinette, elle s'était prise à aimer cette femme, à la comprendre, à la plaindre. L'injustice qui avait précipité sa chute lui broyait le cœur. Elle lisait et relisait les écrits racontant ses derniers jours dans un flot de larmes.

Lorsque le silence se fit, elle leva la tête de son bloc-notes où elle traçait nonchalamment des figures géométriques pour passer le temps. Un jeune homme, grand, mince, tenant sa serviette en cuir sous le bras, venait de monter sur l'estrade. Son regard balaya l'assemblée. Un léger sourire étira sa bouche fine, d'une voix claire au timbre chaud, il annonça :

— Bonjour à tous et bienvenue. Je suis, comme vous le savez, votre nouveau professeur d'Histoire pour ce dernier cycle de licence. Je m'appelle – il se tourna vers le tableau et inscrivit son prénom et son nom –, Axel Farsen.

Il resta un instant sans un mot, guettant une éventuelle réaction de son jeune public. Il n'y en eut pas. Sauf de la part de Yola, qui tressaillit sur son banc en entendant le patronyme du professeur. Était-ce une coïncidence, un lien de parenté ? Non, impossible. La similitude était troublante, même si le nom de famille différait légèrement. Elle se hasarda à lever la main pour formuler la question qui lui brûlait les lèvres. Les yeux bleus d'Axel Farsen se posèrent sur elle.

— Oui, mademoiselle ?

— Puis-je savoir de quelle origine est votre nom ?

— Suédoise, répondit-il laconiquement. Et puis-je savoir quel est votre nom mademoiselle ?

— Yola Montignac.

Leurs yeux se rencontrèrent, il lui sourit, elle fut troublée. Dès lors, elle sut qu'elle ne pourrait plus détacher son regard de cet homme dont le charme avait opéré sur elle instantanément. Il était donc suédois… Bien sûr, le nom de famille était légèrement différent de celui qui lui importait au premier chef, mais il n'était pas rare qu'au cours des siècles, les patronymes fussent déformés. Elle allait devoir creuser le mystère qui entourait ce jeune et beau professeur. Peut-être à la fin du cours oserait-elle aller lui parler. Mais sitôt que cette pensée lui eut traversé l'esprit, elle s'inquiéta de savoir si sa curiosité ne serait pas mal perçue. Son professeur en prendrait-il ombrage ? Lorsque ce dernier reprit la parole, elle sut faire taire les mille questions qui la taraudaient. Ce bref intermède n'avait pas semblé perturber l'ensemble des étudiants, occupés pour la plupart à chuchoter entre eux.

— Cette année, je vais déroger un peu au programme imposé. Nous étudierons bien comme prévu le règne de Louis XVI et Marie-Antoinette, mais j'aimerais aller plus loin, et faire en sorte que vous regardiez l'Histoire avec vos propres yeux. L'explication tient en une simple question : s'il vous était possible de changer le cours des choses, quels éléments choisiriez-vous de modifier ?

Les étudiants se regardèrent, muets, ne sachant trop quoi penser.

— Allez ! Qui se lance ?

— La Révolution ? osa une étudiante au second rang.

— Oui, comment ?

— En l'empêchant.

— Mais encore ? insista-t-il, narquois.

— Euh… en donnant du pain aux pauvres !

Un rire général déferla comme une onde dans l'amphithéâtre.

— Allons, allons ! On ne se moque pas. C'est un bon début. Qui a une autre idée ? Vous, jeune homme, qui semblez hilare.

Le garçon pris en flagrant délit de moquerie se redressa en rougissant.

— Ils auraient dû laisser Louis XVI s'échapper lors de la fuite à Varennes.

— Intéressant, répondit le professeur. Autre chose ?

Yola, dans le silence qui régnait tout à coup, annonça timidement :

— Si le complot à l'œillet, visant à faire évader Marie-Antoinette, avait réussi, elle aurait échappé à la guillotine.

— Je vois que vous semblez bien connaître le sujet mademoiselle… Yola.

Ses yeux intrigués scrutèrent la jeune femme.

— Eh bien vous avez l'air d'avoir tous de bonnes idées ! Vous allez donc plancher pendant le trimestre entier sur ces derniers événements ayant conduit à la fin de la monarchie et au début de la Terreur. Vous me rendrez vos écrits après les vacances de Noël. Des questions ?

Des regards dépités le toisèrent, des bouches se tordirent dans une moue d'insatisfaction. Seule Yola, sourire aux lèvres, ne quittait pas le jeune homme des yeux. Subjuguée par son charisme, elle était impatiente et excitée de se mettre au travail.

L'heure de cours étant terminée, chacun se leva, oubliant jusqu'à la présence même du professeur. La centaine d'étudiants remonta les escaliers vers la sortie. Yola rangea ses notes sans se presser, pour profiter encore quelques minutes de la présence de son nouveau maître de conférences. Elle ne s'en apercevait pas, mais tout en classant ses feuillets dans sa serviette, ce dernier l'observait du coin de l'œil. Cette jeune étudiante l'intriguait. Agréable à regarder, elle paraissait à la fois timide et sûre d'elle. Il avait bien vu comme elle le dévisageait pendant le cours, semblant boire ses paroles. Quant à son intérêt particulier pour ses origines, cela ne lui avait pas échappé. Son allusion au complot à l'œillet, dont peu de gens connaissaient l'existence, avait attisé sa curiosité. Pour autant, il n'osa pas approcher d'elle afin de l'interroger. D'une part, il trouvait cela un peu déplacé d'entrer en contact avec l'une de ses étudiantes le premier jour de cours, et d'autre part, il ne voulait pas paraître indiscret. Il attendrait donc pour établir un dialogue qu'elle vienne elle-même lui parler. Il descendit de l'estrade et laissa derrière lui un amphithéâtre quasi vide. Pourtant, au moment de quitter la salle, il se retourna et croisa le regard de Yola. Elle lui adressa un sourire poli, puis remonta l'escalier jusqu'à la porte de sortie réservée aux étudiants.

Yola se hâta de prendre la direction de son studio. À peine arrivée, elle jeta ses habits sur le sofa, ses chaussures au milieu de la pièce et attrapa ses précieux livres consacrés à Marie-Antoinette. Elle ouvrit son ordinateur sur une page blanche et ferma les yeux. L'image de son professeur s'imposa à elle.

Elle devait vérifier quelque chose. Aussi parcourut-elle l'un de ses livres à la recherche d'un portrait du jeune comte Axel de Fersen. Se pourrait-il qu'ils se ressemblent ? Le blond de leur chevelure, le bleu de leurs yeux et leur haute stature en feraient presque des jumeaux, songea Yola. Déjà submergée par de vives émotions et l'esprit vagabond, elle se mit à taper sur son clavier. Ses premières lignes furent pour Marie-Antoinette. Elle commença ainsi :

Enfermée entre les quatre murs exigus de sa cellule à la Conciergerie, allongée sur son lit de fer, Marie-Antoinette entame un long monologue. Les souvenirs de sa jeunesse, de sa vie passée à la cour de France, refont surface.

2
Marie-Antoinette à la Cour de France

J'avais déjà bien du penchant pour les Français, je sens que je serai à mon aise avec eux… Les jeunes filles me jettent des fleurs et des bouquets, il y en a une que je n'ai pu m'empêcher d'embrasser pour toutes les autres, tant elle me paraissait heureuse et criait d'une jolie voix : Vive Monsieur le Dauphin ! Vive Madame la Dauphine !

Ces mots sont ceux que j'écrivis à ma chère mère lors de mon arrivée au royaume de France le 8 mai 1770. Comme j'étais heureuse à cette époque. Je me sentais aimée. J'appliquais à la lettre les recommandations de l'Impératrice Marie-Thérèse, déployant tous les charmes de mon corps et de mon esprit pour être à la hauteur de mon rang et de ma réputation.

Je sais comme la plupart des gens que la Conciergerie est une prison dont on ne sort jamais sinon à l'heure de sa mort. J'accepte donc mon destin, attendant chaque jour d'être conduite devant le Comité de salut public afin d'y être jugée. Jugée de quoi, et pourquoi ? On me reproche d'être Autrichienne, née du sang royal des Habsbourg, d'avoir été choisie pour être Reine de France au côté de Louis XVI le timoré, l'incompris. Mais que pouvais-je faire si l'alliance politique entre nos deux pays ne fut possible que grâce à cette union ?

Depuis ma plus tendre enfance, bien sûr, je me préparais à devenir une princesse. Cependant, jamais je n'aurais pu m'imaginer un destin si exceptionnel. Ma vie à la cour d'Autriche auprès de ma famille me convenait. Dernière-née de seize enfants, ma mère, l'Impératrice Marie-Thérèse, avait pour moi la plus tendre affection. Elle prit grand soin de mon éducation, me confiant aux plus éminents professeurs, tels que l'abbé Métastase, maître d'italien, ou Gluck, maître de musique. J'appris le français, langue que j'affectionnais plus encore que la mienne, car elle était parlée par les Grands de la cour et les diplomates. J'appris aussi très tôt le maintien d'une certaine stature dû à mon rang ainsi que les bonnes manières. La danse avec Noverre, le chant et la déclamation avec Sainville et Dufresne. L'abbé Vermond fut mon précepteur, me surveillant en tous lieux, me corrigeant au moindre écart. Rien ne lui échappait et il avait la totale confiance de ma mère. Je n'entrevis que plus tard les desseins qu'il servait. Ceux de l'Impératrice Marie-Thérèse, qui souhaitait une alliance avec la France contre ses ennemies jurées l'Angleterre et la Prusse. Quoi de plus noble qu'une union entre le Dauphin Louis, petit-fils de Louis XV et moi-même, fille de la grande Impératrice d'Autriche.

Par mes lectures, mes conversations avec l'abbé Vermond, j'appris à aimer la France, l'élégance à la française, le parler français. Lorsque ma mère me questionna sur le caractère particulier des peuples d'Europe et sur le trône que je préférerais si je devais n'en retenir qu'un, je répondis spontanément : *Celui de France.* Étonnée par ma vivacité, elle voulut en connaître la raison. Ayant parfaitement appris ma leçon sur l'Histoire française, je lui répondis : *C'est le trône d'Henri IV et de Louis XIV, dont l'un donne l'idée du bon, l'autre celle du grand.* Elle m'embrassa avec transport, louant mon esprit. Par la suite, elle n'eut de cesse de faire connaître cette remarquable réponse à l'ambassadeur de France, le duc de Choiseul, le priant de la transmettre au Roi.

Mon sort fut scellé le 15 avril 1770, lorsque le duc de Choiseul déposa solennellement la demande en mariage. Dès que le projet se confirma, on m'arracha aux appartements des enfants. Je reçus avec orgueil, je l'avoue, les hommages des gardes nobiliaires autrichiens et hongrois. C'est avec fierté que je lus la lettre que mon futur époux m'adressa ainsi que le médaillon contenant son portrait, que l'on me mit autour du cou. Le protocole voulut qu'une première cérémonie de mariage eût lieu le 19 avril en l'église des Augustins avec, dans le rôle du Dauphin, mon frère, l'Archiduc Ferdinand. À la lettre officielle de Marie-Thérèse, annonçant le sacrement, je dus joindre la mienne. Je l'avais rédigée sous la dictée de mon bon précepteur, à l'attention de *mon très cher grand-père*. J'y faisais état de ma satisfaction et de mon désir de lui plaire...

On m'avait répété que je devais être heureuse et je dois avouer que j'avais fini par croire que je l'étais, pliée docilement aux exigences de ma mère. Ah... cette cour! J'avais rêvé d'y vivre libre, elle allait devenir ma prison.

L'accueil du Roi Louis XV, venu à ma rencontre à Compiègne le 15 mai de la même année, fut chaleureux, paternel, tandis que son petit-fils, le Dauphin, leva vers moi un regard morne, sans empressement, presque somnolent. Il baisa ma joue, selon le protocole, dans une attitude compassée et gauche. Pas un mot ne sortit de sa bouche. J'effectuai le voyage jusqu'à Versailles assise entre mon futur grand-père et mon futur époux. Le premier me parlait avec animation, le second semblait s'ennuyer silencieusement dans son coin.

Le soir, toute la cour soupa au château de la Muette. On me présenta Madame Du Barry, l'indigne favorite du Roi, qui s'assit à ma table. Officiellement, je la trouvai charmante ; officieusement, je fus blessée de ce rapprochement honteux.

À Versailles, le 16 mai, la cérémonie du mariage se déroula comme dans un songe merveilleux. Parée de brocart, de satin, entourée des plus illustres familles de la noblesse française, bénie par l'archevêque de Reims, je devins officiellement Dauphine.

Que n'ai-je vu et interprété les signes de mon funeste destin ? Cette énorme tache d'encre, jaillie de ma plume lors de la signature du registre ; cette tempête empêchant les festivités et le feu d'artifice dans les jardins, ou encore la moitié des Parisiens présents qui avaient fui tumultueusement vers la capitale ; cette effroyable catastrophe, qui causa la mort de milliers de Parisiens ; cette première nuit et bien d'autres après, où mon royal mari, nonchalant et timide, ne sut que faire de moi entre ses draps. Jeune, insouciante, futile, j'ignorai les messages du Divin.

Ma bienveillance, ma noblesse d'âme avaient conquis le cœur des Français, celui des Grands de la cour, celui du Roi et de ma nouvelle famille. Dès les premiers jours, j'entendis que l'on me comparait à la *Vénus de Médicis* ou à *l'Atalante des jardins de Marly*. Le Roi me comblait de sa tendresse, louant ma grâce et ma vivacité d'esprit. Je sentais dans ses propos l'admiration et l'affection d'un père. Louis, tenaillé entre son amour naissant et sa timidité maladive, me gratifiait de gestes d'une tendresse mesurée. Il effleurait ma main de ses lèvres, plongeait ses yeux dans les miens avec douceur. Je me souviens de ce premier baiser empreint de décence, que nous échangeâmes derrière un paravent ! Mais le Dauphin, malgré notre union, ne m'honorait toujours pas de ses faveurs. Aucun de mes charmes ne semblait avoir d'emprise sur ses sens. Son devoir conjugal consistait à entrer dans mon lit et à s'endormir sans un mot, sans une caresse. J'en étais affligée, mais n'osais m'en plaindre. Quelques larmes s'échappaient parfois de mes yeux, je me cachais alors de mes gens pour ne pas dévoiler mes peines secrètes. Un jour, pourtant, je fus si exaspérée par les recommandations d'une de mes dames, s'opposant à ce que je monte à cheval (elle craignait que cela ne m'empêchât de donner un héritier à la couronne), que je m'écriai : « Mademoiselle, au nom de Dieu, laissez-moi en paix, et sachez que je ne compromets aucun héritier ! »

Le bruit courut si vite que dans tous les recoins du château, on chuchota que l'union du Dauphin et de la Dauphine n'était pas consommée. Les mois passants, il tentait maladroitement, mais chaque nuit avec plus de tendresse, de ravir ma virginité. Et après ces essais infructueux, abattu, désolé, il regagnait ses appartements sans un mot. Je confiai à ma mère mes préoccupations conjugales. Elle y répondit en ces termes : « Point d'humeur là-dessus ! » tout en m'encourageant à la persévérance par des *caresses et des cajolis*. Mais bientôt, toute la cour, femmes de chambre, blanchisseuses, gentilshommes, jusqu'aux cours étrangères, furent mis au courant de l'impuissance de Louis. Le pauvre dut subir les railleries au sein même de son entourage. Lorsque le Roi convoqua Lassone, son médecin, auprès de son petit-fils, l'examen qu'il fit mit en évidence un défaut organique insignifiant. Un petit traitement chirurgical devrait rendre au Dauphin son honneur ! Mon pauvre époux ne put s'y résoudre. Il préféra tenter et retenter, bravant l'humiliation, la risée de la cour, et la colère de Marie-Thérèse.

Je dus accepter cet état de fait, travaillant dans le secret de notre alcôve à lui faire approuver cette intervention chirurgicale mineure, dont on chuchotait cyniquement dans les antichambres *qu'elle servirait à lui rendre la voix !*

Heureusement pour moi, j'eus quelques consolations durant ces tristes années, avec l'arrivée des comtesses d'Artois et de Provence, les épouses des deux frères de Louis. Nous formions une société amicale, prenant la plupart de nos repas tous les six. Rapidement, mes belles-sœurs voulurent animer nos réunions familiales par des jeux. Il nous vint l'idée d'apprendre des pièces de comédie du théâtre français. Seul le Dauphin préféra rester spectateur. Bien sûr, cet amusement demeura secret, par peur de la censure de Mesdames filles du Roi et du Roi lui-même. Mon époux sembla prendre plaisir à nous voir nous déguiser. Sa timidité légendaire laissa place au rire et à la bonne humeur. Notre petit théâtre, constitué d'une avant-scène que l'on enfermait dans une armoire et dissimulé dans un cabinet d'entresol, donnait à nos jeux un caractère encore plus confidentiel.

Mais derrière cette innocence juvénile se cachaient les prémisses d'une haine féroce. Provence et d'Artois que j'aimais profondément, que je gâtais par amitié, profitèrent de ma générosité et de ma grandeur d'âme. Ils n'eurent de cesse, comme tant d'autres, de faire chuter leur frère pour s'approprier le pouvoir. Car Versailles nourrissait en son sein des gens à la rancœur tenace. Madame Du Barry d'abord, que mes Tantes s'étaient fait un malin plaisir de me décrire comme une roturière, sotte et impertinente. Sous leur influence, je décidai d'ignorer la favorite. Offensée du peu d'intérêt que je lui portais, de mon obstination à ne pas lui adresser la parole, elle s'ingénia à me discréditer auprès de son royal amant. Voyant le Roi émerveillé par ma gaieté et ma grâce enfantine, elle craignit qu'il ne se tournât davantage vers sa famille et ne lui échappe. Forte de sa condition de favorite et entourée d'une cour hostile à l'Autriche, elle s'acharna à faire tomber le duc de Choiseul. Le 24 décembre 1770, ce bon ministre paya par la disgrâce et l'exil son noble travail dans l'union de la Maison Impériale à la Maison de France. J'en fus abasourdie, mais sur les conseils avisés de mon fidèle conseiller, le comte Mercy-Argenteau, ambassadeur de l'Impératrice et de mon fidèle conseiller, je ne laissai pas paraître ma déception. Je savais que l'intrigue venait de la favorite, je la lui attribuais comme un caprice. Elle avait gagné une bataille, mais pas la guerre.

Dès les premiers mois, l'étiquette en usage à la cour du Roi Louis XV me pesa. Chaque journée était réglée avec minutie. Je me levais entre neuf et dix heures, m'habillais, priais, puis déjeunais. Venait ensuite la visite à mes tantes, sœurs du Roi, chez lesquelles ce dernier se rendait aussi. À onze heures, je rentrais me coiffer pour recevoir le beau monde. Les gens de la cour assistaient au lavage de mes mains, à la pose de mon rouge à lèvres. Une fois les gentilshommes sortis, je m'habillais devant les femmes. À midi, j'assistais à la messe avec le Roi, mes tantes et le Dauphin, à laquelle succédait le repas que nous prenions, Louis et moi, devant tout le monde. Comme nous mangions rapidement, cet affichage ne me pesait pas trop. Le Dauphin regagnait ses appartements et ses occupations. Les miennes consistaient à lire, écrire ou tricoter. À trois heures : nouvelle visite chez mes tantes avec le Roi. Puis, à quatre heures, je rejoignais l'abbé Vermond chez moi pour attendre le professeur de clavecin ou de chant. Après une heure d'exercices, je retournais chez mes tantes avec Louis, ou encore, quelquefois, j'allais me promener dans les jardins. Avant le souper, nous jouions à des jeux de société. Lorsque le Roi ne venait pas dîner chez mes tantes, je l'attendais allongée sur un canapé. À onze heures, je montais me coucher.

Les dimanches ne variaient guère, des offices succédaient aux offices et les soupers publics *au grand couvert* étaient offerts aux visiteurs.

Je n'avais pas quitté l'enfance, le sommeil me gagnait comme un bébé dès que j'étais oisive. Dès onze heures, mon seul souci était de rejoindre mon lit. J'eus bien du mal à m'intégrer dans cette cour formaliste où Madame de Noailles, ma Dame d'honneur, me faisait appliquer à la lettre des préceptes rigides. Sans grande beauté, peu intelligente et sans imagination, elle avait été choisie par le Roi pour m'initier à ma nouvelle vie. Madame *l'étiquette*, comme je la nommais, insistait par exemple pour me faire porter un corset qui empêcherait ma taille de se gâter et mon dos de se déformer. Je lui tins tête, puis abdiquai. J'en souris aujourd'hui, car je lui dois la taille de guêpe dont je fus si fière !

Cette enfance dont j'avais du mal à sortir me poussait vers les enfants. J'adorais jouer avec eux, surtout ceux des domestiques. Combien de fois Madame *l'étiquette* m'a-t-elle trouvée ainsi à quatre pattes, oublieuse de mon rang, mes habits salis et les meubles de mes appartements en désordre ? Elle aurait préféré que je m'intéresse aux deux jeunes sœurs du Dauphin, Clotilde, douze ans, et Élisabeth, six. J'avais d'ailleurs pour cette dernière beaucoup d'affection, car elle avait l'esprit vif et était de surcroît très jolie. Son aînée, douce et raisonnable, était si grasse qu'on la nommait *Gros-Madame.*

C'est auprès des jeunes femmes de la cour que je m'amusais le plus. Facétieuse à souhait, toujours prête à rire, je tenais avec elles des conversations susurrées à l'oreille. Dans ces échanges enfantins, nous nous moquions des dames âgées composant ma maison, leur maintien emprunté, leur rigueur désuète et leur âge canonique !

Mais je ne pouvais me soustraire à mes obligations. Certains soirs je devais *tenir la cour*, c'est-à-dire réunir chez moi les courtisans autour des tables de jeu. J'y présidais le *cavagnole*, qui m'ennuyait à mourir, autant que d'accorder quelques aimables paroles à cette cohorte de caudataires venus me rendre hommage. Ces corvées de représentations m'étaient insupportables, les repas en public me coupaient l'appétit que j'avais déjà bien léger. Je trouvais un subterfuge en faisant accélérer le service, ainsi, les plats passaient si vite devant le Dauphin qu'il n'avait pas le temps d'y toucher. Les courtisans guettaient sa réaction, mais Louis riait de bon cœur, car ces soupers publics lui pesaient autant qu'à moi.

Étouffée par toutes ces convenances, je ne manquais aucune occasion de faire prévaloir ma volonté. Ainsi, c'est en usant de tous mes charmes que j'obtins la présence comme femme de chambre de Madame Thierry et de ses deux enfants, ceci malgré les réticences de Madame *l'étiquette.*

Le Roi aimait à me faire plaisir, j'en profitais pour passer outre l'interdiction de ma mère de monter à cheval en lui demandant son autorisation. Mis au courant par l'ambassadeur Mercy du refus de l'Impératrice, le Roi s'y conforma et, pour me consoler, m'offrit des ânes. Ces montures rustiques ne m'amusèrent qu'un temps. Avec la complicité de Madame Adélaïde, cavalière émérite, un petit complot fut organisé. Dans une clairière, un écuyer m'attendait, tenant un cheval à la longe. Quelques personnes suivaient, prêtes à me rattraper en cas de chute. Ce fut pour moi des moments de pure joie. Lorsque l'ambassadeur le sut, il arriva avec la bouche pleine de reproches. Je lui opposai triomphalement le consentement du Roi et le plaisir qu'avait le Dauphin de partager avec moi son goût pour l'équitation. Je progressai rapidement, coupant ainsi l'herbe sous les pieds de ma mère qui ne put que s'incliner. J'eus donc le droit, l'hiver, de monter au manège, puis de faire des courses de traîneaux, où mon expérience autrichienne me permit de jouer les vedettes. Je passai outre l'interdiction formelle de courir à la chasse signifiée par l'Impératrice grâce aux encouragements du Roi et du Dauphin, qui prenaient plaisir à me voir en habit d'équipage.

Je suis consciente aujourd'hui que, lors des deux premières années passées à la cour de France, mon caractère changea. Je pris de l'assurance dans mes propos et dans mes actes, capricieuse à souhait, autoritaire jusqu'à l'injustice avec mes gens.

12 mai 1774.

Je me souviens encore, après tant d'années, du grondement du tonnerre, de la pluie battant contre les fenêtres, des éclairs faisant pâlir les flambeaux allumés sur l'autel. Le jour qui laissa place à une obscurité terrible déchirée par les éclats menaçant de la foudre. Les chants qui s'élevaient dans la chapelle et la terreur dans les voix comme sur les visages. Cette guerre de tous les éléments, comment ne pas l'associer à la destruction du plus puissant homme qui soit. Nous étions en prière, pleurant à genoux, entre l'autel que nous implorions, le tombeau où descendait notre père, et le trône où nous frémissions de monter.

À l'annonce de la mort du Roi, nous étions dans notre appartement. Un bruit terrible, semblable au tonnerre, se fit entendre. Des flots de paroles incompréhensibles, une mystérieuse rumeur, enflèrent en approchant de nos appartements. La porte s'ouvrit brusquement et Madame de Noailles fut la première à entrer et à me présenter ses hommages. Elle fut suivie par nombre de courtisans qui se pressaient pour exprimer leur respect au nouveau Roi. L'émotion dissipée, je ressentis l'avènement de Louis comme une libération. Malgré les contraintes que le deuil imposait à la cour, je crus naïvement que mon nouveau statut m'accorderait la pleine liberté de mener ma vie à ma guise, en étant adulée, aimée.

Mes premières prérogatives furent de bousculer l'ordre établi, en régnant sur les *Menus-Plaisirs*. Les soupers d'un nouveau genre virent le jour. Le Roi invitait les hommes et moi les femmes. Chaque semaine, deux bals étaient donnés, dont un costumé, ainsi que deux spectacles. À l'opéra, j'étais acclamée.

Lorsque mon frère, l'Archiduc Maximilien, vint me rendre visite sous un nom d'emprunt, je multipliai les réjouissances, omettant de le présenter aux princes du sang. Mais ce tourbillon de fêtes – où, très innocemment, le comte d'Artois, mon frère et moi-même nous moquions des ridicules et des maladroits – ne fut pas du goût de ma mère ni de la cour.

J'ai essayé, oui, que Dieu m'en soit témoin… J'ai

voulu être une bonne épouse, une bonne mère, une reine exemplaire, mais mon imprudence et ma légèreté m'ôtèrent tout crédit tant auprès des nobles que du peuple. Je n'avais pas, selon eux, l'étoffe d'une reine.

Ma très chère mère insistait pour me voir désormais tenir le rôle de confidente auprès de mon époux, en empêchant les brouilleries entre les deux familles, sans lui transmettre aucune recommandation. Mais comment pouvais-je agir de la sorte sans être au fait des affaires de l'État ?

Mon privilège en tant que Reine était de dispenser des charges et des faveurs, pour cela je devais m'intéresser à la politique et à ceux qui la faisaient. Et c'est bien tardivement que je compris que le Roi connaissait le rôle joué par l'abbé Vermond et l'ambassadeur Mercy auprès de moi. Ils étaient les yeux et les oreilles de l'Impératrice. En me conseillant à travers eux, elle maintenait une alliance voulue par Louis XV, mais qu'elle savait désormais fragile sous le règne du nouveau Roi. Ce dernier, ne pouvant couper les liens qui m'unissaient à ma mère, prit le parti de m'écarter de la politique. Dès lors, on fit semblant de me porter du crédit. Bien conseillé par son mentor, le ministre Maurepas, le Roi acceptait les emplois que je proposais, car sans conséquence, pour décider seul des principaux. J'étais consultée en apparence et associée sans que j'y participe, à des décisions allant dans le sens de mes désirs. On me donna l'illusion du pouvoir sans la substance. Avec quelle habileté, connaissant mon goût pour les amusements, mon tempérament primesautier, il s'empressa d'y concourir. Ma société était faite de jeunes gens de mon âge qui partageaient mes goûts et mes distractions. Le Roi avait vu juste, leur influence contrecarra celle des agents de ma mère dont les leçons commençaient à m'ennuyer.

Je me résignai donc à n'être que spectatrice des mouvements des affaires et des vicissitudes de l'État. Ne pouvant être remarquée par de grandes actions, je me contentai de l'être par mes bonnes œuvres. Pour m'y aider, j'avais auprès de moi une amie chère et tendre à mon cœur esseulé, Madame de Lamballe. À ma demande, le Roi l'avait officiellement nommée surintendante de ma maison. Elle se montra digne de sa charge en toutes occasions. Notre amitié était sans faille, je m'épanouissais auprès de son âme gracieuse, de son caractère conciliant, de son esprit naïf.

Mais je me lassai bien vite de la trop grande douceur, de la modestie affichée par Madame de Lamballe, et lui préférai la comtesse Jules de Polignac, née Gabrielle Yolande de Polastron. Elle était jolie, gracieuse, simple. Elle me faisait sa cour sans ostentation. Elle m'aimait pour ma grâce et non pour ma puissance. Je commençai dès lors à lui témoigner ainsi qu'à son entourage proche, ma reconnaissance et mon attachement par des récompenses éclatantes et des faveurs extravagantes.

Quant à mon pauvre époux, trop incrédule, trop timoré, ayant reçu une éducation plus privée que politique, indolent et trop sérieux, il mit sept années à s'épanouir à mes côtés. Sept années de résignation, de patience pour gagner le cœur et la confiance de ce monarque solitaire. En acceptant de subir l'intervention chirurgicale qui devait faire de lui un *homme*, il réussit enfin à honorer notre union. Je fus mère pour la première fois le 19 décembre 1778 en mettant au monde une petite fille que l'on prénomma Marie-Thérèse-Charlotte, *Madame Royale.*

Mais la joie du Roi ne fut à son comble, ainsi que celle

de la nation, de la bourgeoisie et des grands de la cour, que lorsqu'en 1781, je mis au monde Louis-Joseph, le futur héritier du trône. Il me sembla à cet instant que tous, nous formions une grande famille. L'arrivée de cet enfant changea le caractère du Roi. C'est dans des larmes de joie qu'il me dit : «Madame, vous avez comblé mes vœux et ceux de la France, vous êtes mère d'un Dauphin.» On me rapporta que les gens s'embrassaient dans les rues, que la foule se pressant dans les cours du château criait un : «Vive le Roi, la Reine et Monseigneur le Dauphin.»

En 1785 et 1786 vinrent Louis-Charles et Sophie. La naissance de nos enfants nous avait rapprochés, Louis et moi. Il se révéla être un père affectueux bien que peu démonstratif, j'étais une mère attentive, aimant jouer avec eux. C'est pour mes deux fils que j'eus le plus d'attachement. Leur aînée, Marie-Thérèse, était à mon grand désespoir une enfant quelque peu orgueilleuse, *Madame sérieuse*, comme je la nommais, qui souriait rarement et manquait de modestie. Je l'obligeais à vivre et à se vêtir comme les enfants des domestiques avec lesquels elle était élevée. Je ne doute pas de sa rancœur envers moi et de sa jalousie à l'égard de ses frères.

Louis-Charles fut plus vigoureux que son frère aîné qui décéda en 1789. Le malheur ayant déjà frappé puisque ma petite Sophie nous avait quittés en 1786, quelques mois après sa naissance.

3
Et si l'Histoire nous rapprochait ?

Yola, les doigts engourdis par une frappe incessante, enregistra son document et éteignit l'ordinateur. Épuisée, elle se coucha sans manger. Les yeux mi-clos, ce visage aux traits réguliers, dont le regard céruléen l'avait enveloppé de douceur, s'imposa à elle. L'avait-il vraiment observée ainsi ? Ou était-elle seulement hypnotisée par son charme ? Elle se répéta son prénom : Axel… Axel. Décidément, la coïncidence était trop flagrante pour en être une. Elle se promit, dès le lendemain, de percer ce mystère. Le sourire aux lèvres, elle s'endormit, ses bras entourant amoureusement l'oreiller.

Elle fut la première à pénétrer dans l'amphithéâtre. Comme la veille, elle s'installa au premier rang ; tout à la fois anxieuse et excitée, guettant sa venue. Les étudiants déferlèrent par petits groupes, s'asseyant bruyamment sur les bancs supérieurs. Une jeune femme prit place à côté d'elle. Elle lui sourit et se présenta :

— Je m'appelle Johanna, et toi ?

— Yola. Enchantée.

— Tu es de Bordeaux ? demanda-t-elle.

— Non, je viens de Gujan-Mestras. Et toi ?

— Libourne. Tu y es déjà allée ?

— Non, jamais. J'ai quitté ma ville natale pour la première fois il y a deux ans, c'est à peine si je commence à connaître Bordeaux. Je ne t'avais jamais vue jusqu'à présent, tu n'as pas commencé le cursus en première année ?

— Non, j'ai fait *Lettres modernes* et j'ai bifurqué en double licence. Et toi, tu as pris quoi comme option ?

— Lettres aussi.

Cette fille était joviale et très sympa. Cette conversation et ce ton amical n'étaient pas dans ses habitudes, mais il n'était pas non plus pour lui déplaire. Se pourrait-il que cette Johanna devienne son amie, et transcende le caractère austère de la vie de Yola depuis son entrée à la fac ? Elle la gratifia d'un sourire de contentement.

Axel entra, sa serviette en cuir glissée sous le bras. Yola sentit alors son cœur battre la chamade. Allait-il jeter un oeil dans sa direction ? Le professeur monta sur l'estrade, déposa ses documents sur le bureau, son regard balaya l'assemblée, s'arrêtant un instant sur Yola. Était-ce elle ou avait-elle bien perçu le petit sourire lancé à son attention ? Peu lui importait, elle était tout à coup seule au monde, submergée par un frisson de plaisir. Le temps que dura le cours, elle entendit plus qu'elle n'écouta les paroles sortant de sa bouche. Elle regarda sans les comprendre les phrases que ce dernier écrivait au tableau. L'heure se déroula sans qu'elle en prenne conscience si bien qu'elle sursauta lorsque les voix et les rires des étudiants quittant l'enceinte atteignirent ses oreilles. Johanna rejoignit le groupe en lui lançant :

— À plus tard, Yola.

Elle rassembla ses feuillets en s'apercevant, honteuse, qu'elle n'avait rien noté. La marée humaine ayant déserté les lieux, elle entendit une voix l'interpeller :

— Mademoiselle Montignac, puis-je vous parler ?

Un peu impressionnée par le ton solennel, elle s'avança jusqu'à l'estrade.

— Oui, monsieur, répondit-elle sans oser le regarder.

— Vous ne m'avez pas paru très attentive pendant le cours, le sujet ne vous passionne plus ? Où est-ce parce qu'il n'a aucun secret pour vous, que vous n'avez pris aucune note ?

— Non, pas du tout ! Je suis très intéressée, mais... l'exercice que vous nous avez donné occupe toutes mes pensées, mentit-elle.

— Oh, je vois. C'est bien, mais vous ne devez pas en oublier le sujet général de ce semestre. Si vous n'écoutez pas pendant les cours, vous aurez des lacunes qu'il vous faudra combler par un travail personnel supplémentaire.

— Oui, je sais... Je vous remercie de votre sollicitude, répondit-elle en rougissant de plus en plus. Elle se sentit idiote, comme une enfant prise au piège de ses sentiments inavouables. Mais une petite lueur de satisfaction éclaira ses prunelles, car elle en était certaine, il l'avait observée durant tout le cours !

— Puis-je connaître le thème que vous avez choisi ? demanda-t-il

— Le complot à l'œillet.

— Il y a là matière à transformer le déroulement de l'histoire, en effet. Vous semblez porter beaucoup d'intérêt à cette anecdote, en connaissez-vous les protagonistes ?

— La plupart. J'ai une affection particulière pour Marie-Antoinette, et son injuste destin. Elle ne méritait pas d'être guillotinée.

— Je suis bien d'accord avec vous. Pour son plus grand malheur, elle fut entourée de gens peu scrupuleux, haïssant la monarchie et ceux qui la représentaient. Ses proches, ceux qui l'aimaient, n'eurent pas assez de pouvoir pour la sauver, malheureusement.

— Axel de Fersen par exemple, osa Yola timidement.

Le professeur marqua un temps d'arrêt pour observer la jeune fille. Elle le regardait avec intensité, guettant sa réaction. Il baissa la tête, ses yeux fixant le bureau, avant de répondre :

— Oui, par exemple. Il fut un ami fidèle, mais ne put lui venir en aide. Lâché par son pays, par les cours étrangères, il fut le témoin impuissant de cette tragédie…

Il n'ajouta rien et tous deux restèrent silencieux, comme murés dans leur propre tristesse. Yola, de plus en plus intriguée par la similitude de son patronyme, se jeta à l'eau en demandant :

— Vous êtes Suédois, professeur… Est-ce une coïncidence que vos nom et prénom ressemblent à ceux du comte Axel de Fersen ?

— Je savais que cela ne vous avait pas échappé. Mais il est tard et je suis attendu. Nous parlerons de tout cela une autre fois. Au revoir, mademoiselle Montignac.

Il avait à peine terminé sa phrase qu'il avait déjà disparu. Elle souffla un « au revoir Professeur Farsen » inaudible.

Une joie profonde l'envahit cependant à l'idée que son professeur l'avait observée pendant le cours. Qu'il avait remarqué son manque de concentration, et qui sait, sa rêverie. Il était donc attentif, se souciait d'elle. Il lui paraissait évident que son professeur n'avait d'yeux que pour elle. D'ailleurs ne lui avait-il pas seulement parlé à elle ? Elle commençait intimement à penser que des sentiments particuliers étaient susceptibles de germer en lui. D'ailleurs, chaque fois qu'ils étaient en présence l'un de l'autre, tout dans son attitude le lui prouvait.

Le sourire aux lèvres, elle rejoignit le groupe d'étudiants agglutinés devant la cafétéria. Elle observa Johanna papillonnant au milieu de l'essaim de garçons et de filles. Sa joie de vivre et son rire semblaient communicatifs, car tous riaient avec elle. Elle n'aimait pas se mêler aux autres, c'est donc tout naturellement qu'elle resta en retrait. Elle avala un sandwich et commanda un thé vert. Comme elle avait cinquante minutes à tuer avant le début du prochain cours, elle entreprit de faire un saut à la bibliothèque où elle en profita pour rattraper les informations qu'elle avait si peu écoutées. Puis, impatiente de se replonger dans la vie de Marie Antoinette, elle décida de faire l'impasse sur cette dernière heure afin de s'attaquer au sujet qui la passionnait au plus haut point.

Une nouvelle fois, face aux premières pages qu'elle avait tapées la veille, elle ferma les yeux. La voix de Marie-Antoinette, au léger accent dont elle ne s'était jamais départie, se substitua à sa propre voix intérieure. Elle la laissa prendre sa place, comme pour la guider dans le labyrinthe de ses souvenirs.

4
Le déclin de la Royauté

Évoquer ces moments de bonheur m'attristait. Car si la douceur de mes jeux, la futilité de ma jeune vie de Dauphine, puis la maternité, m'empêchèrent de me préoccuper du sort du royaume, elles n'écartèrent pas le funeste destin qui était en marche.

Je n'avais guère la notion de mon manque de discernement et de mes enfantillages. J'imposais mes volontés, confondant mes caprices avec les intérêts du Royaume. Je fus traitée par les uns d'étrangère cupide, par les autres de jeune femme frivole, plus occupée par ses toilettes que par le bien-être de son peuple. À la différence de mon frère Joseph II, qu'on louait pour sa simplicité et pour son respect des traditions de l'Empire, moi je me refusais à cette représentation permanente. Je me voulais princesse sans royaume, libre d'être présente ou non, au gré de mes désirs. Que n'ai-je compris l'importance du respect des usages de la cour… En me soustrayant aux yeux du peuple admis à pénétrer à Versailles, je donnais consistance à la rumeur qui courait sur *ma folle vie de dissipation et de luxure*. La légende avait pris forme : si je me cachais, c'était pour m'adonner *à d'inavouables penchants, pour assouvir mes plaisirs*. La conséquence en fut un manque de respect de la cour et une défiance des grands. Les courtisans commencèrent à se plaindre du peu d'égards que je leur témoignais. Bien vite, je n'attirais auprès de moi que les ambitieux et les cupides. Je ne me préoccupais guère des compétences de ceux que je protégeais. Comme des pions sur un échiquier, je discréditais ceux qui dérangeaient mes amis, pendant que Maurepas, fidèle conseiller de Louis, se faisait l'avocat du diable.

Depuis 1776, la situation intérieure du Royaume ne cessait de s'aggraver. Les finances périclitaient, le déficit dépassait les cent millions de livres. Le ministre Calonne proposa une refonte de la fiscalité royale en soumettant chaque français à l'impôt. Le Roi réunit les notables, sans conviction de leur pleine adhésion à ce plan de sauvetage qui supprimerait nombre de privilèges. Je restais indifférente à ce grave problème.

C'est avec l'*Affaire du Collier*, en 1785, que je pris conscience de la haine et de l'hostilité qui régnaient à la cour. Je préfère chasser de ma mémoire ce scandale qui entacha ma personne pour toujours. Si l'on disait déjà de moi que j'étais une intrigante, une manipulatrice, de surcroît une comédienne, l'ignoble complot ourdi par la comtesse de La Motte-Valois et relayé par l'incrédulité du cardinal de Rohan convainquit l'opinion publique de ma culpabilité.

La cour ne m'intéressait plus. Je rêvais de simplicité, de naturel et d'intimité. C'est au petit Trianon, charmante maison de campagne qui m'appartenait en propre, que je trouvais mon havre de paix et de liberté. Le domaine se transforma et évolua au long des années jusqu'à être figé par la Révolution. J'aimais le changement; l'immobilité et la permanence m'ennuyaient. J'étais une enfant gâtée, je n'avais jamais cessé de l'être. Le Hameau de Trianon fut pour moi un jouet modelable à souhait, dont le coût et les efforts entrepris pour l'embellir ne me soucièrent guère. Les jardins conçus en promenades offraient aux regards un grand rocher et une rivière, une chapelle et deux collines jumelles couronnées d'un élégant belvédère. Sur un îlot au milieu du cours d'eau, noyé parmi des fleurs, s'élevait un joli Temple de l'Amour. La grotte ne fut pour moi qu'un endroit de recueillement, de solitude, dont j'étais seule à posséder la clé de la grille. Je poussais l'impertinence jusqu'à changer mes tenues vestimentaires pompeuses pour des robes en lin blanc. Déserter la vie de la cour, avoir une existence autonome, délaisser mes obligations monarchiques, ne me fut pas pardonné par le peuple. Je payais très cher d'avoir préféré être Reine de Trianon plutôt qu'épouse du Roi de France.

Dans les mois et années qui suivirent, les finances publiques continuèrent de chuter, le peuple criait famine et il lui fallait un responsable. Qui mieux que moi, Reine volage, scélérate aux yeux de tous, pouvait endosser tous ces crimes ? Je fus nommée vulgairement : *Madame déficit !* Le mécontentement à mon égard gagna la cour. Des boudoirs jusqu'à la Galerie des Glaces, je ressentais une froide hostilité. On me siffla au théâtre, lorsque j'y revins après l'affaire du collier. Le lieutenant de police me fit savoir que je n'étais plus la bienvenue à Paris. Je ne cessais de me répéter : *Que me veulent-ils ? Que leur ai-je fait ?*

Réveillée de mon engourdissement, consciente d'avoir négligé les conseils avisés de mes proches, je dus prendre des décisions draconiennes en réduisant mon train de maison. Je diminuai les dépenses de garde-robes, d'écuries, de jeux de société. Je renvoyai mademoiselle Bertin, ma modiste. Le Roi fit de même en vendant quelques châteaux et en interrompant la transformation de celui de Saint-Cloud. Il supprima quelques charges inutiles, en commençant par celles de mes favoris à Trianon. En abaissant les privilèges, je me rendis compte du peu d'amis qu'il me restait. Car tous ceux que j'avais comblés de bienfaits avaient fini par se détourner de moi.

Les années passèrent, les officiels se succédèrent. De Maurepas, mentor de Louis à la mort de son père, en passant par Vergennes aux Affaires étrangères, Turgot aux Finances, puis Calonne et Loménie de Brienne, la France vit défiler nombre de ministres. Mais l'impopularité de ce dernier, qui passait pour être à mon service, retomba sur moi. Dans tout Paris, on lançait des invectives contre le Roi, la Reine et les ministres. Partout on réclamait la réunion des états généraux pour connaître les doléances du peuple.

Louis n'y était pas favorable et moi non plus. Mon rôle à ses côtés devint plus palpable. Les ministres me tenaient au fait des affaires de l'État et j'avais en charge le classement de leurs rapports destinés au Roi. Lorsque j'allais à leurs comités particuliers, je traversais seule l'œil-de-bœuf. Un jour, j'entendis un musicien de la chapelle s'exclamer haut et fort : « Une reine qui fait son devoir reste dans ses appartements à faire du filet ! »

Je pensais en moi-même : *Malheureux, tu as raison, mais tu ne connais pas ma position. Je cède à la nécessité et à ma mauvaise destinée.*

Je pris ma première décision politique en agissant à la place du Roi qui semblait avoir renoncé à gouverner. J'incitai Loménie de Brienne à démissionner et convainquis Louis de rappeler Necker. Ce qu'il fit. Le 5 mai 1789, sur ses conseils, le Roi convoqua les états généraux. Mais si ce printemps devait voir la réconciliation entre le Roi et ses sujets, il fut pour moi le pire des souvenirs.

L'assemblée s'ouvrit pour régler la crise financière. Le Roi proposa ses mesures : à l'avenir, le clergé, la noblesse et le tiers état voteront les impôts et les emprunts, et établiront un budget. Tous seront égaux devant les taxes, la liberté de la presse sera accordée, le servage aboli, la justice et les douanes réorganisées. Les trois états devront siéger indépendamment.

La noblesse se retira satisfaite alors que le clergé et le tiers état restèrent muets. Ce dernier décida de prendre le nom d'Assemblée des communes afin de vérifier les pouvoirs. Ce qui conduisit à un refus de l'alliance par le clergé et la noblesse. Les députés du tiers état se constituèrent alors en Assemblée nationale. Le Roi, constatant que les états généraux lui échappaient, fit fermer la salle où se réunissaient les députés. Au coup de force du Roi, répondit un véritable coup d'État. *Le serment du Jeu de Paume*, que signèrent les députés dans la grande majorité le 20 juin, fut l'engagement de donner à la nation une Constitution. Le Roi avait ordonné le retrait des troupes militaires et un climat de frayeur s'instaura à Versailles.

Après la prise de la Bastille, le 14 juillet, qui fut l'occasion pour une poignée d'hommes de s'emparer d'armes et de munitions, le Roi eut l'obligation de se rendre à Paris, à l'Hôtel de Ville, où le nouveau maire, Bailly, lui remit une cocarde tricolore qu'on lui demanda d'accrocher à son chapeau. Son acceptation provoqua l'enthousiasme de la population parisienne. Le peuple s'écria : *Vive le Roi !* Chacun était resté digne, aucune agitation n'avait fait frémir la foule, le Roi rejoignit Versailles sans encombre et soulagé.

Un feu couvait pourtant, qu'on ne pouvait éteindre. Dans les mois qui suivirent, toute la France prit les armes et s'organisa en armée nationale. La terreur se répandit comme une traînée de poudre et l'on vit bien vite l'habit militaire apparaître à Versailles. Des valets aux musiciens, tous furent transformés en lieutenants ou capitaines. Des factieux firent circuler de fausses rumeurs annonçant le départ du Roi, de sa famille et de quelques ministres dans une place forte.

Je ne pouvais imaginer que, dans cette colère, au milieu de cette vindicte populaire, les Français étaient simplement à la recherche de leur liberté. Je dus, pour faire allégeance, me séparer officiellement de mes plus proches amis. Je vis partir tous ceux qui m'avaient entourée dans ma jeunesse : les Polignac et le comte d'Artois, exilés pour toujours du pays, puis le prince de Condé, le prince de Bourbon, les ministres et l'abbé Vermond. Avec leur départ, je dis adieu aux joies délicates et aux tendres plaisirs. Après avoir tant aimé l'agitation de Versailles, je ne devais plus écouter que le silence froid et lugubre qui traversait les grandes pièces vides du château.

Il est vrai que pendant ce temps, le bon peuple de Paris criait famine. Obligé de faire la queue des journées entières pour un morceau de pain, le 5 octobre 1789, en se rendant en masse à Versailles, ce dernier réclamait justice. Les premiers rassemblements aux grilles du palais furent ceux des poissardes. Vêtues de tabliers blancs, armées de couteaux et de fourches, elles envahirent l'ensemble du domaine. Elles nous invectivèrent, réclamant la tête de *l'Autrichienne.* Que d'obscénités et d'horribles menaces dues à l'ignorance et la cruauté furent ce jour-là prononcées à mon égard !

Pour calmer la foule, le Roi fit transférer du grain des communes voisines jusqu'à la capitale. Mais cela n'y suffit pas. Le lendemain, nous fûmes contraints de quitter Versailles pour les Tuileries. Après sept heures de marche, le convoi royal fit son entrée dans les jardins.

Le vieux château grouillait d'une foule disparate,

composée de fonctionnaires de la cour, de grands seigneurs, de dames de haut rang, de musiciens agglutinés sur les sept étages de la bâtisse. Tout ce petit monde débarrassa les lieux en un rien de temps afin de nous laisser la place. Nous devions y demeurer pendant deux années, sous une étroite surveillance.

Alors que la monarchie vacillait, la Révolution grondait encore. Nous étions en grand danger, il nous fallait fuir. Qui mieux que le comte de Fersen pouvait organiser notre évasion ? Par loyauté pour le Roi, par amour pour moi, Axel mit tout en œuvre pour nous sauver. Mais notre destin était en marche, rien ne pouvait entraver son issue dramatique.

La fuite vers Varennes ne fut qu'une suite de malentendus, de méprises, d'incompréhension entre les différents acteurs de cette échappée nocturne. Après vingt-quatre heures d'un voyage presque bucolique à travers les campagnes, pendant lesquelles le Roi, paré d'anonymat, découvrait ses sujets, nous fûmes rattrapés par la Garde nationale.

Le retour se fit accompagné d'un immense tumulte, du hurlement de la horde des paysans, nous dressant tout au long de la route une haie, non d'honneur, mais de mépris. À l'entrée dans la capitale, ce fut le silence qui nous accueillit. Les Parisiens nous en voulaient de les avoir abandonnés. La foule était sombre, muette. Quant à la Garde bordant la chaussée, fusil renversé, crosse en l'air comme lors d'un enterrement, ces derniers nous regardèrent passer presque indifférents au sort qui nous était réservé. Partout sur les toits de Paris, des hommes, des femmes, des enfants nous suivaient les yeux emplis de haine.

Nous fûmes désormais prisonniers, gardés jusque dans nos appartements, sans autorisation de sortie.

Notre fuite eut pour conséquence la création d'un parti républicain, alors même que l'Assemblée était encore royaliste. Cette nouvelle Assemblée républicaine n'avait qu'un objectif, abolir la royauté. Une seule solution : la guerre avec l'Autriche.

Le parti de la *Montagne*, dont les membres participaient aussi au *Club des Jacobins*, se montrait favorable à la guerre, sous l'influence de plusieurs députés du département de la Gironde, comme Jacques-Pierre Brissot. Ses partisans, les *Brissotins*, espéraient comme lui que la guerre obligerait le roi à prendre parti pour ou contre la Révolution. Louis XVI, qui ne se résignait pas à un rôle de figurant, poussait à la guerre en espérant que la victoire des souverains restaurerait son pouvoir absolu.

Je me suis donc réjouie du conflit entre l'Autriche et la France, car dans l'évidente victoire des princes alliés, de cette nation qui coulait encore dans mes veines, je voyais la restitution de la France à son Roi, de la monarchie à son monarque.

Mais notre avenir était aux mains d'un peuple sanguinaire corrompu par des bourgeois avides de pouvoir. *La Révolution fut plus l'ouvrage des parlements séditieux, des nobles philosophes, du clergé dégénéré que du peuple seul.* Ce dernier, à travers les pamphlets qui inondaient Paris, ne fit que suivre les conseils menant à l'assaut d'une forteresse déjà assiégée.

Le 13 août 1792, à six heures du soir, nous fûmes conduits à la prison du Temple, sous le regard du peuple triomphant.

Pour aller de la royauté absolue à l'Assemblée nationale, il a fallu des siècles, de l'Assemblée nationale à la Constitution deux ans, de la Constitution à l'assaut des Tuileries quelques mois, et de l'assaut des Tuileries à la captivité : trois jours seulement…

5
Je suis sûre qu'il m'aime

Yola alternait depuis trois semaines ses cours et ses moments d'écriture. Dans une sorte de frénésie, souvent les larmes au bord des yeux, elle tapait les extraits de conversation entre «sa» Reine et son entourage. Portée par sa passion et la voix d'outre-tombe qu'elle était certaine d'entendre, elle noircissait les pages blanches de son logiciel de traitement de texte, avec les sentiments sublimés et les souffrances muettes de cette femme incomprise.

Elle n'avait pas eu l'occasion de reparler en tête à tête avec son professeur. Il semblait l'éviter, bien que parfois elle sente ses yeux s'appesantir sur elle. Guettait-il ses moments de rêveries pour lui en faire à nouveau le reproche? Non, car lorsqu'elle croisait subrepticement son regard, elle n'y voyait que douceur et bienveillance. Quant à elle, ses yeux aux éclats noisette brillaient pour lui du feu d'un amour inavouable. Comment cet homme qu'elle ne connaissait pas ou si peu, pouvait-il lui faire autant d'effet? Elle avait le vertige, son cœur palpitait, une sorte de frisson parcourait le bas de son ventre, dès qu'il pénétrait dans l'amphithéâtre. Elle voulait en savoir davantage sur le mystère qui entourait ses origines. Elle décida de tenter à nouveau sa chance à la fin d'un cours. Elle avait pris soin de vérifier son emploi du temps. Il n'avait aucune autre intervention à la suite de celle-ci. Elle décida de tenter sa chance.

— Professeur Farsen, je peux vous parler ?

Axel tressaillit en entendant sa voix. Il était à la fois heureux et mal à l'aise qu'elle l'aborde. Conscient de l'intérêt qu'il suscitait, du trouble qu'il lui causait, il avait évité tout dialogue avec elle depuis plusieurs jours alors qu'il appréciait pourtant sa curiosité d'historienne en herbe. Cachant son émotion, le sourire aux lèvres, il répondit d'un ton détaché :

— Oui, mademoiselle Yola, que puis-je pour vous ?

— Eh bien, je me demandais… si… vous pourriez m'éclairer sur… la relation entre Axel de Fersen et Marie-Antoinette. J'ai… un peu de mal à avancer dans mon devoir.

Elle avait débité son mensonge en avalant sa salive à chaque phrase, le feu envahissant ses joues. Il l'observa, mi-amusé, mi-intrigué. Cette fille avait de la ressource, elle ne manquait pas d'imagination. Ce n'était pas pour lui déplaire !

— Oui, bien sûr, que voulez-vous savoir ?

— Dans les ouvrages que je consulte, il est dit que Monsieur de Fersen avait eu une liaison avec Marie-Antoinette, vous en pensez quoi ?

— Que seule l'amitié qui les animait est importante, le reste n'est que spéculation d'historiens. Faites-vous votre propre opinion. Si vous revisitez l'Histoire de France et la vie de cette digne princesse, imaginez, laissez parler votre cœur. Qu'auriez-vous aimé qu'il se passe entre eux ?

— Oh, une belle histoire d'amour secrète, un amour inavouable ! Une passion exaltante au-delà des conventions, de la morale ! Bref, tout ce qu'une femme rêve de vivre…

Yola s'interrompit en voyant le regard amusé de son

professeur. Se moquait-il ? Elle fronça les sourcils, se rembrunit et baissa les yeux. Axel fit un pas vers elle. Jusque-là, par convention, ils étaient restés à la distance respectable l'un de l'autre. À savoir assez loin pour ne pas se toucher. Axel décida de s'affranchir des règles et s'approcha, releva son menton entre son pouce et son index, scruta ses pupilles qui se dilatèrent en rencontrant la lumière de l'extérieur et lui dit de sa voix la plus douce :

— Ne rougissez pas de vos sentiments, Yola, ils sont nobles. J'aime à penser que ce qui liait Axel de Fersen à Marie-Antoinette était plus que de l'amitié. Ils avaient l'un pour l'autre un amour profond, intemporel, qui les a fait souffrir plus qu'il ne leur a permis d'être heureux. Continuez sur cette voie, il me plaît de savoir qu'une personne sensible et passionnée rend hommage à leur amour.

— Vous semblez vous aussi très « concerné » par leur destin. Vous ne voulez toujours pas me dire quel est votre lien avec Monsieur de Fersen ?

Axel fit un pas en arrière, comme piqué au vif sur un sujet qu'il se refusait à aborder avec une inconnue, une élève de surcroît : sa vie privée. Il regarda Yola intensément. Le cœur serré, la voix traînante, il répondit :

— Un jour, peut-être… veuillez m'excuser Yola. Travaillez bien, à lundi !

Une nouvelle fois, il s'éclipsa rapidement, laissant la pauvre Yola seule avec ses interrogations, sa honte, et un amour fou qui ravageait son petit cœur. Mais un fin rayon de soleil l'avait réchauffée lorsqu'il l'avait appelée par son prénom. « Yola », il avait dit « Yola » et non « Mademoiselle Yola ». Il avait relevé son menton de ses doigts doux, lentement, comme pour un premier pas vers une intimité naissante.

C'était un bon début. Il ne fallait pas le brusquer, l'effaroucher, sans quoi il se refermerait comme une huître. Qu'est-ce qui le troublait à ce point dès qu'elle abordait le sujet de ses origines ? Être un descendant de la famille de Fersen était-il si difficile à porter ? Car elle en était sûre : il avait un lien avec cet illustre personnage. Son embarras dès qu'elle avait posé la question, sa fuite prétextant un rendez-vous pour ne pas s'expliquer, tout témoignait de son appartenance à la lignée des Fersen. En avait-il honte ? Souffrait-il de l'amour de son parent pour une reine ? Trop d'interrogations taraudaient l'esprit de Yola. Elle décida de ne plus y penser et de reprendre ses recherches pour sa composition. « un jour peut-être », avait-il dit. Elle allait devoir s'armer de patience.

Comme tous les vendredis soir, elle prit le train qui la conduisait chez elle, sur son Bassin d'Arcachon qu'elle aimait tant. C'était le seul endroit au monde où elle pouvait se ressourcer, se détendre et rêver à sa guise. Ses parents, ostréiculteurs depuis plusieurs générations, possédaient une jolie maison près du port de Larros, à Gujan-Mestras. Son père, Jean, en avait hérité à la mort de ses parents, dont il s'était occupé, avec son épouse Marguerite, jusqu'à leur décès. Maggy, comme tout le monde l'appelait, était originaire des Landes. Fille de fermiers, plus attirée par l'océan que par les prés, elle avait embrassé la carrière de Jean avec enthousiasme, dès leur première rencontre. Depuis trente ans, ils partageaient leur amour pour la mer et les huîtres. Bien que ce métier fût difficile et harassant pour une femme, Maggy ne se plaignait jamais. Sa force de caractère, sa bonne santé et sa joie de vivre lui permettaient de mener de front son emploi, l'entretien de la maison et l'éducation de leur fille unique. Jean, honnête et travailleur, n'était heureux que sur son bateau ou sur ses parcs à huîtres. Il en surveillait la croissance comme on surveille celle d'un enfant. Oui, ces mollusques étaient un peu ses bébés, il les nettoyait, les calibrait, les choyait bien plus qu'il n'avait câliné Yola durant toute son enfance. Timide et peu enclin aux effusions de sentiments, il n'en faisait jamais montre, n'avait simplement jamais appris à le faire. C'était solitaire, un rêveur, mais Yola l'aimait tel qu'il était. Depuis son plus jeune âge elle avait pris l'habitude de l'accompagner sur les parcs. Dans ces moments où elle l'écoutait lui parler du milieu marin, de la naissance d'une huître, lui raconter les marées, et lui décrire les différentes espèces d'oiseaux, elle se sentait en harmonie avec lui. Même s'il lui avait communiqué son amour de l'océan, cette attirance n'avait pourtant pas été suffisante pour lui donner envie d'y faire carrière. De son côté, sa mère lui avait transmis très tôt le goût de la lecture et surtout de l'Histoire. Après son baccalauréat, il lui apparut comme une évidence qu'elle devait s'orienter vers la faculté, décrocher une licence ou un master en Histoire, puis enseigner. Son père tordit un peu le nez en l'apprenant, mais, respectueux des volontés de sa fille bien-aimée, convaincu par les arguments de Maggy ralliée à sa cause, il accepta son départ pour Bordeaux.

C'est le cœur léger que Yola avait entamé son parcours universitaire. Bonne élève, elle avait réussi ses examens sans difficulté. Sa propension à étudier et sa nature solitaire ne l'avaient pas incitée à se faire des amis. Elle vivait seule dans son studio de dix-huit mètres carrés, ne recevant jamais personne. En de rares occasions pourtant, il lui arrivait de rejoindre les quelques camarades rencontrés sur le campus au gré de ces trois années d'études, pour boire un verre. Pas de petit ami, donc… Seuls quelques flirts avaient jalonné sa vie d'étudiante. Peut-être parce qu'elle n'avait jamais rencontré le grand amour, le cœur qui palpite lors de ses rendez-vous amoureux. Une attirance pour la beauté d'un prétendant, l'excitation d'un baiser, d'une main qui la caresse, puis le sentiment de perdre son temps, de s'ennuyer avec de jeunes adultes immatures.

Elle devait bien s'avouer qu'avec Axel, les choses étaient différentes. Elle frissonnait en l'apercevant, rougissait dès qu'il posait ses yeux sur elle. Son esprit, lorsqu'il n'était pas entièrement phagocyté par Marie-Antoinette, dérivait voluptueusement vers cet homme qu'elle trouvait particulièrement à son goût, avec ce charme mystérieux, qui faisait chavirer son cœur.

Yola revint à pied de la gare. Elle poussa le portillon blanc donnant sur l'allée en gravillon de la maison familiale et ouvrit la porte d'entrée. Puis, comme chaque vendredi, elle déposa son sac lourd de linge sale dans le couloir. Le calme régnait à l'intérieur. Une bonne odeur de soupe de légumes fit frémir ses narines.

— Maman, c'est moi !

— Ah ma chérie, viens, je suis dans la cuisine.

Sur le pas de la porte, Yola observa sa mère face à l'évier. Elle la trouvait belle avec son tablier à fleurs cintré sur son jean et ses cheveux aux reflets châtaigne serrés dans un chignon. À cinquante ans, malgré quelques rides froissant le coin de ses yeux bleus, elle conservait un charme fou. Elle se retourna, essuya rapidement ses mains humides. Dans un large sourire, elle ouvrit les bras pour étreindre sa fille. Yola s'y blottit et déposa un baiser dans le cou de Maggy.

— Comment vas-tu, ma petite fille ? Ta semaine s'est bien passée ? Tu n'es pas trop fatiguée ? Je t'ai préparé une soupe. Assieds-toi et raconte-moi tout.

C'était toujours le même rituel : Maggy débitait ses questions les unes derrière les autres, prenant à peine le temps de respirer, comme si Yola allait s'enfuir avant de répondre. La jeune fille s'en amusait. Sans se presser, elle s'asseyait et buvait un verre de jus d'orange. Lorsque sa mère se taisait, elle faisait durer le suspense pour la voir s'agiter, muette, quêtant ses premières paroles.

— Tout va bien, maman, j'ai beaucoup de travail, mais je m'en sors.

Depuis le début du trimestre et sa rencontre avec Axel, elle n'avait pas encore osé parler à sa mère de son beau professeur. Elle se décida à lui en brosser le portrait.

— J'ai un nouveau professeur d'Histoire. Il est brillant et très sympa.

Maggy, étonnée par cette entrée en matière, regarda sa fille intensément. Ses yeux étincelaient d'une lueur inhabituelle, dont elle comprit très vite l'origine. Elle voulut en savoir davantage.

— Ah ! Et, comment est-il physiquement, jeune ou vieux ?

— La trentaine, je crois. Il est grand, blond, les yeux bleus, très séduisant.

— Je vois, tu sembles l'avoir bien observé et il me paraît fort à ton goût, je me trompe ?

Yola sentit le rouge envahir ses joues, elle répondit, un peu gênée de son empressement :

— Euh… je ne sais pas, je le connais à peine… Il est charmant et intéressant, mais… nous avons juste échangé quelques mots sur le travail. En fait il m'intrigue, son nom surtout.

— Pourquoi ? Comment s'appelle-t-il ?

— Axel Farsen. Tu sais, maman, l'ami de Marie-Antoinette se nommait Axel de Fersen, de plus il est d'origine suédoise comme lui.

— Ce n'est sans doute qu'une coïncidence.

— Je ne crois pas, quand je lui ai posé la question, il l'a éludée, prétextant un rendez-vous.

— Il n'avait probablement pas envie de se dévoiler à une élève.

— Peut-être… mais j'étais à deux doigts de le faire parler, j'ai senti qu'il était prêt à se confier.

— Attends un peu, tu ne dois pas t'immiscer dans sa vie privée, être trop curieuse peut te nuire. À moins qu'il y ait autre chose ?

Yola regarda sa mère dans les yeux. Maggy savait si bien percer à jour les sentiments de sa fille, que cette dernière finit par lui dévoiler son penchant pour le jeune homme.

— J'avoue qu'il me plaît beaucoup, c'est la première fois que je ressens cela pour un garçon. Dès que je l'aperçois, j'ai le cœur qui palpite, les mains qui tremblent ! Oh, maman, je ne suis pas sûre qu'il ressente la même chose pour moi !

Maggy s'approcha de Yola et la prit dans ses bras.

— Tu t'en apercevras bien vite, mais attention, je te rappelle qu'il est ton professeur. Une idylle entre vous pourrait lui porter tort. Si vous devez vous voir, que ce soit à l'extérieur de la fac. Si l'on te surprend à parler trop souvent avec lui à la fin des cours, cela peut faire jaser.

— Oui maman, tu as raison, je l'inviterai à prendre un verre à Bordeaux, loin de la fac. S'il accepte, c'est qu'il n'est pas indifférent, enfin… je l'espère.

Elles se turent en entendant la porte principale s'ouvrir puis se refermer. Jean venait de rentrer du travail, Yola courut l'accueillir dans le couloir et lui sauta au cou.

— Mon petit papa, comment vas-tu ?

— Bien ma fille, et toi ? Tout se passe comme tu veux à la fac ? Cette troisième année n'est pas trop difficile ?

— Comme tu le dis, c'est pas la première année, alors le boulot ne manque pas, mais je crois m'en sortir correctement.

— Parfait. Je vais prendre une douche avant de passer à table. L'odeur de la soupe me met en appétit !

Avant de se rendre dans la salle de bains, il embrassa sa femme restée dans l'embrasure de la porte de la cuisine. Elle les avait observés, souriant au rituel immuable de leurs retrouvailles. Le regard qu'elle posait sur son époux n'avait pas changé depuis le premier jour de leur rencontre. Elle aimait tout en lui, son teint hâlé, ses yeux sombres bordés de longs cils, ses cheveux noirs… Bien qu'aujourd'hui ils se soient teintés d'argent, que sa barbe grisonnait toujours plus et que son front s'était peu à peu barré de profondes rides, la douceur de son sourire la faisait toujours chavirer.

Ils dînèrent, parlant de tout et de rien, puis Yola questionna son père sur son travail du moment.

— J'ai des huîtres à récupérer sur le Banc d'Arguin, demain. Je t'emmène ?

— Bien sûr, papa, avec plaisir, tu sais que j'aime t'accompagner. D'ailleurs les week-ends ici me manqueraient si je ne pouvais plus venir.

Jean stoppa net sa main avant de mettre son morceau de fromage dans sa bouche. Il regarda Yola, ses yeux noirs s'assombrirent d'inquiétude.

— Et d'abord, pourquoi tu ne pourrais plus venir ? Qu'est-ce qui te retiendrait là-bas ?

Pour Jean, « là-bas » signifiait la grande ville, celle où il allait rarement. Le peu de fois où il avait mis les pieds à Bordeaux, il avait été pris de tournis. Trop de voitures, trop de monde, trop de bruit ! Sa longue vie sur le Bassin l'avait rendu sauvage. Yola rassura son père :

— Ne t'inquiète pas, c'était juste une supposition, rien ni personne ne m'empêchera jamais de venir passer les week-ends ici.

Elle l'embrassa sur la joue. Il rougit légèrement de sa bêtise et termina son dîner en silence.

Yola partit se coucher, laissant ses parents devant une série télévisée. Elle se blottit au fond de son lit une place. Puis elle finit par s'allonger, les bras derrière la tête, contemplant le plafond de sa chambre. Cette pièce n'avait pas changé depuis qu'elle avait quitté la maison familiale pour son petit studio à Talence. Toujours la même tapisserie à fleurs bleues, un peu fanée, le même lit en bois de merisier, tout comme sa table de nuit. Sur les étagères, les anciens livres de classe et les romans bien serrés rivalisaient avec des objets hétéroclites : une boule à neige, une tour Eiffel, un cheval en bronze, une bougie rouge parfumée… Une vitrine ouverte sur les souvenirs heureux de son enfance. Tout ceci lui sembla soudain futile… La nostalgie qui l'habitait dès qu'elle rejoignait cet univers appartenant au passé avait disparu pour laisser place à une envie de vivre le moment présent. Surtout depuis qu'Axel occupait toutes ses pensées. Elle ferma les yeux et plongea dans ses cieux azurés, dans ses champs de blé doré fraîchement coupés, se laissa bercer par les notes harmonieuses de sa voix, glissa dans la rivière de son sourire. Elle se laissa caresser par ses blanches digitales si douces et se frotta au velours de sa peau mate. En sentant un frisson de plaisir la parcourir, elle gémit avant de s'endormir, apaisée.

Au matin, elle fut réveillée par la clarté du jour s'insinuant entre les volets. Sa montre marquait huit heures, elle se souvint qu'elle avait rendez-vous avec son père sur le port. Elle enfila rapidement un jean et un pull marin. Dans la cuisine, elle trouva sa mère attablée devant un bol de café.

— Bonjour ma chérie, bien dormi ?

— Oui, oui, maman, répondit-elle tout en avalant un jus d'orange et en ingurgitant une tranche de brioche.

— Ne mange pas si vite, Yola, tu vas t'étouffer !

— T'inquiète maman, je me dépêche, papa doit m'attendre sur le port, il est déjà huit heures.

Elle embrassa Maggy et sortit précipitamment.

Les arbres aux alentours fleuraient bon l'automne avec leurs feuilles aux couleurs rousses et mordorées. Aux abords du port de Larros, quelques mouettes tournoyaient au-dessus de la darse, à l'affût d'un mets de choix offert par la marée montante. Les effluves iodés enivrèrent les narines de Yola. Elle s'approcha du bateau de Jean. Il sourit en la voyant.

— Bonjour ma chérie, monte vite, la marée n'attend pas.

Yola grimpa sur la plate destinée au ramassage des huîtres, s'installa sur le banc, le dos contre le bord de la barque. Jean démarra le moteur, largua les amarres et quitta lentement le chenal vers le large.

Yola aimait ces matins sur le Bassin, lorsque le soleil dans son ascension frisait l'eau de ses rayons argentés et que l'air chargé d'embruns fouettait son visage pour y déposer des gouttelettes de sel. Elle s'émerveillait toujours à la vision de cette côte sableuse ployant sous les pins, de ces *pignots* servant de perchoirs aux sternes. Les yeux fermés, le corps alangui, elle se laissa bercer par le léger clapotis de l'eau contre la coque.

— Tu ne dis rien, tu es bien songeuse, à quoi penses-tu ? lui demanda son père.

— À rien, je profite du moment, répondit-elle simplement.

— Le Bassin doit te manquer, durant la semaine. Quand tu seras professeur, tu pourras revenir enseigner ici.

Yola se redressa brusquement. Elle répondit d'une voix hésitante :

— Eh bien, je ne suis pas sûre… Tu sais, il est plus facile de trouver du travail sur Bordeaux qu'à Gujan ou Arcachon. Et puis… là-bas j'ai mes amis. Ici je n'ai que vous.

— Les amis, tu finiras bien par t'en faire lorsque tu seras professeur. Et puis tu es d'ici, tu es prioritaire. Ta place est auprès de ta famille, non ? questionna Jean d'un ton marquant la crainte et l'incompréhension.

Yola ne répondit pas. Comment lui avouer qu'elle n'avait pas l'intention de revenir s'installer sur le Bassin. Car si elle aimait s'y ressourcer le week-end, elle aimait par-dessus tout sa nouvelle vie dans la capitale bordelaise. Comment lui parler d'Axel, de son amour naissant, de l'envie qu'elle avait de rester à ses côtés. Bien qu'elle ne sache rien des sentiments qu'il éprouvait à son égard, Yola sentait que quelque chose les unissait, un petit rien pour le moment, mais qui ne demandait qu'à s'épanouir. Si le destin pouvait lui donner un petit coup de pouce, nul doute qu'il lui déclarerait son amour. Pour le moment, elle préféra botter en touche :

— C'est peut-être un peu tôt pour y penser, je ne suis pas encore professeur.

— Hum… bien sûr, fit Jean dubitatif.

Il n'insista pas, sentant que le sujet dérangeait sa

fille. Il était tout à coup morose. Une sourde inquiétude vrilla ses entrailles. Sa petite Yola serait-elle amoureuse ? Ou bien croyait-elle être aimée ? Il décelait dans son attitude par moment rêveuse et lointaine, les prémices de nouvelles chimères qu'il avait malheureusement déjà perçues chez elle. Depuis sa plus tendre enfance, Yola possédait une imagination débordante ainsi qu'une propension certaine à travestir la réalité. Dans sa jeunesse, cela avait commencé par de petits mensonges pour se faire bien voir, pour ne pas être punie. Rien d'alarmant. Puis, en grandissant, la situation s'était aggravée. En quatrième, elle avait imaginé que le père d'une des élèves de sa classe était amoureux d'elle. Le bruit avait couru jusqu'aux professeurs et bien sûr jusqu'aux parents. Ils avaient dû sermonner Yola et présenter des excuses au papa injustement incriminé. Comment avait-elle pu échafauder de tels délires ? Ils n'en avaient rien su. Yola était restée sur ses positions, arguant qu'elle n'avait rien inventé, que le père de son amie la regardait bizarrement, la complimentant chaque fois qu'il la voyait. À partir de là, les autres enfants avaient commencé à l'observer avec méfiance. Pour son bien-être, Maggy et Jean s'étaient décidés à la changer de collège.

En grandissant, le comportement de Yola avait évolué : sérieuse dans son travail, irréprochable dans son comportement, elle était toujours enjouée. Peu à peu, ses parents oublièrent cet épisode qu'ils mirent sur le compte du caractère trop imaginatif de leur fille. Jusqu'au jour où un nouvel événement surgit : à seize ans, Yola s'amouracha de son prof de gymnastique. C'était un jeune homme sérieux, irréprochable dans son attitude avec les élèves. Lorsqu'il vint les informer du harcèlement qu'il subissait de la part de leur fille,

Jean et Maggy, effondrés, s'engagèrent à remonter les bretelles à Yola. Ils insistèrent pour que cette affaire ne s'ébruite pas. L'enseignant n'y tenait pas non plus. Face à ces révélations, Yola protesta, jura que c'était lui qui la harcelait. Ils exigèrent d'elle une conduite exemplaire sous peine de la changer à nouveau de lycée. Yola obtempéra et tout rentra dans l'ordre.

Jean chassa de son esprit ces souvenirs douloureux. *Yola est maintenant une jeune femme* épanouie, *volontaire, elle a changé et le fait qu'elle préfère sa vie à Bordeaux dans l'immédiat ne devrait pas m'inquiéter. Pourquoi est-ce que j'imagine toujours le pire ?* se rassura-t-il.

À aucun moment son père n'envisagea que la propension de sa fille au fantasme aurait pu refaire surface. Ils restèrent silencieux jusqu'à leur arrivée au banc d'Arguin. Jean amarra la plate et ils entreprirent ensemble le ramassage des poches grillagées où les huîtres terminaient leur maturation de dix-huit mois. Une fois l'embarcation chargée des précieux mollusques, ils s'octroyèrent un moment de détente sur la plage. Assis côte à côte, ils observèrent les oiseaux nichés sur le sable. Jean avait appris à Yola à reconnaître les espèces : de la *sterne caugek* avec sa tête noire à l'*huîtrier pie* au plumage noir et blanc et au long bec orange. En hiver, à marée haute, elle avait pu voir nicher des *bé*casseaux *variables*, des *courlis cendrés* et des *barges rousses.* Ces deux espèces étaient ses préférées, car elles avaient un plumage strié de gris et de brun et un long bec recourbé. La réserve naturelle du Banc leur offrait un endroit protégé, riche en poissons et crustacés. Lorsqu'elle eut dix ans, son père l'emmena observer à la jumelle les grands dauphins et les phoques gris. Longtemps elle espéra la *tortue luth,* mais ne la vit jamais. Le Banc d'Arguin regorgeait d'une végétation luxuriante toute l'année. L'*oyat*, l'*armoise* et le *panicaut maritime*, les *linaires à feuilles de thym* y poussaient, abrités des dunes. Pourrait-elle un jour faire découvrir ces merveilles à Axel ? Elle avait beau lutter pour penser à autre chose, son esprit indiscipliné lui renvoyait toujours son image sur laquelle se superposait celle de Marie-Antoinette.

Elle s'en voulait de ne penser qu'à rentrer sur Bordeaux, pour se remettre au travail, être déjà à lundi pour retrouver les yeux lumineux de son professeur. À cet instant, elle se trouva fleur bleue... Un peu trop romantique... *Attention, ma fille, tu vas droit dans le mur si tu te laisses submerger par tes sentiments !* s'avoua-t-elle.

Il fallait qu'elle se reprenne, sans quoi son père ne tarderait pas à s'apercevoir de son petit manège. Les réponses aux questions qu'il lui avait posées n'avaient pas semblé le satisfaire, elle avait perçu dans son regard de la tristesse. Son silence tout le long du trajet avait été éloquent. Se doutait-il de ce qui troublait sa quiétude habituelle ? Comment ferait-elle pour se confier à lui ?

Jamais il n'acceptera que je tombe amoureuse. Pas déjà. Pas si vite, pas si jeune...

Ils ne s'attardèrent pas davantage sur place, la mer en se retirant, les obligea à hâter leur retour.

Une fois au port, Yola laissa son père décharger seul les casiers et poursuivre sa journée de travail par le chaulage des tuiles. Ce mois d'octobre ensoleillé était une aubaine pour l'activité. Il lui avait appris la technique consistant à enduire des tuiles creuses d'un mélange de chaux et de sable résistant à l'eau, dans le but de favoriser le captage des naissains d'huîtres, puis bien sûr permettre leur développement et leur croissance. C'est un maçon arcachonnais du nom de Jean Michelet qui, en 1865, avait mis au point cette technique. Grâce à ce subtil mélange, les ostréiculteurs peuvent détacher les jeunes huîtres de leurs supports sans risque de les détruire, pour les transférer ensuite dans des poches en plastique où elles finissent leur maturation. Son procédé fut à l'origine de l'essor de l'ostréiculture arcachonnaise.

Installée sur le fauteuil du salon, sa mère lisait tranquillement. En entendant Yola entrer, elle se leva, déposa son roman sur le buffet et l'interrogea sur sa matinée passée avec son père. Elle savait que Jean était toujours inquiet pour elle. Il la sentait fragile et il n'avait sans doute pas manqué de la questionner à ce sujet.

— Tout s'est bien passé avec papa ?

Yola s'affala sur le canapé, une moue vint déformer sa bouche. Elle regarda sa mère debout devant elle, dans l'attente de ses confidences.

— Oui et non… La promenade était très agréable comme toujours, mais… papa a le don de poser des questions auxquelles je ne peux pas répondre, du coup, il se renferme et ne parle plus.

— Quelles questions t'a-t-il posées ?

— Il voulait savoir si je reviendrais m'installer sur le Bassin après mon diplôme. J'ai essayé de lui faire comprendre que ce n'est pas si simple, qu'il n'y aura pas obligatoirement un poste vacant à proximité pour moi… il est persuadé à tort que je suis prioritaire, que ma place est ici.

— Mais toi, qu'est-ce que tu envisages ?

— Je ne suis pas sûre d'avoir envie de vivre sur le Bassin, maman. Bordeaux est une ville attrayante, je m'y sens bien, j'y ai des amis.

— Disons plutôt que tu y as un ami, n'est-ce pas ?

Yola gratifia Maggy d'un petit sourire de soulagement. Sa mère était la seule à la comprendre sans qu'elle ait besoin de s'exprimer. Elle vint s'asseoir auprès de sa fille, prit ses mains entre les siennes avant de lui dire :

— Je sais que tu as des sentiments pour cet homme, mais as-tu envisagé qu'il pouvait ne pas ressentir la même chose pour toi ? Que feras-tu s'il ne t'aime pas ? Ne préféreras-tu pas t'installer ici, pour l'oublier ?

— Je suis sûre qu'il ressent la même attirance que moi, ses yeux ne trompent pas. Mais il est trop tôt pour qu'il l'exprime et puis, comme tu l'as dit, il est mon enseignant, nous ne pouvons pas nous afficher en public… pas encore.

Maggy eut un frémissement dans tout le corps. Les paroles affirmées de Yola lui rappelèrent de mauvais souvenirs. La jeune femme n'était-elle pas en train de fantasmer sur son professeur ? Comment pouvait-elle être aussi certaine des sentiments de cet homme alors qu'il ne lui avait rien dit, qu'ils se connaissaient à peine ? Elle la mit en garde :

— Sois prudente, ma petite fille, je ne voudrais pas que tu sois déçue. Les chagrins d'amour laissent des plaies difficiles à cicatriser.

— Ne t'inquiète pas, je suis certaine que le destin va nous réunir, répondit Yola les yeux pétillants d'optimisme.

— Je l'espère, Yola… murmura-t-elle sans conviction. Quant à ton père, il faut lui laisser le temps d'accepter que tu as grandi, que tu n'es plus sa petite fille et que ta vie est ailleurs.

— Comment faire, il n'a pas l'air de vouloir comprendre… alors lui avouer les sentiments que j'éprouve pour Axel, impossible !

— Attends d'être sûre avant de te confier à ton père. Rien ne presse, tu connais cet homme depuis peu, conseilla Maggy.

— Oui… peut-être, même si moi je sais…

Yola ne termina pas sa phrase, son esprit semblant happé par une réalité faussée, faite – Maggy le craignait – de fantasmes. Des chimères qui réapparaissaient plus fortes et bien plus dangereuses qu'autrefois.

Maggy n'insista pas, ne voulant pas braquer Yola. Elle poursuivit son ménage avant de passer à la préparation du repas de midi.

Yola rejoignit sa chambre. Elle avait envie d'être seule, car les conseils de sa mère, sur fond d'inquiétude, l'avaient un peu agacée. Pourquoi ses parents étaient-ils toujours suspicieux ? Pourquoi n'avaient-ils pas confiance en sa capacité à faire les bons choix ?

Elle s'installa sur son lit et prit un livre. Relire *Le Comte de Monte-Cristo* l'aiderait sans doute à s'évader. Mais les lignes défilaient sous ses yeux sans qu'elle ne parvienne à en comprendre le sens. Ses pensées la ramenaient sans cesse à Axel. Plus elle y réfléchissait, plus elle était convaincue du penchant qu'il avait pour elle. Son cœur ne pouvait se méprendre.

Vers midi trente, elle entendit la voix de son père annonçant son retour. La matinée s'était écoulée sans qu'elle en ait conscience. Sa rêverie amoureuse semblait faire passer le temps plus vite.

Yola descendit rejoindre ses parents et ils déjeunèrent dans le calme. C'est à peine si Jean répondit du bout des lèvres à Maggy lorsqu'elle l'interrogea sur sa matinée. Yola resta silencieuse elle aussi, observant son père à la dérobée. Pour détendre l'atmosphère, Maggy alluma la télévision. Le journal faisait ses choux gras de la crise économique, tentait des explications sur le chaos qui gagnait chaque jour un peu plus le Mali et finissait en abordant le thème de la baisse du pouvoir d'achat des ménages français. Ce qui parut les captiver jusqu'au dessert. Jean s'installa sur le canapé pour sa sieste postprandiale pendant que les deux femmes prenaient un café sur la terrasse.

Yola était contrariée par le comportement renfrogné de son père. Elle ne comprenait pas quelle pouvait en être la raison. Était-ce le fait qu'elle ne veuille pas venir travailler sur le Bassin ? Ou sentait-il qu'elle lui cachait quelque chose ? Elle n'osa pas relancer le sujet, préférant partir faire un tour à vélo le long du littoral.

L'air frais et le soleil la ravigotèrent. Elle se sentait bien, heureuse, prête à se battre pour gagner le cœur d'Axel.

Au retour de sa promenade, le visage rafraîchi par les embruns, le sourire aux lèvres, elle monta dans sa chambre et prépara son sac, chargé de vêtements propres.

— Merci maman, pour le linge. Je rentre, j'ai du pain sur la planche et je ne veux pas prendre de retard, dit-elle enjouée.

— Au revoir, mon petit papa, sois sage en mon absence ! lança-t-elle à Jean, tout en lui déposant une bise sur la joue.

— Au revoir ma chérie, dirent-ils d'une même voix.

— Yola, tu reviens le week-end prochain, n'est-ce pas ? demanda Jean d'un ton où perçait l'inquiétude.

— Bien sûr, papa, tu sais que j'aime être à vos côtés. Et puis il y a encore de belles journées ensoleillées dont il faut profiter.

À quelques mètres de la maison, elle se retourna et leur souffla un baiser de la main. Maggy le lui renvoya. Ses yeux s'étaient chargés d'humide, mais Yola était trop loin pour s'en apercevoir. Jean, derrière elle, ne s'en rendit guère plus compte.

Quand le véhicule de leur fille eut disparu au coin de la rue, les parents rentrèrent dans leur maison. Jean s'installa à table dans la cuisine. Maggy lui ouvrit une bière et lui caressa la joue, se voulant rassurante :

— Ne t'inquiète pas trop. Elle semble heureuse. Elle est travailleuse, sérieuse… mais encore jeune pour savoir ce qu'elle veut faire de sa vie. Laisse-lui du temps.

— Hum ! sans doute, mais j'appréhende le jour où elle nous quittera pour de bon.

— Si tu la braques ou que tu essaies de décider à sa place, c'est là qu'elle risque de s'éloigner pour de bon.

— Je l'ai quand même trouvée différente, pas toi ? Elle ne t'a parlé de rien par rapport à sa vie à Bordeaux ? Elle a dû se faire des amis, tout de même…

— Non, Jean, elle ne m'a rien dit de particulier. Elle travaille beaucoup. C'est une enfant solitaire, tu le sais, elle n'aime que ses livres.

Jean n'insista pas. Quant à Maggie, elle songeait qu'il ne servait à rien de l'alarmer sur les sentiments que Yola éprouvait pour son professeur, du moins tant qu'elle n'en saurait pas plus.

Yola fut heureuse de regagner son studio et sa tranquillité. Elle avait toute la soirée et peut-être même la nuit pour se replonger dans ses travaux sur Marie-Antoinette. Ce week-end de repos lui avait changé les idées. À la veille d'une nouvelle semaine à la fac, elle se sentait en pleine forme. Sa mère lui avait cuisiné un plat de lasagnes, et garni son sac de quelques pommes et de fromage. Elle était prête pour une longue soirée d'écriture. Concentrée devant son ordinateur ouvert sur de nombreuses pages déjà noircies, ses doigts se mirent à courir sur le clavier. Le rythme de la frappe devint frénétique, l'emportant vers un monde où la logique laissait place à l'imaginaire.

6
La famille royale au Temple

À cette heure où resurgissent mes souvenirs, mon doux époux n'est plus. Il a quitté ce monde, le front haut, paré de la morne dignité d'une altesse déchue. Le 21 janvier 1793, il est monté sur l'échafaud à 6 heures, appuyé au bras de son fidèle serviteur Monsieur Cléry. Mais je n'eus pas le droit de m'entretenir avec mon Roi pour connaître ses états d'âme. La *Commune* me refusa cette ultime faveur.

J'entends encore les cris déchirants de mes enfants, les gémissements de Madame Élisabeth lorsqu'il fallut nous séparer de lui. Il mit un terme à ce douloureux supplice en nous disant : «Adieu! Adieu!»

Rentrée dans notre cachot, je tremblais de tout mon corps, je n'eus même pas la force de déshabiller mon fils. Une fois seule dans ma chambre je me jetais sur mon lit, terrassée par le froid et la douleur.

Quand je vis poindre le jour, après une longue nuit sans sommeil, j'entendis le grondement des lourdes roues d'un carrosse. Des gens montaient et descendaient des étages. Les tambours des régiments battaient au loin. L'angoisse étreignit ma poitrine en imaginant mon bon et noble époux aux mains de ses tortionnaires qui le conduisaient à l'échafaud. Lorsque le silence succéda au bruit du carrosse quittant le Temple, les heures ayant passé, je sus que je n'étais plus Marie-

-Antoinette Reine de France, mais la veuve Capet.

Un des municipaux, le sieur Goret, qui s'était porté volontaire pour nous garder, s'adressa à moi avec compassion : «Madame, vous avez à vous conserver pour votre famille.»

Il fut le premier et le seul à me parler du décès de mon époux. Aucun membre de la Commune ne m'en informa officiellement. Tout en sanglots, je priai ce brave homme de me procurer des habits de deuil.

«La Commune, dans sa grandeur d'âme, me fit porter un manteau de taffetas noir, un fichu et un jupon noir, une paire de gants de soie noire, deux paires de gants de peau et deux serre-tête de taffetas noir, plus quelques robes et chaussures.»

On m'accorda une ultime faveur en faisant venir le pastelliste polonais Kucharski, qui avait déjà esquissé un portrait de moi aux Tuileries, pour en réaliser un en habits de deuil. Cette volonté n'était pas de la coquetterie de ma part, juste une marque de fidélité aux traditions, puisque le veuvage impose à une reine de montrer à son peuple une image d'elle correspondant à son nouvel état.

Je n'avais pourtant plus de peuple, je n'étais plus reine et mon illustre époux venait de trépasser. Qu'importe!

Dans les jours qui suivirent, je n'eus d'autre consolation que celle de la prière. Je refusais de sortir dans le jardin ou de passer devant la porte que Louis avait empruntée en nous quittant.

Mon extrême pâleur, ma maigreur, mon état de prostration inquiétèrent rapidement ma belle-sœur et ma fille. Elles demandèrent le soutien de Cléry, le serviteur de feu le Roi. Ce dernier me fut refusé.

Le brave Goret eut alors l'idée, puisque je ne voulais

plus descendre dans la cour, de me faire monter avec les princesses et mon fils au sommet de la tour, sur l'étroite galerie crénelée où nous pûmes nous promener à l'air pur. Les tourelles d'angle assez spacieuses permirent d'y installer des sièges. Les gardes du temple avertis pour éviter que nous soyons vus d'en bas, et ainsi attirer les curieux, placèrent des jalousies étanches entre les créneaux. À défaut de voir la rue, nous contemplions le ciel et respirions librement.

Peu à peu mon avenir m'apparut sans terreur, la rancœur ne me touchait plus. J'attendais le salut, la promesse de la rédemption dans la mort.

Pourquoi ne m'a-t-on pas laissé demeurer au Temple auprès de mes enfants et de Madame Élisabeth ? Que leur ai-je fait pour mériter un sort si cruel ? Nous n'étions pourtant pas dangereux, cloîtrés entre ces murs, cernés de deux cents gardes nationaux et surveillés par les commissaires les plus fidèles à la cause. Nos cœurs vivaient reclus dans la douleur de l'absence, de la perte d'un père, d'un frère, d'un Roi.

J'avais pourtant un ami. Monsieur Toulan, un de mes gardiens. Malgré ses convictions républicaines, bien que considéré comme sûr et incorruptible par le Conseil municipal, ce dernier fut touché par mes malheurs. Tout dévoué à me surveiller dans les premiers temps, il se consacra par la suite à une tout autre cause : me faire évader. Je confiai à *Fidèle*, comme je le nommais dans nos échanges secrets, une missive pour Monsieur de Jarjayes, ex-général dont la femme fut ma Dame d'honneur. En lisant la lettre que Toulan lui remit de ma part, Jarjayes lui demanda l'accès du Temple afin de m'entretenir du complot. Je recommandai à ce dernier d'entrer en contact avec un certain Lepitre. Cet ancien maître d'école, petit, bavard et boiteux comme je le décrivais, membre de la municipalité, était prêt à fournir les passeports contre une importante somme d'argent. Le projet se précisa lorsque Jarjayes se trouva face à moi. Son plan était simple : neutraliser la femme Tison à l'aide de somnifères, faire porter des habits de gardes municipaux à Madame Élisabeth et à moi-même, enfin, vêtir les enfants en guenilles comme ceux de l'allumeur de quinquets qui le suivaient souvent lors de sa tournée. Trois voitures de modeste apparence nous attendraient à la porte du Temple et nous conduiraient à Dieppe d'où nous embarquerions pour l'Angleterre. Après maintes allées et venues, Jarjayes réussit à réunir les fonds nécessaires. Mais Lepitre perdit courage. Les trois carrosses prévus pour mon évasion, celui de Madame Élisabeth et ceux de mes enfants, ne pourraient sûrement pas passer les barrières de Paris sans être visités. Toulan me persuada de partir seule. Mais jamais je n'aurais pu me résoudre à laisser mes enfants derrière moi. C'était peine perdue de toute façon, car l'espionne Tison nous avait précédé en révélant à la municipalité tout ce qu'elle avait entendu du complot qui se tramait.

Loin de sombrer dans le désespoir, je recouvrai mes esprits et mon énergie.

J'écrivis un dernier message à Monsieur de Jarjayes, expliquant mon inébranlable résolution :

Nous avons fait un beau rêve, voilà tout; mais nous y avons beaucoup gagné, en trouvant encore dans cette occasion une nouvelle preuve de votre entier dévouement pour moi. Ma confiance en vous est sans borne; vous trouverez toujours dans toutes les occasions, en moi, du caractère et du courage; mais l'intérêt de mon fils est le seul qui me guide et quelque bonheur que j'eusse éprouvé à être hors d'ici, je ne peux pas consentir à me séparer de lui. Au reste, je connais bien votre attachement dans tout ce que vous m'avez détaillé hier. Comptez que je sens la bonté de vos raisons pour mon propre intérêt, et que cette occasion peut ne plus se rencontrer; mais je ne pourrais jouir de rien en laissant mes enfants, et cette idée ne me laisse pas même de regrets.

Machinalement, mes yeux se posèrent sur la seule bague qui ornait mon doigt. Je la tournai et la retournai, pensant à celui dont l'absence déchirait mon cœur, quand me vint l'idée d'en graver l'écusson et sa légende, avec de la cire, sur une feuille de papier. Le sceau des armes de la famille de Fersen... avec à l'intérieur une devise en italien *Tutto a te mi guida.* Jarjayes la lui ferait parvenir.

Je me sentais libérée légalement et moralement. J'espérais encore échapper aux griffes de la révolution et j'osais rêver pour la première fois d'un avenir aux côtés de Fersen.

Ah cette bague! Seul souvenir immuable de notre amour. Elle est la réplique exacte de celle que j'avais offerte à Monsieur de Fersen. Nous étions alors captifs aux Tuileries. J'étais sans nouvelle de mon fidèle ami. Je fis concevoir ce joyau à ma mesure, je la gardais quelques jours à mon doigt afin que la chaleur de mon sang pénètre dans l'or froid.

Comme j'ai eu peur lorsque j'ai su qu'il voulait se rendre auprès de moi. Qu'il faisait fi du danger, car il était depuis l'échec de la fuite à Varennes, l'homme à abattre. Qu'il n'avait qu'une idée honorable, courageuse, mais suicidaire : être à mes côtés pour soulager ma peine. J'entends encore les mots qu'il m'adressa un jour en témoignage de sa fidélité : *Je ne vis que pour vous servir.*

Le 13 février 1792, il prouva la vérité de ce serment

d'allégeance en venant, déguisé en valet de son officier d'ordonnance, muni d'un faux passeport et portant perruque. Prétextant une mission diplomatique vers Lisbonne, il ne fut nullement inquiété en entrant dans Paris. À la faveur d'une nuit sans lune, il pénétra au château par une porte secrète dont il avait conservé la clé. Ma chambre se situant au rez-de-chaussée, à l'abri de la surveillance des gardes nationaux et des domestiques, son accès lui fut facile.

Il était là, devant moi, mon bien-aimé. Je ne pouvais détacher mon regard de ses yeux si bleus, du blond de sa chevelure, de ses mains serrant les miennes avec tout l'empressement d'une passion trop longtemps contenue. Nous restâmes l'un près de l'autre, une nuit et une journée. Une nuit pour livrer nos sens à une extase tant attendue, une journée pour se dire adieu. Des adieux rapides que nous nous fîmes dans un couloir sombre et désert. Des adieux sans embrassements, interrompus par des bruits de pas hostiles. La peur d'être découvert fit fuir mon amant, mon amour, hors des murs de cette prison dorée. La perruque enfoncée sur sa tête, camouflé par son long manteau, je le vis se fondre dans la nuit. Amicale, protectrice, elle l'enveloppa, le happa, pour ne jamais plus me le rendre.

Si le complot de l'ex-général de Jarjayes et du gardien permanent du Temple Monsieur Toulan avait réussi, nous aurions pu être sauvés. Ces nobles serviteurs, dans leur grandeur d'âme, avaient tout tenté. Toulan fut révoqué par ordre de la Commune. Jarjayes, avant de quitter le pays, me rendit un dernier service : envoyer au comte de Provence, que je soupçonnais de s'être proclamé régent, le cachet que Louis XVI destinait à son fils, accompagné d'une lettre le rendant, je l'espérais, mon obligé. Puis je sacrifiai au comte d'Artois, pour l'amadouer aussi, l'anneau de mariage de Louis XVI avec ce mot :

J'ai cru que vous seriez bien aise d'avoir quelque chose qui vient de lui ; gardez-le en signe de l'amitié la plus tendre avec laquelle je vous embrasse de tout mon cœur.

La Commune avait durci sa surveillance, donnant ordre à Hébert, personnage insolent, de fouiller à discrétion nos appartements. Les perquisitions nocturnes durèrent parfois jusqu'à quatre heures du matin, sans succès. Leur maigre butin ne comportait qu'un portefeuille, un morceau de cire à cacheter, un porte-crayon sans mine et un vieux chapeau de Louis XVI. J'avais pris l'habitude depuis longtemps de brûler le moindre document qui aurait pu compromettre mes amis. Car la coalition enflait à l'extérieur du Temple. Les informations écrites sur des petits bouts de papier avec du jus de citron ou de l'encre sympathique circulaient jusqu'à moi sous forme de bouchons de carafe ou par les cheminées. Le langage des mains m'informait de la situation politique et de la guerre qui opposait plusieurs puissances étrangères, dont l'Autriche. Un colporteur commandé par mes amis venait crier les nouvelles devant le Temple.

C'est ainsi que j'appris que le lieutenant général des armées Dumouriez songeait à prendre la tête de la contre-révolution et à mettre le petit Louis XVII sur le trône de ses pères. Avec son armée, il avait libéré les Belges de l'annexion portée par Danton. Mais c'était compter sans la puissance de la coalition qui traita la Belgique en province conquise. À la main ferme des Jacobins parisiens, les patriotes belges préférèrent la lointaine domination de Vienne et c'est ainsi qu'ils lâchèrent les Français. Dumouriez dut quitter la Belgique. Furieux, il décida de marcher sur la capitale française avec son armée afin d'y rétablir l'ordre. Mais ses troupes refusèrent de le suivre.

Dans le même temps, le baron Batz, fidèle royaliste et ami loyal conspira à son tour dans le but de nous faire évader. La corruption de certains révolutionnaires permit de supplanter leur conviction républicaine au profit de l'argent facile. «Un million pour ceux qui aideront à arracher Marie-Antoinette au Temple», *proposa le baron.* Ce dernier ne s'adressa pas à des complices subalternes, mais aux chefs de la surveillance. Michonis était en tête de liste. Grâce au commandant de section Cortey, de plus en plus de gardes, complices de Batz, furent introduits clandestinement dans les compagnies. Si bien qu'en quelques semaines, la prison la plus sécurisée de la capitale, où auparavant personne ne pouvait pénétrer sans une autorisation de la Commune, se vit consignée uniquement par des ennemis de la République : un détachement de royalistes déguisés, parmi lequel figurait le baron Batz.

Le coup de main décisif était en marche. À la nuit tombée, Cortey entra avec son bataillon de faux gardes dans l'enceinte du Temple accompagné du chef du complot. Tous se disposèrent aux issues principales. Michonis, en service dans mes appartements, me remit des manteaux pour moi, ma belle-sœur et Madame Royale. Nous devions sortir à minuit, coiffées en militaires, fusils sur l'épaule, accompagnées d'autres gardes sous les ordres de Cortey avec, entre nous, le petit Dauphin. Le baron possédait, sous un nom d'emprunt, une maison de campagne dans les environs de Paris. C'est là qu'il fut décidé de nous cacher. Mais une fois encore, un gendarme zélé, mis au courant d'un projet de trahison de Michonis, en informa le cordonnier Simon. Cet incorruptible révolutionnaire relaya l'information au Conseil général de la Commune. Le Temple étant gardé par plus de cent quatre-vingts hommes armés, cette histoire ne sembla pourtant pas crédible à ce dernier. Toutefois, on chargea Simon de se rendre à la Conciergerie vérifier que je n'avais pas été enlevée et me surveiller pour la nuit à la place de Michonis. Cortey, en le voyant arriver, comprit que tout était perdu. Pris de panique, il forma alors une patrouille avec les conjurés et le baron et tous sortirent sans heurts du Temple.

J'étais à nouveau seule et abandonnée. La Commune, effarée par la corruption grandissante au sein de ses fonctionnaires, décida de me rendre impossible toute tentative d'évasion. En resserrant leur étau, leur haine envers moi décupla. Il leur fallait me museler, tuer dans l'œuf mon indomptable rébellion, annihiler ma soif de liberté.

Un seul moyen : frapper en plein cœur.

Cinq mois après la disparition de mon cher époux, ils me séparèrent de mon doux enfant. Le 3 juillet à dix heures du soir, six délégués de la Commune pénétrèrent dans mes appartements. Réveillés en sursaut par le bruit des verrous, nous nous levâmes précipitamment. Impassible, sans une excuse, Hébert, habitué aux méthodes cruelles, lut l'arrêté. Dès les premiers mots, mon enfant se jeta dans mes bras en poussant des cris de détresse. Je le pressai très fort contre moi pour empêcher ces hommes de s'emparer de lui. Face à ma détermination, ils menacèrent de faire intervenir la Garde.

«Tuez-moi donc, tuez-moi avant de me l'enlever!»

Nos voix s'élevèrent dans des cris, des supplications,

en réponse aux vociférations et aux pressions des municipaux.

L'affrontement dura une heure, jusqu'à ce qu'ils ébranlent ma résistance par leur effrayante menace de tuer mon fils. Vaincue, je l'habillai en tremblant. Madame Élisabeth, Marie-Thérèse et moi, le couvrîmes de baisers et de larmes. Je vis partir mon pauvre petit et mon cœur se déchira. Ils me privaient de mon rayon de soleil, cet enfant si gai, si exubérant, que j'aimais plus que tout et qui m'avait aidé à supporter ces heures sombres entre les murs de la tour. Mon enfant, mon Roi, m'avait été arraché sans scrupule, sans compassion. Il ne me restait rien.

J'appris qu'il avait été confié aux soins de l'infâme Simon, le fameux cordonnier si honnête et intègre. De fait, il devenait son précepteur, alors même que cet homme savait à peine lire et écrire. Dans les jours qui suivirent, j'épiais par la lucarne grillagée la silhouette de mon *chou d'amour*. Les yeux baignés de larmes, je le regardais jouer dans la cour. Simon lui avait appris la *Carmagnole* et le Ça ira, qu'il chantait à tue-tête. Il l'avait paré du bonnet rouge des sans-culottes et Louis s'en amusait. Dans son insouciance, mon enfant, âgé seulement de huit ans, s'était adapté à son nouvel environnement, à ses geôliers qu'il voyait comme des amis. Ils m'interdirent tout contact avec lui afin qu'il oublie sa mère…

Mes cheveux étaient désormais blanchis par la souffrance, mes traits tirés et mon visage, pâle. Le sang s'écoulait de mon intimité depuis le début de notre incarcération sans que je puisse me faire soigner. Mon corps n'avait plus la grâce d'antan, il était celui d'une suppliciée, d'une femme résignée, dont le courage et la force avaient laissé place à une profonde lassitude.

Nous vivions recluses dans nos appartements. Depuis longtemps déjà, nous n'avions plus rien à nous dire. Privées d'espoir, Madame Élisabeth priait, Marie-Thérèse lisait, moi je restais silencieuse, hagarde, les yeux rivés à la lucarne, seule ouverture sur le monde extérieur. C'était la fin du printemps, nous n'avions même plus la force de descendre dans le jardin. Nos membres étaient engourdis par l'inactivité et la tristesse.

Je ne fus pas effrayée, lorsqu'à deux heures du matin, ce 2 août 1793, on frappa à ma porte d'un coup sec. Une perquisition, encore ? Non, cette fois, ils venaient me chercher. Après m'avoir enlevé mon mari, mon fils, ma couronne, et m'avoir privée de mes amis, de ma liberté, ils venaient prendre ce qu'il me restait de dignité. Le Comité de salut public, en signant mon transfert à la prison de la Conciergerie, annonçait ma mise en accusation. Je n'y répondis pas, ne me débattis pas. À quoi bon ? Ils me fouillèrent, prirent les seuls trésors que j'avais sur moi : un paquet contenant des cheveux de mon défunt mari et de mes enfants, une petite table de chiffres avec laquelle j'apprenais à compter à mon fils, un portefeuille contenant l'adresse de leur médecin, les portraits de mes amies d'enfance, les princesses de Mecklembourg et de Hesse, celui de Madame de Lamballe. Enfin une prière au Sacré-Cœur de Jésus et une à l'Immaculée Conception. Par grâce, ils me laissèrent un mouchoir et des sels. Avaient-ils peur que je m'évanouisse ? Il n'en fut rien. Après avoir fait mes adieux à ma fille et ma belle-sœur, dans un ultime effort pour rester digne, je les suivis. Je n'ignorais pas que c'était sans doute la dernière fois que je les voyais, car je savais la fin toute proche.

Je me souviens m'être heurté le front contre la

pierre trop basse du guichet. Un garde me demanda si je m'étais fait mal… Que pouvais-je répondre à une question si absurde en pareil moment? «Oh non! Rien à présent ne peut plus me faire de mal!»

À trois heures du matin, la voiture qui me conduisait à la Conciergerie stoppa. Les gendarmes munis de flambeaux pénétrèrent les premiers dans l'enceinte de la prison par un sombre corridor. Je reconnus le limonadier Michonis qui avait comploté avec le baron de Batz à mon évasion du temple. Cette tentative qui ne put aboutir, mais qui avait mis les municipaux en éveil. Michonis était passé miraculeusement au travers des mailles du filet de la suspicion du Comité de salut public et avait pu conserver son poste d'inspecteur général des prisons.

Il me précéda, m'épargna les formalités bureaucratiques inutiles – chacun savait qui j'étais! – et me fit entrer dans ma cellule. La jeune servante des lieux, Rosalie Lamorlière, pleine d'émotion et de déférence, voulut m'aider à me dévêtir. Insensible tout d'abord à sa dévotion, je lui répondis un peu froidement : «Je vous remercie ma fille, depuis que je n'ai plus personne, je me sers moi-même.»

J'accrochai ma montre à un clou. Si cet objet me permettait d'être toujours liée à la réalité, il mesurait diaboliquement le temps qui devait passer lentement entre ces quatre murs. Il ne me fut pas autorisé à rester seule dans ma si petite cellule. Deux gardes entrèrent, fusil chargé, et la porte se referma sur nous.

7
Les chimères sont de retour

Lorsque Yola rouvrit les yeux, elle avait la tête posée sur le bord de son bureau, sa joue écrasant des feuillets griffonnés. Son ordinateur s'était mis en veille, sans doute lassé d'attendre des mots qui ne venaient plus. Elle regarda l'heure à sa montre. Sept heures. Elle avait passé une partie de la nuit à écrire, puis s'était endormie, l'esprit agité par les douloureux souvenirs d'une Marie-Antoinette avec laquelle elle ne faisait plus qu'une.

Elle éteignit son ordinateur, se traîna jusqu'à la cafetière. Le café chaud et parfumé la requinqua. Elle prit une douche rapide, enfila son éternel jean et un tee-shirt bleu. Son sac sur l'épaule, elle s'engouffra dans la rame de tramway pour rejoindre la faculté.

Elle pénétra dans l'amphithéâtre bourdonnant des voix étudiantes et s'installa au premier rang. Johanna vint s'asseoir à côté d'elle et lui claqua une bise. Yola sourit, émerveillée par la spontanéité de son amie.

— Ça va ma belle, tu as passé un bon week-end ? demanda Johanna.

— Oui pas trop mal et toi ?

— En famille, parents, frères, sœurs, toute la smala réunie pour l'anniversaire de mon paternel. Épuisant !

Comme à chacune des apparitions du professeur, le silence se fit. Les étudiants prirent place, cahiers et ordinateurs ouverts devant eux. Yola dévorait Axel des yeux. Elle attendait que leurs regards se croisent, qu'il lui sourie. Il n'en fit rien. Occupé à dérouler le contenu de son cours, il marchait sur l'estrade, allant et venant de son bureau au tableau. Il posa quelques questions auxquelles les étudiants les plus attentifs répondirent. Bien que connaissant les réponses, Yola resta muette. Elle était incollable sur la période de la Révolution, mais l'attitude distante d'Axel la meurtrissait mieux que ne l'aurait fait un coup de poignard. L'heure s'égrena lentement, sa voix résonnait en fond comme un long monologue. La sonnerie la fit sursauter. Elle ne devait pas perdre de temps. Un seul but, s'approcher et lui parler à tout prix ! Mais Johanna l'interpella avant qu'elle ne se dirige vers l'estrade :

— Yola, tu viens prendre un pot ?

— Non, désolée, je dois m'entretenir avec le professeur Farsen, au sujet… de l'exercice, mentit-elle.

— OK. À plus, alors.

Yola ne répondit pas, elle s'approcha à grandes enjambées du bureau et annonça, volubile :

— Professeur, je souhaiterais vous faire découvrir le Bassin d'Arcachon, le week-end prochain.

— Eh bien… c'est une invitation un peu… inattendue, surtout de la part d'une élève. Qu'en pensent vos parents ?

— Euh… disons que… je leur ai parlé de vous en termes très élogieux. C'est rare que j'échange avec eux sur ma vie à la faculté. Vous savez comment sont les parents, toujours inquiets pour leur progéniture. Les miens ne dérogent pas à la règle ! Alors j'ai pensé que faire la connaissance de l'un de mes professeurs les rassurerait, vous comprenez ? Et puis, à vrai dire, je n'ai pas vraiment d'amis dignes de ce nom auxquels je pourrais proposer de venir chez moi. Je sais que je suis une parfaite inconnue pour vous, mais je suis une vraie passionnée de Marie-Antoinette et j'aurais grand plaisir à échanger avec vous sur le sujet en dehors des cours.

Yola avait débité sa tirade sans reprendre son souffle, la peur d'en avoir trop dit lui nouait l'estomac. Mais sans attendre de réponse, elle en rajouta une couche, afin de s'assurer que ses arguments porteraient :

— Si vous refusiez, je le comprendrais parfaitement, mais cela ferait tant plaisir à mes parents de rencontrer une personne qui me côtoie au quotidien ici à Bordeaux.

C'est avec le regard implorant d'un chien battu qu'elle attendit sa réponse.

— C'est bon, je rassurerai vos parents sur votre attitude irréprochable et vous servirai de chaperon, répondit-il amusé. Mais pas cette fin de semaine, le week-end suivant me conviendrait mieux, je ne suis pas libre avant.

Elle n'eut pas besoin de dissimuler sa satisfaction, un grand sourire se dessina sur son visage. Et même si au fond, elle aurait préféré l'avoir pour elle seule ce week-end, le seul fait qu'il accepte son invitation était déjà en soit une victoire inespérée.

— Oh ! Bien sûr, donc on dit le week-end dans quinze jours. Merci professeur, bonne journée. À demain, lança-t-elle en s'éloignant tout enjouée.

— À demain, Yola.

Bien entendu Axel songea qu'il aurait pu accepter l'invitation au week-end prochain, mais tout cela arrivait un peu trop tôt dans ce début d'année universitaire. Yola était une jeune femme impulsive, passionnée, un tantinet capricieuse, à qui ses proches ne devaient jamais rien refuser. Elle devait apprendre la patience et comprendre que les autres n'étaient pas à sa disposition. Quinze jours, après tout, c'était même encore trop court. Peut-être aurait-il dû repousser l'invitation d'un mois supplémentaire, afin de tempérer ses ardeurs…

Cette fille était déroutante, tellement spontanée, si différente de ces midinettes qui le dévoraient des yeux, se trémoussant sur leur banc dans des attitudes suggestives, sans jamais oser l'aborder. Yola, elle, avait franchi le pas. Mais quelles étaient ses intentions ? Il devait rester vigilant, ne pas se laisser embarquer dans une relation amicale qui pourrait être mal perçue. Si la proposition de découvrir le Bassin d'Arcachon était alléchante, la perspective de rassurer les parents de la jeune femme avait également pesé dans la balance. D'après ses dires, Yola était une solitaire, peut-être en manque de repères. Il espérait que ses parents le percevraient comme un adulte protecteur, un référent pour leur fille. Rassuré par ses propres conclusions, Axel quitta l'amphithéâtre pour rejoindre une autre aile du bâtiment où ses élèves de second cycle l'attendaient.

Le reste de la journée de Yola s'étira comme dans un rêve, elle était enivrée par la joie de passer ce week-end en compagnie de l'homme qui faisait chavirer son cœur. Elle était certaine maintenant des sentiments qu'il éprouvait à son égard. Tout, dans sa façon de plonger ses yeux dans les siens comme s'il voulait fouiller son âme, dans ses sourires imperceptibles aux autres, mais qu'elle savait lui être adressés, dans ses paroles enfin, faites d'hésitations, de distance, puis de gentillesse et d'espoir, le lui confirmait. Oui : d'espoir. Celui de l'union de leur esprit et de leur corps.

Je dois être patiente, ne rien exiger, mais être là près de lui, que mon absence lui soit intolérable, bref, qu'il ait envie de moi comme j'ai envie de lui, qu'Axel devienne enfin l'amant de Marie-Antoinette, pensait-elle.

En attendant, fébrile, ce week-end de tous les possibles, Yola trouvait chaque jour un prétexte pour se rapprocher de lui, pour lui parler en privé à la fin des cours. Elle instaura un rituel auquel le jeune homme se pliait sans cacher son embarras. Mais Yola, loin d'y voir une gêne, prenait son attitude réservée pour de la séduction déguisée. Chaque intonation, chaque clignement d'œil, chaque esquisse de sourire la confortaient dans ses certitudes : Axel avait des sentiments pour elle, mais il ne pouvait encore se déclarer. Elle devait l'y pousser avec délicatesse.

Leurs entretiens continuèrent, avec toujours pour prétexte le besoin d'une information supplémentaire pour un devoir, un éclaircissement sur la période concernée qu'elle ne trouvait soi-disant pas dans les livres. Axel répondait toujours avec gentillesse, content semblait-il, de partager avec elle ses connaissances historiques. Leurs échanges devenaient de plus en plus longs et Yola ne se lassait pas de l'écouter. Un jour, elle s'enhardit jusqu'à le questionner un peu plus sur sa vie privée :

— Alors professeur, quand allez-vous me dire votre secret ?

Axel sursauta, son visage se ferma.

— De quel secret parlez-vous, Yola ? Je n'ai aucun secret qui puisse vous être dévoilé !

La réponse avait été sèche et sans concession. Yola se sentit mal à l'aise. Elle rougit en bégayant.

— Euh… Excusez-moi, monsieur, je ne voulais pas être indiscrète. Je pensais que… vous me parleriez de… de votre lien avec Axel de Fersen.

Il la dévisagea, son sourire avait disparu. Il finit par

soupirer avant de répondre :

— Franchement, Yola, je ne pense pas avoir de liens familiaux avec le comte de Fersen, peut-être qu'un de mes aïeux en fut un lointain descendant, mais je n'en ai aucune certitude, n'ayant effectué aucune recherche généalogique.

— Pourquoi ? Ça ne vous intéresse pas de savoir qui sont vos ascendants, surtout aussi illustres que le comte de Fersen ?

— Non, Yola, le passé de ma famille m'importe peu, je vis dans le présent, un point c'est tout !

— Pour quelqu'un féru d'histoire comme vous, c'est surprenant, insista Yola avec arrogance.

— J'aime l'histoire avec un grand H, celle des hommes qui ont laissé leur empreinte à travers les siècles. Connaître mes ancêtres n'a vraiment aucune espèce d'importance dans ma vie actuelle.

— Mais Axel de Fersen était un grand homme, dévoué à sa patrie, à Marie-Antoinette !

— Une histoire de cœur ne transforme pas un homme en conquérant, en génie. Il n'a fait que défendre une monarchie semblable à celle de son pays. Œuvrer pour sauver sa belle ne l'a pas rendu illustre au point de le citer comme exemple.

La jeune fille n'insista pas, sentant qu'elle avait touché un point sensible. Elle restait persuadée qu'il ne disait pas la vérité. Un lien existait, elle en était convaincue. Mais elle ne devait pas insister sous peine de voir leurs échanges rompus.

Elle préféra en rester là avant que sa curiosité maladive oblige Axel à s'éloigner d'elle. Surtout pas ! Maintenant qu'il était tombé sous son charme, elle ne devait pas gâcher cet amour naissant avec des questions stupides.

— J'y vais, professeur, j'ai du travail. Plus exactement, Marie-Antoinette m'attend, elle sollicite toute mon attention.

— Quelle assiduité, Yola. J'aimerais que tous mes élèves soient aussi passionnés par les devoirs que je donne !

— Marie-Antoinette, c'est un peu moi. Lorsque j'écris, je ne fais plus qu'une avec elle.

Axel ne répondit pas. Il fronça les sourcils, plongeant ses yeux bleus dans ceux de la jeune femme à la recherche du message qu'elle essayait de faire passer. Était-ce juste une façon de dire qu'elle adore le personnage et s'identifie à elle pour mieux écrire, ou… qu'elle s'incarne en Marie-Antoinette amoureuse d'Axel… Yola ne prenait-elle pas trop à cœur le programme imposé ? Lorsqu'elle évoquait la vie de la Reine, les questions qu'elle se posait à son sujet, Axel ressentait la passion fiévreuse dont elle était envahie… Une peur indéfinissable lui vrilla l'estomac. Il songea : *J'espère que lorsque cet exercice sera terminé, elle redeviendra une jeune fille ordinaire, insouciante, et qu'elle tournera la page.*

Le samedi, Yola rentra à Gujan sans grand enthousiasme. Elle n'osa pas annoncer à ses parents qu'elle avait invité son professeur le week-end suivant. La peur d'un refus de son père lui aurait été intolérable. Elle passa les deux jours en balade le long des *crastes* et fit un tour au parc ornithologique où la solitude et le silence apaisèrent un peu son sentiment d'impatience. Ses parents étaient habitués à la voir s'isoler, ils respectaient ces pauses. Puisqu'elle partageait leurs repas et s'intéressait au travail de son père, ces derniers n'avaient pas de raison d'être inquiets. Maggy profita quand même d'un moment où, rentrée de sa promenade, Yola lui proposa de l'aider à préparer le repas du soir, pour discuter avec elle. Pendant qu'elle nettoyait une salade dans l'évier, Maggy, assise à la table, épluchait des pommes de terre. Elle questionna Yola d'un ton détaché :

— Alors ma chérie, quoi de neuf sur le campus ?

Sans se retourner, Yola répondit nonchalamment :

— Rien de particulier, le train-train quotidien. Les cours, les cours et encore les cours.

— Ne me dis pas, insista Maggy, que tu ne sors jamais avec des amis pour te détendre ? Tu ne vis tout de même pas recluse dans ton appartement ?

— Bien sûr que non, maman. Je ne suis pas asociale, j'ai même une nouvelle copine, Johanna. On va en cours et on prend nos repas ensemble, et il nous arrive même d'aller boire un verre le soir. Voilà, satisfaite, maman ? Ta fille est un être humain civilisé !

La pointe d'ironie n'échappa pas à sa mère.

Yola avait décliné toutes les invitations de Johanna. Ses pensées étant phagocytées par l'énigmatique professeur, elle ne se sentait pas le courage de participer à des conversations entre étudiants. Son énergie ne devait servir que son devoir d'histoire et la construction de sa future relation avec Axel.

Maggy insista pour savoir où elle en était :

— Et… avec ton professeur, vous avez fait plus ample connaissance ?

— Oui, on passe pas mal de temps ensemble à la fin des cours. Il m'apprend beaucoup et m'aide pour mon devoir.

— Ah, très bien, très bien… marmonna Maggy.

Elle n'insista pas, sentant que Yola n'était pas prête à se confier davantage.

Yola repartit pour Bordeaux le dimanche soir.

Les interrogations de sa mère, auxquelles elle n'avait aucune envie de répondre, lui pesaient. Elle aurait aimé lui crier qu'elle et Axel c'était du sérieux, mais Maggy l'aurait mise à nouveau en garde, prétextant leur rencontre trop récente…

Plus que six jours. Yola était confiante : quand sa mère ferait sa connaissance, elle ne pourrait que s'incliner et admettre l'évidence.

Une interminable semaine s'étira, dégradée par un comportement nouveau chez Yola manifestant des accès de jalousie envers ses camarades. En effet, chaque fois que Yola désirait parler à son professeur, une des élèves s'approchait du bureau et la devançait. Ainsi, Véronica interpella Axel d'une voix mielleuse :

— Professeur, pourrais-je avoir votre avis sur…

Et blablabla et blablabla ! Axel la gratifiait d'un large sourire, n'ayant tout à coup d'yeux que pour cette mijaurée. Et puis, il lui répondait sur le même ton :

— Mais bien sûr Veronica, que souhaitez-vous savoir ?

Lorsque ce n'était pas Veronica, c'était Lucille, ou Armelle, ou Émeline, bref, la moitié de la promotion défilait désormais devant le pupitre du professeur, privant Yola de son lien privilégié avec son professeur. Mais qu'avaient-elles toutes à vouloir lui parler ? Pourquoi, maintenant qu'elle avait instauré une relation de confiance entre eux, toutes ces pimbêches virevoltaient autour de lui pour lui voler ses moments d'intimité ?

Yola bouillait intérieurement. Elle aurait aimé arracher les yeux de ces intrigantes, mais sous quel prétexte ? Si elle montrait trop d'hostilité envers les autres étudiantes, elle risquait d'éveiller les soupçons.

N'y tenant plus, elle ne put s'empêcher d'en faire le reproche à Axel. Elle l'attendit à la sortie d'un de ses cours et se planta subitement devant lui. Axel sursauta et s'inquiéta de son regard sombre.

— Que se passe-t-il, Yola ? Vous avez un problème ?

— Oui professeur, j'ai un problème. Je n'ai pas pu vous parler de la semaine, à croire que toutes les étudiantes ont tout à coup besoin de vos lumières !

— Eh bien, Yola, me feriez-vous une crise de jalousie ? répliqua Axel avec un sourire ironique.

— Non… pas du tout… bafouilla-t-elle.

Elle se reprit aussitôt :

— Je constate seulement que je vais être obligée de prendre rendez-vous pour avoir droit à un entretien, le fustigea-t-elle.

— Yola, vous devez comprendre que vous n'êtes pas *ma* seule élève. D'autres étudiants ont aussi besoin de conseils…

— Dites plutôt des *étudiantes*, insista-t-elle avec arrogance. C'est curieux, je ne vois jamais un seul garçon venir vous poser des questions !

Axel était agacé. Son sourire avait disparu, il la sermonna :

— Yola, cessez de faire l'enfant, vous êtes une jeune femme responsable, vous devez vous comporter avec plus de maturité. Mettez un terme à ces crises de jalousie puériles !

Le ton était grave et incisif, le regard dur et glacial. Yola sentit qu'elle avait été trop loin. Elle se radoucit et avoua doucement :

— Pardonnez-moi Professeur, vous avez raison. Mes camarades ont autant besoin de votre attention que moi et je n'ai aucun droit de vous accaparer. Je serai donc raisonnable et attendrai mon tour.

Ses yeux brillèrent d'une clarté espiègle lorsqu'elle conclut :

— Après tout, je devrais m'estimer heureuse, puisque nous allons avoir tout le week-end en tête-à-tête pour échanger.

Sans attendre sa réponse, elle tourna les talons en lui faisant un signe de la main.

Axel se sentait de plus en plus mal à l'aise. Le comportement de la jeune fille était imprévisible et il commençait à appréhender le week-end en sa compagnie. Annuler serait la meilleure des solutions, mais son instinct le mettait en garde contre le trop grand sentiment de déception que ressentirait Yola. Il ne voulait pas lui faire de peine et encore moins être désobligeant face à ses parents.

8
Visite sur le bassin

Le samedi arriva enfin ! Yola prit le train à la gare Saint-Jean de Bordeaux pour se rendre à Gujan-Mestras où elle retrouva la maison familiale aux environs de midi. Sa mère, comme à l'accoutumée, l'accueillit sur le pas de la porte. Le large sourire qui laissait éclater la blancheur de ses dents ne manqua pas de la surprendre. Elle la serra dans ses bras, déposa un baiser sur sa joue tout en lui faisant part de son étonnement :

— Que me vaut ce sourire si radieux, ma chérie ? Est-ce ton retour à la maison qui te rend si heureuse ?

Yola ne put contenir sa joie plus longtemps, elle expliqua avec excitation :

— Maman ! Mon professeur a accepté de venir passer le week-end chez nous afin que je lui fasse visiter le Bassin. Je suis tellement contente, tu vas voir, c'est un homme charmant !

Maggy fut presque tétanisée par l'annonce. Elle fronça légèrement les sourcils, inquiète de la rapidité des événements. Le plus compliqué allait être d'en faire part à son mari. La venue de l'enseignant risquait de le contrarier. Ne voulant pas gâcher la joie de Yola, elle fit mine d'être satisfaite.

— Eh bien nous le recevrons comme il se doit, ma chérie, je vais préparer la chambre d'ami et prévenir ton père que nous aurons un invité.

Avant qu'elle n'entre dans la maison, Yola la retint :

— Aurais-je dû demander la permission à papa avant d'inviter Axel ?

Maggy se retourna et sourit à sa fille. Rassurante, elle lui répondit :

— Ne t'inquiète pas, ton père est toujours méfiant avec les étrangers, mais j'en fais mon affaire.

Yola suivit sa mère à l'intérieur, se composa un visage détendu avant d'aller rejoindre son père qui, comme à son habitude, lisait son journal au salon.

Il leva les yeux de l'hebdomadaire et accueillit sa fille avec bonheur.

— Ah ma Yola ! Comment vas-tu ? Tu n'es pas trop fatiguée ?

— Non, papa, tout va bien, dit-elle en l'embrassant sur le front.

Elle ne savait trop comment lui annoncer la venue d'Axel, elle attendit l'intervention de sa mère. Celle-ci, appuyée contre le chambranle de la porte, s'exprima d'un ton qui se voulait naturel :

— Nous recevons un hôte de marque ce week-end, Jean. Yola a invité son professeur d'histoire à venir découvrir le Bassin.

Le regard de Jean alla de sa fille à sa femme. Ses sourcils relevés marquèrent son étonnement et le rictus qui déforma sa bouche confirma un début de contrariété. L'inquiétude qu'il lut dans les yeux de son épouse le conforta dans ce qui le minait depuis sa dernière sortie en bateau avec Yola. Son instinct ne l'avait pas trompé quant au changement de comportement de sa fille…

Yola vint immédiatement s'asseoir sur ses genoux comme elle le faisait lorsqu'elle était enfant.

— Mon petit papa, ne sois pas en colère. Je n'ai pas eu le temps de vous en parler avant, j'ai proposé spontanément à Axel de venir après qu'il m'a expliqué ne pas bien connaître le Bassin d'Arcachon. Je suis désolée, papa, veux-tu que je l'appelle et que j'annule ?

Yola connaissait bien son père et les mots qui le faisaient fléchir. Jean ne savait rien refuser à sa fille chérie.

— C'est bon, dit-il, nous recevrons ce jeune homme puisque tu sembles bien l'apprécier. À quelle heure arrive-t-il ?

— Vers seize heures, je crois, il avait des affaires à régler avant.

— Hum! C'est un peu tard pour une balade sur le bassin, on programme ça demain. J'espère qu'il a le pied marin, ton professeur. Comment s'appelle-t-il déjà ?

— Axel Farsen. Il est suédois. C'est un descendant du Comte de Fersen, l'amoureux de Marie-Antoinette !

Yola n'en dit pas plus, elle se leva d'un bond pour rejoindre sa chambre et y déposer son sac resté dans l'entrée. Jean interrogea son épouse du regard sur les énigmatiques paroles de leur fille. Elle haussa les épaules et disparut dans sa cuisine. Jean voulut en savoir plus. Il la suivit et l'interrogea :

— Tu étais au courant ?

— Non. Yola me l'a annoncé en arrivant.

— Mais… Elle a bien dû te parler de lui, si c'est son professeur !

Maggy ne put se défiler davantage. Elle lui fit part de leurs échanges sans toutefois avouer ses inquiétudes. Mais Jean connaissait bien sa femme : en trente ans de mariage, ils ne s'étaient jamais rien caché. Il sentit dans le ton de sa voix un embarras palpable.

— Dis-moi ce qui t'inquiète.

— Je ne sais pas trop… Tu connais Yola, elle s'enflamme tellement vite… Je crains qu'avec ce jeune homme, elle…

Elle ne put terminer sa phrase. Jean se planta face à elle, lui tint les deux épaules et insista encore :

— Que t'a-t-elle dit qui te préoccupe au point de ne pas pouvoir m'en parler ?

Maggy se plaqua contre sa poitrine et murmura :

— Yola est sous le charme de ce jeune homme et elle semble persuadée qu'il a lui aussi des sentiments pour elle. Je l'ai mise en garde, mais… sa vision des choses me fait peur…

— Oh ! J'assiste à un scoop ! Un câlin en direct ! C'est si rare de vous voir enlacés ! lança Yola depuis la porte de la cuisine en riant.

Maggy et Jean s'écartèrent brusquement, embarrassés de s'être laissé aller à des effusions si peu dans leurs habitudes. Troublé, Jean demanda :

— Il y a longtemps que tu nous observes ?

— Juste le temps d'assister à ce beau moment de tendresse.

— Bon, ben… tu en as assez vu pour aujourd'hui, conclut-il en quittant la cuisine pour rejoindre son fauteuil dans le salon et chercher des infos sur l'application météo de sa tablette.

Yola resta avec sa mère, impatiente de savoir comment son père avait pris l'annonce de la venue d'Axel.

— Il t'a dit quelque chose ?

— À quel sujet, ma chérie ? demanda Maggy innocemment.

— Au sujet d'Axel. J'ai bien vu qu'il marquait le coup quand tu lui as dit… Il t'a posé des questions ?

Maggy botta en touche par un mensonge.

— Oh, tu connais ton père, il bougonne pour le principe. Mais je lui ai expliqué que c'était bien de rencontrer quelqu'un de ton entourage proche. Tu nous parles si peu de tes relations que te savoir sous la protection amicale de ton professeur est sans doute une bonne chose pour lui.

— Cool ! Vous verrez, vous ne serez pas déçus, Axel est quelqu'un de formidable.

Maggy ne fut pas rassurée pour autant. Elle acquiesça avec un pâle sourire.

Yola s'en contenta et tourna les talons. Elle fila dans le jardin s'installer sur un transat, le visage tourné vers l'horizon, se prélassant pendant que le déjeuner mijotait dans la cocote.

Le repas fut pris dans une atmosphère détendue. Tout au moins pour Yola, intarissable sur le programme de ses cours et sur les avancées de son devoir d'histoire. Sa logorrhée cachait sans aucun doute son impatience et sa nervosité. Ses parents n'en furent pas dupes, mais préférèrent l'écouter sans l'interrompre. Sous ce calme apparent couvait l'appréhension des uns et des autres.

En début d'après-midi, Jean et Maggy s'absentèrent le temps d'une petite sieste. Yola termina la vaisselle avant de s'allonger à nouveau sur le transat, au soleil. Lunettes noires sur le nez, un bouquin entre les mains, un verre de jus de pomme posé sur la petite table du salon de jardin, elle se retrancha dans ses rêveries.

*

Vers seize heures, comme convenu, la voiture d'Axel se gara le long du muret d'enceinte. Dès qu'elle entendit le moteur, la jeune fille lâcha son livre, bondit du transat et fit le tour de la maison. En approchant du portail, elle prit une grande inspiration pour calmer les battements de son cœur, puis s'avança à la rencontre d'Axel.

— Bonjour Professeur. Vous avez fait bonne route ?

Elle mourait d'envie de lui déposer un baiser sur la joue, mais se retint.

— Oui, sans problème, vos explications étaient parfaites, je ne me suis pas perdu.

— Venez, je vais vous présenter mes parents.

Axel suivit Yola à l'intérieur de la maison. Les bras ouverts en signe de bienvenue, la mère fut la première à l'accueillir, un large sourire aux lèvres. Son mari s'avança à son tour. Il lui serra la main, sans un mot. Son regard n'était pas aussi avenant que celui de son épouse. Il le sentit sur ses gardes.

— Nous sommes enchantés de faire votre connaissance, Monsieur Farsen, venez vous asseoir au salon. Puis-je vous offrir un rafraîchissement? proposa Maggy pour rompre la glace.

Axel s'exécuta. Il sentait le regard du père de Yola peser sur lui, lourd de questions.

— Merci Madame, avec plaisir. Mais appelez-moi Axel, s'il vous plaît, je réserve le «monsieur» à mes élèves, répondit-il en regardant Yola.

— Si vous m'appelez Maggy, alors! Ici nous sommes en famille! lâcha-t-elle spontanément.

Jean toussota, la toisant d'un regard noir de sous-entendus. Il acquiesça, mal à l'aise :

— Mon épouse a raison, tout le monde nous appelle Maggy et Jean, faites de même… Axel.

Ils s'installèrent sur les fauteuils en silence. Yola suivit sa mère dans la cuisine pour préparer des verres d'orangeade.

— Alors, comment le trouves-tu, maman?

— Charmant, en effet. Mais le pauvre semble bien gêné par l'attitude très froide de ton père. J'espère qu'il ne va pas le passer sur le gril de ses questions. Ne les laissons pas seuls trop longtemps.

Yola prit le pichet d'orangeade et suivit Maggy avec le plateau de verres. Un silence pesant régnait dans la pièce. Aucun des deux hommes ne semblait vouloir entamer la conversation. Yola vint s'asseoir près d'Axel, face à son père. Elle brisa la glace en disant :

— Axel n'est jamais venu sur le Bassin d'Arcachon. Je propose que demain nous fassions un tour de bateau pour lui faire découvrir l'île aux oiseaux. Tu es d'accord papa ? Nous pourrions même pique-niquer, le temps est idéal. Qu'en dis-tu, maman ?

Jean et Maggy d'un regard entendu acquiescèrent.

— Bonne idée, ma chérie. Qu'en pensez-vous, Axel ? demanda Maggy.

— Avec plaisir, je n'ai jamais fait de voile.

Yola pouffa de rire comme une enfant et s'exclama :

— Ce n'est pas un bateau de plaisance, c'est une barque de pêche ! Ici il n'y a que les touristes qui se baladent en voiliers.

— Désolé, répondit le jeune homme en rougissant légèrement. Un bateau de pêche me conviendra tout autant, ajouta-t-il avec le sourire.

Jean le scruta avec insistance

— Je me suis laissé dire qu'on pêchait le saumon, en Suède. Mais peut-être que vous ne connaissez pas bien votre pays d'origine ?

Axel baissa les yeux, il confessa :

— En effet, j'ai quitté la Suède lorsque j'étais enfant et je n'y suis jamais retourné. Nous avons vécu en France, avec mes parents. À Paris.

— Quels métiers exercent-ils ?

— Mon père était professeur de littérature et ma mère enseignait l'anglais. Tous deux à la Sorbonne.

— Étaient ? Pourquoi, ils sont déjà à la retraite ? demanda Jean.

— Non. Ils sont morts dans un accident de voiture il y a quinze ans.

Un ange passa dans la pièce, versant une pluie de reproches sur la tête de Yola et de ses parents. La jeune fille se sentit mal à l'aise. Bien que vexée par l'indiscrétion de son père, elle était tout de même surprise qu'Axel se confie si facilement à sa famille alors qu'au cours de ses entretiens privés, elle n'avait jamais réussi à apprendre grand-chose de lui. À cet instant, elle ressentit le chagrin qui l'accablait dans cette confession. L'obligation de se livrer à des inconnus risquait de détériorer le lien si fragile qu'elle avait tissé entre eux. Elle ne savait que dire, sa mère se chargea de détendre l'atmosphère :

— Excusez mon époux, Axel, il est un peu brut, mais il ne pensait pas à mal. Nous sommes désolés pour vos parents. Qu'est-ce qui vous a amené à Bordeaux ? Vous ne vouliez pas enseigner à la capitale ?

— Non, je n'avais plus vraiment d'attaches à Paris. La province convient mieux à mon caractère solitaire.

— Mais… insista Jean, curieux, vous deviez être encore très jeune lorsque vos parents sont décédés, alors qui s'est occupé de vous pendant toutes ces années ?

Axel mit quelques instants avant de répondre, il sentait les trois paires d'yeux braquées sur lui.

— Une tante de ma mère m'a accueilli à leur mort, elle a payé mes études dans un pensionnat. C'est tout, rien de palpitant ni de dramatique.

— Vous êtes bien modeste, ajouta Maggy. Vous avez eu le courage d'entreprendre de longues études sans famille pour vous soutenir.

— Je l'ai fait pour mes parents, je leur devais de réussir.

Un silence s'installa entre eux. Yola avait les larmes aux yeux.

— Et depuis toutes ces années, pas de petite amie ou de fiancée ? interrogea Jean incorrigible.

— Non, pas vraiment, vous savez je me suis consacré pendant longtemps à mes études. L'agrégation demande bien des sacrifices.

— C'est ce que je dis à Yola : d'abord la fac ! renchérit Jean en regardant sa fille avec insistance.

Celle-ci rougit, mais préféra se taire.

— Vous n'avez pas à vous inquiéter, dit Axel, Yola est une excellente élève, très sérieuse.

— À la bonne heure, conclut Jean avec le sourire.

Jean, qui en savait suffisamment sur le jeune homme, décida de changer de conversation. L'ostréiculture fut aussitôt à l'honneur, et rasséréné, le père se fit une joie d'expliquer à Axel d'où venaient les différents goûts des huîtres, comment elles étaient élevées et le nom de tous les ports que comptait le Bassin. Ce dernier écouta religieusement les explications du loup de mer qui, lorsqu'on le lançait sur son sujet favori, devenait intarissable.

Yola les interrompit brusquement :

— Bon, si nous allions faire un tour, Axel, nous pourrions contempler le coucher de soleil sur le port de Gujan, vous verrez c'est un spectacle magnifique même à marée basse. En tout cas, moi, je ne m'en lasse pas.

Tous trois la regardèrent, surpris par cette brusque intervention. Son père fronça les sourcils. Il ne pouvait s'empêcher de penser que, bien qu'Axel semblât un homme tout à fait correct, parfaitement éduqué, et même s'il était plus âgé que Yola, ce dernier n'en demeurait pas moins séduisant. Aussi, Yola pouvait très bien tomber sous son charme. L'inquiétude dont Maggy lui avait fait part n'était pas à prendre à la légère. Mais on n'était plus au Moyen-Âge et il n'allait pas leur interdire de sortir se promener.

Axel se leva aussitôt, peut-être soulagé de s'extirper des griffes de Jean.

— Je vous suis, Yola, faites-moi découvrir votre village.

— Nous serons rentrés pour dîner, maman.

Maggy les regarda s'éloigner depuis le pas de la porte d'entrée. Jean mit sa main sur son épaule et murmura :

— Souhaitons qu'elle ne fasse pas de bêtises.

— Je pense que ce jeune homme est sérieux. Il est amical et ne montre aucun empressement envers Yola. Je crois qu'il saura garder ses distances.

— Oui, faisons-lui confiance. Il me semble assez mûr pour ne pas engager Yola dans une idylle, si lui-même n'éprouve pas de sentiments pour elle.

— Allez rentrons, viens m'aider à préparer le repas, conclut Maggy en caressant la joue de son mari.

Yola et Axel avançaient côte à côte sur le chemin bordant l'entrée du port de Larros. Le soleil qui déclinait doucement perçait la surface de l'eau de ses derniers rayons argentés. La marée montante apportait avec elle les poissons venus du large. Les mouettes aux aguets piaillaient d'impatience en tournoyant au-dessus d'une eau bouillonnante, prêtes à plonger. Dans les restaurants de fruits de mer qui longeaient la darse, quelques convives étaient attablés devant un verre de vin blanc et une assiette de crustacés. Ce mois d'octobre était radieux et emplissait le cœur de Yola d'une joie immense. Être là, chez elle, avec Axel… le rêve devenait réalité. Le jeune homme observait les alentours, silencieux. Les yeux légèrement clos, il humait les senteurs marines.

— C'cst bcau n'cst-cc pas ? sc rcnscigna-t-cllc.

— Oui. Et très reposant. Merci à vous de m'avoir invité.

— C'est avec plaisir Axel, mais… peut-être pourrions-nous nous tutoyer, maintenant. Surtout depuis que mon père vous a extorqué des confidences. Il est parfois un peu rude, mais c'est un homme généreux dans tout ce qu'il fait.

Elle s'approcha de lui, sa main effleura la sienne. Il eut un infime sursaut avant de répondre :

— Je n'en doute pas et je comprends sa réaction, sa fille ramène un inconnu à la maison, son professeur de surcroît, un pur citadin qui n'a jamais mis les pieds sur le Bassin et ne connaît rien à la mer. Il est en droit de se poser des questions. Quant à se tutoyer, Yola, je n'y tiens pas, pas plus que votre père, j'imagine… Je suis là en toute amitié, mais… Je reste votre professeur et vous mon élève.

Ils s'étaient arrêtés au bout de la jetée du Christ, face à la mer. Le vent forcissait avec la montée des eaux. Le sourire extatique qui éclairait le visage de Yola depuis l'arrivée d'Axel s'effaça d'un coup. Ses yeux se remplirent de larmes. Elle marmotta dans un sanglot :

— Je pensais… qu'il y avait plus qu'une simple relation de professeur à élève entre nous. Je vois bien comment vous me regardez pendant les cours, la façon dont vous me souriez. Axel ! Je sais que vous n'êtes pas indifférent et que vous soyez mon professeur n'a aucune importance, il nous suffit d'être prudents, de ne pas nous afficher en public ! Je vous aime, Axel, c'est la vérité et je n'y peux rien !

Elle se jeta contre sa poitrine en pleurs. Le jeune

homme la repoussa doucement, prit ses épaules entre ses mains fermes et murmura :

— Yola, écoutez-moi. J'ai beaucoup d'affection pour vous, vous êtes une jeune femme intelligente, cultivée, pleine d'enthousiasme, mais je ne suis pas amoureux de vous ; je suis désolé. Ce n'était pas une bonne idée finalement de venir passer le week-end chez vous. Je ferais mieux de partir.

Il la lâcha, tourna les talons. Elle accrocha son bras et, dans un cri déchirant, déclara :

— Non attendez ! Ne partez pas, mes parents ne comprendraient pas et seraient furieux contre moi. Je vous promets de ne plus vous importuner avec mes sentiments. Je n'aurais pas dû ! Oubliez tout ce que j'ai dit et restons amis. J'ai tellement besoin… de vous.

Elle termina sa phrase dans un sanglot, le visage caché dans ses mains. Quelques secondes s'écoulèrent dans le silence. Axel attendait, bras ballants. Elle prit une grande inspiration, releva la tête. Elle lui présenta une frimousse où toute marque de chagrin avait subitement disparu. Elle gloussa comme un petit animal, puis glissa son bras sous le sien, et l'entraîna sur le chemin du retour.

— Allez, rentrons. Maman nous attend pour dîner.

Axel resta sans voix. La métamorphose à laquelle il venait d'assister le laissait dubitatif. S'il n'était pas aussi cartésien, il aurait pu croire à un phénomène surnaturel. Cette capacité de la jeune femme à passer de l'affliction à l'euphorie était pour le moins déconcertante. Tout ceci le mettait mal à l'aise et l'aveu de son amour l'embarrassait. Il avait bien senti l'affection qu'elle lui portait, mais n'en avait pas mesuré les conséquences. Bien des jeunes filles lui tournaient autour depuis qu'il enseignait, mais il les avait toujours gardées à distance.

Son statut de professeur le protégeait. Il préservait sa vie privée comme un joyau. Jusqu'alors, aucune d'elles n'avait su d'où il venait, comment il vivait, quels étaient ses penchants amoureux. Comment avait-il pu baisser sa garde si facilement, accepter une invitation chez une de ses élèves et se retrouver à faire des confidences sur son passé, sur sa famille à des inconnus ? Il allait devoir garder ses distances avec Yola. Il était conscient de lui faire de la peine, mais *ne valait-il mieux pas stopper ses ardeurs avant d'être obligé de se justifier ?*

Il n'eut pas le temps de trouver la réponse avant d'arriver chez les parents de Yola. Ils avaient marché dans un silence lourd d'interrogations.

Yola entra sans se départir de son air radieux. Axel se força à sourire à Maggy et à Jean, puis annonça :

— C'était une agréable promenade. Le port est magnifique, les senteurs marines, les couleurs du ciel à la tombée de la nuit, vous vivez dans un endroit charmant. J'ai hâte d'être à demain pour découvrir ce paysage depuis le bateau. Encore merci de m'accueillir chez vous Jean, Maggy.

D'un signe de tête, il leur adressa ses remerciements. Sa désinvolture et ce flot de paroles cachaient sa gêne avec difficulté.

Les parents de Yola furent surpris d'un tel enthousiasme. L'air du Bassin l'avait-il déridé ?

— Eh bien merci Axel, vous nous voyez ravis que notre région vous plaise, répliqua Jean.

— Je monte me rafraîchir avant le repas, maman. Axel, suivez-moi, je vais vous montrer votre chambre, indiqua Yola.

Impassible, le jeune homme s'exécuta.

— C'est ici, indiqua-t-elle. Elle n'est pas très grande, mais c'est confortable et pas bruyant. La mienne est juste à côté. Celle de mes parents est en face et la salle de bains est au fond du couloir. On se retrouve dans quinze minutes dans la salle à manger. Mes parents aiment dîner tôt.

Elle ouvrit la porte de sa chambre sans plus un mot et disparut. Axel entra dans la sienne. Un cocon fleuri l'accueillit. La pièce sentait bon la lavande, couleur qui tapissait les murs. Le lit à deux places était en bois blanc assorti de deux chevets et d'une commode. Des photos encadrées du Bassin, de Jean sur son bateau de pêche, au port et en mer, décoraient harmonieusement les murs. Sur la commode, des coquillages et des astéries dans un panier d'osier ne laissaient aucun doute sur les goûts prononcés de ses hôtes. Axel eut honte d'entrer ainsi dans l'intimité de ces gens simples et chaleureux. Ils lui avaient ouvert leur porte et lui, allait devoir la refermer très vite, avant qu'ils ne s'imaginent qu'un lien amoureux l'unissait à leur fille.

Il s'allongea sur le lit, croisa ses bras sous sa tête et ferma les yeux. Tout pourrait être si simple s'il aimait les femmes. Cette jeune et jolie jeune fille prête à lui offrir son amour, ses parents aimants et accueillants, cette maison où il pourrait se sentir chez lui en famille, lui qui n'en avait plus… Mais on ne choisit pas qui l'on est. Son penchant pour les hommes, il en avait pris conscience il y a bien longtemps, après la mort de ses parents, quand il s'était retrouvé dans cette pension pour garçons. À l'heure des premiers émois, quand le corps se transforme, que les hormones dansent la gigue, il avait ressenti sa première vague de plaisir au contact d'un adolescent. Il ne regrettait pas le choix de cette vieille tante, bourgeoise, célibataire et acariâtre, peu encline à s'occuper de l'enfant orphelin d'une nièce inconnue. Avec l'argent que ses parents avaient laissé à leur mort, elle avait payé ce pensionnat parisien jusqu'à sa majorité. Son avenir, il l'avait ensuite construit tout seul. Enseigner comme ses parents devint son seul but. Pour qu'ils soient fiers de lui là où ils étaient, il avait déployé de véritables trésors d'abnégation pour obtenir l'agrégation d'Histoire. Afin de fuir Paris et ses souvenirs douloureux, il avait opté pour Bordeaux. Quant à cette tante, elle ne prit jamais de ses nouvelles depuis, mais de cela, Axel n'avait cure.

Heureusement qu'il n'avait pas eu besoin de donner autant de détails aux parents de Yola. Ils en savaient bien assez et elle aussi.

Il sourit en pensant à la réflexion de Yola sur son patronyme si proche de celui du comte de Fersen. La pauvre était dans l'erreur. Son «prince charmant» n'avait aucun sang noble dans les veines. Fersen ou Farsen était un nom des plus communs en Suède. Lui laisser croire que peut-être un de ses aïeux était lié par filiation à la famille du comte de Fersen n'avait pas été judicieux, car la jeune fille s'était obstinée, ne comprenant pas son manque d'intérêt pour ses ancêtres. Il espérait que ses aveux ce soir, sur la pauvreté de sa lignée et ses origines, la persuaderaient de son erreur.

Il se leva, se changea et descendit rejoindre ses hôtes.

Une fois réunis dans la salle à manger, ils passèrent à table. Le repas fut un régal, la conversation légère. Chacun semblant éviter les sujets sensibles en ne posant plus de questions personnelles au jeune homme. Jean s'intéressa aux études de Yola en sondant Axel :

— Alors Axel, êtes-vous content du travail de Yola ? C'est une bonne élève, vous m'avez dit.

— Oui, sans conteste, elle est brillante. Je ne doute pas de ses capacités pour aller jusqu'à l'agrégation d'Histoire.

— Oh ! Mais nous n'avons pas d'université sur le Bassin d'Arcachon, seulement des lycées. Ton désir est bien d'enseigner ici, ma chérie, n'est-ce pas ?

Jean avait posé la question, conscient de la réponse qu'allait donner Yola. Il espérait toujours la faire changer d'avis. Elle botta en touche.

— J'ai encore du temps pour y réfléchir. Je ne veux pas me mettre la pression dès la troisième année. Qu'en pensez-vous, Axel ? Le cours de ma vie peut changer du jour au lendemain, alors pourquoi faire des projets à long terme ?

Elle s'était exprimée tout en regardant Axel droit dans les yeux, un petit sourire aux lèvres chargé d'insinuations.

— Oui, vous avez bien le temps, vous êtes encore très jeune et l'agrégation ne se décide pas à la légère, répondit-il d'un ton paternaliste.

Le message était clair : Yola rêvait d'un avenir avec Axel et n'avait cure de l'agrégation. Quant au jeune homme, il ne voulait blesser personne et surtout pas se mettre Jean à dos. Aller dans son sens était la meilleure des solutions.

C'est avec un sourire plein de gratitude que Jean proposa café et pousse-café à Axel. Installés au salon, les deux hommes s'entretinrent de l'actualité politique du pays, du réchauffement climatique et des problèmes des ostréiculteurs. Yola et sa mère, n'osant intervenir devant une si belle osmose, se servir une tisane, avant de les rejoindre dans le canapé.

— Je trouve Axel un peu sur ses gardes, pas très détendu. Comment s'est passée votre promenade ? Tu n'as rien dit en rentrant et tu m'as paru un peu autoritaire avec lui, interrogea Maggy.

Yola se mit à rire tout en répliquant :

— Oh ! Il n'est pas très à l'aise, c'est normal. Il ne veut pas que papa se doute de notre relation. Pendant notre balade…

La jeune fille minauda avant de poursuivre, les yeux pétillants de malice.

— Il m'a déclaré ses sentiments. Tu vois, maman, je ne m'étais pas trompée ! Il est amoureux de moi !

— Ah ? fit sa mère sur un ton plus de surprise que de contentement. Elle poursuivit, étonnée :

— Il cache bien son jeu, effectivement, et ses propos à table ainsi que son attitude distante envers toi ne m'ont pas donné cette impression. Et… vous avez parlé de projets ? Comment allez-vous faire à la fac pour…

Yola l'interrompit :

— Arrête de t'inquiéter. Nous verrons bien au jour le jour. Pour l'instant, le plus important c'est qu'il m'aime et je suis la plus heureuse du monde !

Maggy observa sa fille qui virevoltait sur elle-même, son inquiétude grandissant au fur et à mesure de ses paroles. Yola lui paraissait trop sûre d'elle. À vingt et un ans, elle n'avait pas connu beaucoup de garçons et se jeter ainsi au cou de celui-ci, bien plus âgé qu'elle, lui paraissait précipité.

— Sois prudente, ma chérie, tu ne sais rien de ce jeune homme. Si j'en crois ce que tu m'as dit sur vos échanges, il ne se livre pas facilement. Tu n'étais même pas au courant de la perte de ses parents. Tu ne sais pas s'il a encore de la famille. A-t-il des amis, des activités en dehors de ses cours ? Où habite-t-il ? Peut-être que tu n'es pour lui qu'une idylle de passage, peut-être que…

— Non, maman ! Arrête ! Je sais qu'il m'aime, il me l'a dit ! lui souffla-t-elle un ton plus bas, pour ne pas attirer l'attention. Ce week-end était fait justement pour qu'il me déclare ses sentiments. Pour qu'il m'avoue ce que je savais déjà. Le reste n'a pas d'importance. J'ai confiance en lui, il trouvera des solutions pour que nous soyons réunis.

Maggy essuya ses mains au torchon et prit sa fille dans ses bras. En la serrant très fort, elle murmura :

— Oh ma chérie ! Je ne veux que ton bonheur, tu sais. Tu es si jeune encore, si inexpérimentée. Je ne supporterais pas de te voir malheureuse.

Yola se laissa bercer par les bras rassurants de sa mère. Elle ferma les yeux pour refouler les larmes qui menaçaient de couler.

— Tout va bien maman, je ne serai pas malheureuse. Axel est l'homme de ma vie. Il va m'aider à poursuivre mes études et, quand j'aurai mon diplôme, on s'installera à Bordeaux. Et puis tu as vu, papa commence à bien l'apprécier !

Une fois encore, comme par magie, son abattement laissa place à la gaieté. Sans plus un mot, elles rejoignirent les deux hommes.

Lorsqu'ils remontèrent dans leur chambre, Yola précéda Axel et s'arrêta devant sa porte. Sans qu'il s'y attende, elle déposa un baiser sur sa joue.

— Bonne nuit, Axel, dormez bien, murmura-t-elle timidement.

— Bonne nuit Yola.

Il la retint par le bras. Maladroitement il demanda :

— Vous ne m'en voulez pas, j'espère ? Nous pouvons rester amis. Je serais très triste de perdre votre amitié parce que mes sentiments ne sont pas… ceux que vous souhaitiez.

Elle le regarda tendrement.

— N'ayez crainte Axel, je suis toujours votre amie.

Elle disparut aussitôt dans sa chambre.

Elle resta appuyée contre la porte refermée, les mains dans le dos, les yeux clos et un sourire béat aux lèvres… *Il veut que nous soyons amis. Rien n'est donc perdu. Je saurai lui faire changer d'avis, le rendre amoureux, car il l'est déjà, mais se refuse à l'admettre. Sans doute n'a-t-il jamais aimé vraiment. Le nez dans les bouquins pendant toutes ces années… Ça ne lui a pas permis de faire des rencontres. Mais je suis là. Je vais l'aider à dépasser ses peurs, je vais lui apprendre à me connaître, je vais lui devenir in-dis-pen-sa-ble. Il finira par me demander en mariage. Quelle bonne idée j'ai eue de l'inviter! Ainsi mes parents le connaissent bien dorénavant. Bon, il faut d'abord que je termine mon cursus et papa sera satisfait que je ne fasse pas l'agrég! Évidemment, un poste de prof à Bordeaux ne va pas l'enchanter, mais il s'y fera!*

Yola se coucha, satisfaite de la tournure des événements. Demain serait une journée magnifique aux côtés d'Axel.

Pendant ce temps, allongés dans leur lit, Maggy et Jean ne pouvaient trouver le sommeil. Chacun perdu dans ses pensées, les mêmes sans aucun doute. Jean rompit le silence le premier :

— Est-ce que tu as parlé avec Yola au retour de leur promenade?

— Oui.

— Et?

— Et… elle m'a affirmé qu'Axel lui avait avoué être amoureux d'elle.

Jean se souleva brusquement dans le lit, alluma sa lampe de chevet et toisa Maggy.

— Ce n'est pas possible. Je ne peux pas croire qu'il ait caché son jeu face à nous en se montrant distant avec elle, même moralisateur en parlant des études!

Qu'en penses-tu ?

— Yola était très excitée, elle m'a dit être la plus heureuse du monde. Peut-être que, par rapport à nous, il n'est pas très à l'aise justement, car il est son professeur. Peut-être comptait-il qu'elle garde le secret…

— Oui, tu as sans doute raison. Après tout, ils sont adultes. S'ils sont vraiment amoureux, on ne pourra pas les empêcher.

Jean se rallongea, éteignit la lumière. Maggy ne répondit rien. Tous deux attendirent le sommeil, l'esprit emprisonné dans la même crainte profonde, sourde, terrifiante : *Et si tout recommençait…*

La journée en bateau, le pique-nique sur l'Île aux Oiseaux, le soleil chaleureux d'octobre, le clapotis des vagues, les mouettes virevoltantes, la gentillesse de Maggy, la bonhomie de Jean et Axel radieux, souriant, attentif… Tous les ingrédients étaient réunis pour combler le cœur de Yola d'un bonheur extrême.

Et c'est en fin d'après-midi qu'ils se séparèrent. Axel avait le visage rougi par le bon air. Il remercia cordialement les parents de Yola pour cet agréable week-end et promit de revenir leur rendre visite. Comme il rentrait à Bordeaux et que Yola devait prendre le train du soir, il proposa de la raccompagner en voiture jusqu'à son studio à Talence. Yola embrassa son père et en déposant un baiser sur la joue de Maggy, elle lui murmura à l'oreille :

— Ne t'inquiète pas maman, tout va bien se passer.

Elle monta dans la voiture sans un regard pour eux.

Axel alluma la radio. De la musique classique aux tonalités feutrées envahit l'habitacle, interdisant toute conversation. Yola respecta cet intermède musical, les yeux fermés, la tête appuyée sur le rebord de la portière, elle rêvassait. Axel conduisait, content que la musique l'empêche de s'entretenir avec Yola. Que pourraient-ils se dire de plus ? Le week-end avait été agréable malgré les élans amoureux de Yola, les paroles franches qu'il avait eues pour dissiper tout malentendu, ses pleurs, puis sa joie retrouvée aussi vite. Son animosité à son égard ayant disparu comme par enchantement. Comment allait-il reprendre le cours de sa vie en faisant fi de ses confidences ?

Il avait proposé spontanément de rester amis, mais se contenterait-elle de cela ? Si elle revenait à la charge, il serait obligé de lui avouer son homosexualité. Saurait-elle garder le secret ? Cette perspective l'embarrassait. Il devait espacer leurs tête-à-tête de fin de cours, ne pas accepter une nouvelle invitation. Elle finirait bien par se lasser…

Axel se gara devant la résidence dont la plupart des logements étaient occupés par des étudiants. Il ne coupa pas le moteur de la voiture, bien décidé à repartir aussitôt. La jeune fille comprit et ne demanda rien. Elle déposa un baiser sur sa joue, le remercia et descendit du véhicule.

— Bonsoir professeur, merci de m'avoir raccompagnée.

— Au revoir, Yola, à demain.

Elle regarda la voiture s'éloigner. Comme elle aurait aimé qu'il la prenne dans ses bras, qu'il l'embrasse. Mais elle devait se faire une raison, c'était encore trop tôt.

Elle retrouva avec bonheur son ordinateur, ouvrit la page sur les mémoires de Marie-Antoinette. Ses doigts se mirent à courir sur le clavier, elle imposait aux touches le fortissimo d'un pianiste. Plus elle tapait, plus son esprit se détachait de la réalité. Elle était à nouveau Marie-Antoinette, reine déchue, emmurée dans sa tour, spectatrice de son fatal destin.

Mais Yola ne voyait pas les choses ainsi. Sa reine allait être sauvée, il le fallait. L'objectif étant de changer le cours réel de l'Histoire, elle allait se servir du vrai complot pour imaginer une fin heureuse, une libération à son double. Si Marie-Antoinette retrouvait Axel de Fersen, Yola, elle, trouverait le chemin du cœur d'Axel Farsen…

9
Marie-Antoinette à la Conciergerie

C'est assise sur ma chaise de paille, comme chaque jour depuis mon incarcération à la Conciergerie, que je déroule inlassablement le livre de ma vie. Les conditions de ma détention sont moins éprouvantes qu'au Temple. S'il n'y avait pas cette atroce brûlure qui étreint mon cœur lorsque je pense à mes enfants, au sort qui leur est réservé et dont j'ignore tout, je m'accommoderais de mon funeste destin. Mes geôliers, les Richard, ne sont pas de mauvaises personnes. Ils remplissent leur devoir tout en ayant pour moi quelques prévenances. Madame Richard, chargée de balayer ma chambre et de me concocter une nourriture ordinaire, s'emploie à me confectionner des mets de choix. Au dîner, servi à deux heures, elle prépare une soupe, un plat de légumes ou du poulet. Et le soir au souper, elle privilégie le bœuf, la fricassée de dindon, les côtelettes ou le pigeon. Dès mon arrivée, elle a garni mon lit de draps en toile fine et d'un oreiller bordé de dentelles. Elle a fait venir la vieille mère du guichetier Larivière pour recoudre ma robe noire effilochée à l'ourlet à force de traîner sur le sol de pierre. Grâce à Michonis, j'ai vu reparaître ma lingerie restée au Temple, mon mantelet, mes fichus de cou en linon, mes mouchoirs, ma paire de bas de soie noire. Des chaussures à la *Saint-Huberty* pour remplacer celles usées par l'humidité et une robe blanche me furent offertes.

La présence de la femme Rivière fut de courte durée, supplantée quatre jours après mon arrivée par la citoyenne Harel. Curieusement, dès qu'elle fut en poste, les administrateurs confisquèrent ma petite montre en or, seul souvenir de ma mère. Un objet qui ne m'avait pas quittée pendant trente ans et qui me rappelait tant les heures claires de ma jeunesse. Accablée, j'en pleurai longuement, mais je n'eus aucune consolation.

Pour adoucir ma captivité, les poissardes, autrefois si hostiles, se sont ralliées à ma cause. Lorsque Madame Richard achète poulets et légumes, ces dernières choisissent ce qu'il y a de mieux sur leurs étals. Quotidiennement, Rosalie Lamorlière, la servante de la Conciergerie, se glisse dans ma cellule pour m'offrir ses services. Elle m'a même apporté de chez elle un tabouret recouvert de tissu. Acquise à ma cause, elle fait au besoin quelques commissions, par exemple un petit miroir acheté avec ses propres deniers. Quant aux gardes, ils m'offrent des fleurs, surtout des œillets pour orner ma triste demeure.

Michonis, en bon inspecteur général des prisons, remplit chaque jour son double rôle. Il inspecte avec soin les barreaux de la fenêtre, examine les portes. Ce n'est que lorsque les gendarmes en faction s'éloignent qu'il se met à deviser amicalement avec moi, me donnant les nouvelles tant attendues de mes enfants. Je ne sais si c'est par cupidité ou par bonté qu'il laisse entrer parfois des curieux, l'un vient baiser ma main, quand un autre souhaite faire mon portrait. Que d'attentions chaleureuses auxquelles je ne peux répondre qu'avec un sourire.

Dans ces longs moments de solitude, à force d'inactivité, mes pieds gonflés me font souffrir. J'ai le droit de les baigner dans de l'eau fraîche avec du sel. N'étant jamais seule dans ma cellule, puisque les deux gardes m'observent en permanence, je n'ai qu'un paravent pour me protéger de leurs regards lors de mes ablutions. Ils m'observent prier, lire, manger, dormir, sans prononcer un mot. Ils fument leur pipe, accoudés à la porte ; lasse de ne rien faire, lorsqu'il m'est trop douloureux de regarder par la fenêtre les visages des autres prisonnières dans la cour, je les contemple jouer au jacquet. J'aimerais m'entretenir avec mes geôliers, mais tout contact m'est interdit et ils respectent scrupuleusement leurs ordres. Alors je replonge dans mes pensées, dans ma vie passée… Et c'est vers Axel de Fersen que se dirigent tous mes souvenirs.

En 1774, j'avais pris l'habitude de m'échapper de Versailles pour aller au bal de l'Opéra, lieu de rendez-vous des nobles. Je m'y rendais protégée d'un masque pour ne pas être reconnue. Un soir, j'y aperçus un jeune homme fort élégant, large d'épaules, musclé. Son visage parfait, ses traits fins et son sourire gracieux m'encouragèrent à engager la conversation. Nous devisâmes agréablement. Il était d'une extrême galanterie, intelligent et très cultivé. J'appris qu'il était gentilhomme suédois, fils de sénateur, héritier d'un grand nom. Mais nous n'étions pas seuls, un cercle s'était formé autour de nous et les gens chuchotaient. Nous étions le point de mire d'une attention trop insistante. Les dames de la cour, pour éviter un scandale, me raccompagnèrent aussitôt dans ma loge. Malheureusement pour moi, rien ne restait secret dans ce Versailles cancanier. On bavarda et on s'étonna qu'une Dauphine quitte le lit conjugal la nuit pour aller se divertir en compagnie d'un gentilhomme étranger. Une faveur bien contraire à l'étiquette !

Je ne tins guère compte des avertissements de ma

mère mise au courant par l'ambassadeur Mercy et conviai dès que je pus Axel aux bals donnés à Versailles. Nos entrevues furent de courte durée puisque Louis le Quinzième mourut trois mois plus tard. Mon nouveau statut de Reine de France m'interdisait désormais toute infraction à l'étiquette. Axel retourna en Suède. Nous ne devions nous revoir que quatre ans plus tard.

Lorsqu'il se présenta à la cour en costume de gala, personne ne sembla se souvenir de lui. Le Roi le salua négligemment, mais, en le voyant, je le reconnus aussitôt et ne pus m'empêcher de m'écrier : « Ah, c'est une vieille connaissance ! » Dès lors, je l'invitais à mes réceptions, le comblant de gentillesses.

J'étais consciente d'être épiée de tous côtés. Mais c'était plus fort que moi : mon penchant pour Axel de Fersen, la profonde amitié – pour ne pas dire l'amour – que je lui vouais, annihilait toute retenue. Je rougissais en le voyant, je n'avais d'yeux que pour lui, même en présence de toute la cour. Mais Axel, en homme droit et respectueux, ne pouvait abuser de la situation à son profit sans me compromettre. Afin de me rendre ma dignité bien trop égratignée par ma légèreté, il s'enrôla dans l'armée en partance pour l'Amérique, sous les ordres du général La Fayette.

Bien des années nous sépareront. Son service au régiment de France, ses affaires familiales en Suède, puis en Finlande durant la guerre contre la Russie, ne feront que l'éloigner de moi. Lors de ses brefs retours à Versailles, c'est à Trianon, dans les jardins, que nous nous retrouvions. Son amitié, son soutien m'étaient d'un grand réconfort. Par la suite, seules nos correspondances où il s'adressait à moi en m'appelant *Joséphine*, prénom emprunté à la femme de chambre d'une de ses amies, maintinrent ce lien si fort et indéfectible entre nous, cet amour chaste, mais non moins profond qui m'accompagna dans les heures les plus tristes de ma vie.

2e partie

Il faut sauver la Reine

10
Le complot à l'œillet

Dans cette antichambre de la mort, je ne savais pas encore que nombre de mes sympathisants œuvraient en secret pour me faire évader. Depuis la tentative avortée lors de mon incarcération au Temple, je n'avais plus eu de contact avec aucun de mes amis proches, pas même de nouvelles de mon cher Axel. Je vivais recluse dans ma cellule, isolée de tous.

La Conciergerie abritait toute sorte de prisonniers. Politiques, droits communs, prêtres réfractaires, prostituées… Tout ce joli monde devait bien évidemment être nourri. D'où un va-et-vient incessant de commis faisant le lien avec l'extérieur. Les détenus se retrouvaient dans la cour lors des promenades, et bien vite ils furent au fait de la présence de la *Reine*. La curiosité enfla dans les rangs. Mais tout système, même le plus draconien, peut faiblir devant la volonté inébranlable de l'individu. L'être humain l'emporte souvent sur le règlement. Grâce à la magie de mon nom et de ma noble attitude, tous ceux qui étaient attachés à ma surveillance devinrent mes amis, mes serviteurs, mes complices…

Les gardiens furent les premiers à se laisser convaincre. Ils trouvèrent un moyen lucratif d'arrondir leur solde en monnayant l'accès à ma cellule à de simples visiteurs. L'inspecteur principal de la prison, Michonis, déjà dévoué à moi lors de mon incarcération au Temple, continua de jouer audacieusement son double rôle.

C'est ainsi que le 28 août, après avoir proposé aux gardes en faction d'aller se dégourdir les jambes, Michonis entra dans ma cellule, suivi d'un homme au teint pâle, au visage grêlé de petite vérole, portant un habit rayé couleur *boue de Paris*. J'étais assise, je levai les yeux sur le visiteur. Mon regard était las de tous ces curieux qui me regardaient comme une bête de foire. Aussitôt je tressaillis. Je l'avais reconnu. Il s'agissait d'un des chevaliers de Saint-Louis qui se trouvait aux Tuileries lors de la journée du 20 juin, et qui m'avait empêchée de suivre le Roi allant affronter les émeutiers. Le chevalier de Rougeville, fervent monarchiste, se tenait devant moi. J'étais profondément troublée par sa présence. Il ne dit mot. Les gardes étaient sortis, la femme de ménage, Madame Harel, ne jouait pas aux cartes cet après-midi-là, elle travaillait et ne pouvait donc rien voir. Michonis se souvint qu'ils avaient d'autres cellules à visiter et prit congé rapidement en déclarant que le chevalier et lui allaient revenir.

Quelques minutes plus tard, j'entendis le cliquetis des clés annonçant leur retour. Je me composai un visage plus serein, bien décidée à observer chaque geste, chaque signe que m'adresserait le chevalier. Toujours sans un mot, il décrocha un œillet de sa boutonnière, et le jeta derrière le paravent. Michonis, scrupuleusement, détourna le regard de la scène. Aucune parole ne fut prononcée, mais je compris immédiatement ce que cachait cette fleur négligemment jetée. Lorsqu'ils furent sortis et avant le retour des gardes, je m'emparai de l'œillet. Attaché à sa tige : un petit mot. Celui de la délivrance, de la liberté ! J'étais sûre que le complot qui se tramait, et auquel de nouveaux complices prenaient part, était ourdi par mon bien-aimé Axel. Mon courage et ma confiance se renforcèrent au fur et à mesure que je lisais :

Madame, vous n'êtes pas seule. Soyez prête ce vendredi 2 septembre à 11 heures du soir, nous viendrons vous chercher. Michonis est dans la confidence et quelques gardes ont à cœur de vous délivrer de votre cauchemar. Ils ouvriront la porte de votre cellule, la jeune Lamorlière vous vêtira comme une servante, en cachant votre visage. Une voiture légère et banale se tiendra à l'entrée de la Conciergerie. Les gardes ont été largement payés pour leur silence. N'ayez crainte, tout est sous contrôle. Nous nous rendrons chez une jeune femme entièrement dévouée à votre cause, Sophie Dutilleul, *une amie intime qui demeure dans le village de Vaugirard. Nous y passerons la nuit et le lendemain nous ferons route vers Bruxelles. Votre fidèle ami vous y attend.*

Je lus et relus ces mots avec fébrilité. Tout mon corps tremblait de peur et de joie mêlées. Je me hâtai de faire disparaître le billet dans un pan de ma robe, ne conservant que l'œillet que je posai sur ma table.

Mon cœur affaibli, meurtri par toute la haine qui m'entourait, reprenait vie avec l'espoir de ma délivrance. Dans le silence de ma cellule, avant que les deux gardes ne reviennent, je m'efforçais de calmer mon émoi. Ils ne devaient s'apercevoir de rien, car je n'étais pas sûre qu'ils soient dans la confidence.

Je passai les deux journées qui me séparaient du soir de mon évasion dans le même état de prostration que les jours précédents. Je priais avec ferveur, mais mille questions sans réponses assaillaient mon esprit. Irait-on cette fois au bout de ce complot ? Les gardes avaient-ils été payés suffisamment pour ne pas nous dénoncer ?

Puis vint le moment des remords. Je pensais à mes enfants dont je ne savais rien. J'allais être sauvée, mais eux, que leur adviendrait-il ? Le Comité de salut public ne leur ferait-il pas payer de leur vie mon évasion ? J'étais douloureusement partagée entre le bonheur de m'enfuir et un profond sentiment de culpabilité à leur égard. Pour chasser mon angoisse, je tournais mes pensées vers Axel, mon Axel, qui ne m'avait pas abandonnée. Je n'étais plus Reine de France, je n'avais plus d'époux, rien ne m'interdisait plus de rejoindre cet homme que j'aimais tant, et depuis si longtemps. Le destin nous faisait-il une faveur en nous réunissant enfin ?

*

Le grand soir arriva. À l'heure dite, Rosalie pénétra dans ma cellule. À son entrée, les deux gardes hochèrent la tête en signe d'approbation et sortirent dans le couloir. Elle se précipita pour m'aider à me vêtir d'une robe de gros tissu sombre comme en portent les domestiques, ainsi que d'un bonnet de coton blanc pour cacher mes cheveux gris. Elle mit une grande cape à capuche sur mes épaules et me chuchota :

— Vite Madame, ne perdons pas de temps. Ces messieurs nous attendent à la porte de la Conciergerie.

— Mais… les gardes ne vont pas nous laisser passer.

— N'ayez crainte, le chevalier les a grassement payés. Ils se sont éloignés sous prétexte de fumer une pipe. Nous pouvons sortir sans appréhension.

Elle m'entraîna aussitôt dans le couloir sombre. Aucun bruit de pas, aucune parole ne vint troubler notre avancée. Je tremblais de tous mes membres, mon cœur prêt à se rompre, je marchais prudemment derrière Rosalie qui semblait si sûre d'elle. Cette jeune fille risquait sa vie pour moi et je ne pourrai sans doute jamais l'en remercier.

Nous passâmes le guichet. D'innombrables pas nous amenèrent enfin à l'entrée de la Conciergerie. Le gendarme en faction fit mine de ne pas me reconnaître, je gardai le visage à couvert sous ma capuche. La peur me vrillait les entrailles. La lourde porte s'ouvrit enfin, j'aperçus dans l'obscurité une voiture attelée. La portière s'entrouvrit et une main se tendit vers moi pour m'aider à monter. Je me retournai un instant et regardai Rosalie sans oser lui sourire. Des larmes coulaient le long de ses joues, elle serra ma main et murmura :

— Adieu Madame, prenez soin de vous et que Dieu vous garde.

Puis elle fit demi-tour et repassa la porte rapidement sans un regard pour le gardien. J'entendis le verrou grincer alors que les chevaux s'ébrouaient prêts à partir sur l'ordre du cocher. Je n'osais respirer, mon cœur battait à tout rompre, je tremblais tellement que l'homme assis à mes côtés prit ma main en signe d'apaisement. Je tournai enfin le regard vers lui. Le chevalier de Rougeville me souriait, sans paraître inquiet le moins du monde. Son calme eut raison de mon angoisse. Je réussis enfin à articuler quelques mots :

— Mon Dieu, Monsieur, je ne sais comment vous remercier. Vous avez pris de grands risques pour me sauver et je vous en serai éternellement reconnaissante.

— Madame, c'est un immense privilège pour moi de mettre ma vie à votre service. Je l'ai toujours fait et je ne serais pas un homme d'honneur si je n'avais pas tenté par tous les moyens de vous extraire de ce lieu maudit.

Nous avions parcouru plusieurs lieues sans entendre de chevaux à notre poursuite. Les gardes semblaient avoir tenu parole en gardant le silence, mais quel sort leur serait réservé lorsque le Comité de salut public s'apercevrait de mon évasion? Comment le fidèle Michonis détournerait-il les soupçons de sa personne, une fois de plus? Des têtes risquaient de tomber et je ne pouvais que prier pour leur salut. Une douleur extrême étreignait mon cœur à la pensée de mes chers enfants restés prisonniers entre les murs hostiles du Temple. Et à celle de ma tendre Élisabeth, cette femme si douce, si pieuse, qui avait passé sa vie aux services des nécessiteux. Qu'allait-elle devenir aux mains de ces hommes assoiffés de sang?

La nuit nous enveloppait. La traversée des rues à peine éclairées par les réverbères se fit dans un silence pesant où seul le bruit métallique des sabots des chevaux sur les pavés témoignait de notre présence. Pas âme qui vive dans les quartiers que nous traversâmes, comme si tout Paris s'était muré dans ses demeures pour nous laisser passer sans danger.

Les fenêtres du carrosse étaient occultées par d'épais rideaux m'interdisant de regarder au-dehors. Je m'informai du temps qu'il nous restait à parcourir avant d'arriver à destination.

— Nous ne sommes plus très loin. Le chemin vous paraît long, car nous avons emprunté les rues les moins fréquentées de la capitale pour éviter tout risque d'arrestation. La Garde nationale est partout et surveille tout déplacement qu'elle jugerait suspect. Mais notre voiture passe inaperçue et nos habits ne prêtent pas aux soupçons. Je ne suis pas Chevalier, un simple marchand qui rentre chez lui avec sa compagne, quoi de plus naturel! expliqua Rougeville avec malice.

J'esquissai un sourire sans joie tant la peur me tenaillait.

Enfin les chevaux ralentirent et la voix du cocher leur intima l'ordre de s'arrêter. Rougeville écarta le rideau de la main et passa la tête par la fenêtre pour s'assurer que personne ne pouvait nous voir. Il ouvrit la portière côté trottoir, descendit et me tendit la main. J'avançai prudemment à sa suite. Il remit une bourse au cocher en le remerciant et nous nous dirigeâmes vers l'entrée d'une maison modeste.

Il frappa trois coups à l'aide du butoir en bronze. Des pas feutrés approchèrent et la lourde porte s'entrouvrit. Un visage gracieux aux prunelles émeraude, encadré par un chignon noué en lacs d'amour et couronné d'une rosette de ruban tigré, nous accueillit avec un large sourire.

— Entrez vite ! Personne ne vous a vus j'espère, dit une voix fluette aux accents très parisiens.

— Non, ma chère, n'ayez crainte, nous avons été très prudents, répondit Rougeville en lui baisant ardemment la main.

Il se tourna vers moi, j'étais restée en retrait, respectant leurs effusions. Il me fit signe d'avancer dans l'antichambre. Sophie Dutilleul exécuta une révérence, les yeux baissés, intimidée.

— Relevez-vous, Madame, je ne mérite aucune marque de déférence aujourd'hui, je ne suis plus reine. Vous accueillez chez vous une simple femme et je vous en suis fort reconnaissante, dis-je tout en l'aidant de la main à se relever.

— Merci Majes… euh… Madame. Je suis très honorée de mettre ma maison à votre service et, même si vous n'êtes plus Reine de France, vous le demeurez dans notre cœur.

Je lui souris, touchée par tant de dévotion et de loyauté monarchique.

Sophie nous précéda dans le petit salon. J'observai les lieux avec un sentiment de soulagement : l'intérieur coquet d'une maison. Du mobilier aux tableaux, des tapis aux bibelots, tout respirait le bon goût et l'élégance. L'ensemble était à l'image de la maîtresse des lieux. J'étais sous le charme de Sophie Dutilleul, avec son sourire et sa grâce naturelle, on ne pouvait que l'aimer. Elle me rappelait ma tendre Gabrielle de Polignac.

— Venez Madame, je vais vous montrer votre chambre, vous devez être bien lasse après de si vives émotions, annonça-t-elle de sa voix la plus douce.

Avant de la suivre, je m'adressai au chevalier de Rougeville.

— Je vais prendre un peu de repos, Monsieur, à quelle heure devons-nous partir demain ?

— En matinée seulement. Un départ trop tôt dans les rues de Paris nous exposerait à un contrôle. Sophie viendra vous réveiller. Bonne nuit, Madame.

Il prit ma main glacée et la baisa.

Je suivis la jeune femme jusqu'à ma chambre. Sur le pas de la porte ouverte, je m'arrêtai. Mes yeux firent un tour d'horizon de la pièce : un papier peint aux motifs floraux soutenu par des tentures en soie rose, un lit aux moulures cannelées en bois gris patiné, dont la tête était recouverte de tapisserie à petits points au décor de roses en guirlandes, un secrétaire en marqueterie, une table de toilette sur laquelle étaient disposés une cuvette et un broc, un pot à fard en porcelaine bleue, un bougeoir où brûlait une chandelle. Une chemise en coton blanc pour la nuit avait été déposée sur le lit. Je me rendis compte tout à coup que je n'avais aucun linge de rechange. Je levai les yeux vers Sophie d'un regard implorant. Elle comprit.

— Je vous ai fait préparer un sac de voyage avec des vêtements pour vous changer et un nécessaire de toilette.

Elle regarda autour d'elle en s'excusant :

— Cette chambre est très modeste, Madame, mais elle est confortable. Le sac est sur la chaise.

— N'ayez pas d'inquiétude ma chère, après ma cellule à la Conciergerie, votre demeure est un joyau. Je vous félicite pour votre goût simple et raffiné. Merci pour vos bonnes attentions, ajoutai-je pour adoucir ma tirade quelque peu hautaine.

— Je vous laisse vous reposer, souhaitez-vous prendre un chocolat avant de dormir ?

— Non merci, Sophie, mon estomac est encore noué par l'angoisse, je ne pourrais rien avaler.

— Bonne nuit, Madame, soyez sans crainte, vous ne risquez plus rien désormais.

Elle sortit en refermant doucement la porte.

Une fois seule, j'ôtai mes vêtements d'emprunt et enfilai la chemise de nuit. Le parfum fleuri du tissu, la douceur des draps emplirent mon cœur de mélancolie. Je laissai libre cours à mes larmes si longtemps contenues.

La frayeur, la peine, la fatigue eurent raison de moi, je sombrai enfin dans un sommeil réparateur.

11
De Charybde en Scylla

Yola s'arrêta d'écrire, terrassée par la fatigue. Elle avait été emportée par le récit de son héroïne pendant une grande partie de la nuit. Il était temps qu'elle dorme un peu pour être en forme le lendemain. Un nouveau jour, un nouveau cours et le regard bleuté d'Axel.

En arrivant devant l'amphithéâtre, elle s'intégra au cénacle d'étudiants qui discutaient joyeusement. Johanna vint l'accueillir, un large sourire aux lèvres. Elle rayonnait au milieu du groupe grâce à sa gentillesse naturelle et à ses élans d'affection spontanés pour les garçons comme pour les filles. Yola l'enviait, elle qui était beaucoup plus réservée, n'était pas à l'aise avec ses camarades. Elle avait toujours l'impression d'être observée, que l'on chuchotait dans son dos, qu'on se moquait d'elle parce qu'elle était plus instruite que la moyenne. Ce sentiment de méfiance qui l'habitait faisait d'elle une proie facile pour ses détracteurs.

— Alors Yola, comment vas-tu ? On ne te voit pas beaucoup ces jours-ci ! lança Johanna tout en l'embrassant chaleureusement.

— Notre Yola est bien trop occupée à roucouler auprès du professeur Farsen ! décocha un grand échalas aux cheveux ébouriffés et au visage parsemé d'acné.

— Arrête Antoine, tu ne sais pas de quoi tu parles, intima Johanna soucieuse de défendre son amie.

Yola resta muette. Elle piqua un fard, honteuse.

Qu'est-ce qu'il peut bien comprendre à l'amour qui me lie à Axel ? Ce jeune puceau n'a que de la gueule, maugréa-t-elle.

— Je dis juste qu'on n'est pas assez bien pour la princesse Yola ! Elle préfère faire des ronds de jambe à son beau professeur. Tu crois qu'il en pince pour toi, Yola ? Ou bien il veut juste passer du bon temps avec une pucelle ?

— Tais-toi ! Tu ne le connais pas ! Ce qu'il y a entre nous ne te regarde pas, ni à vous tous, d'ailleurs.

Des gloussements ironiques fusèrent.

Elle tourna les talons et partit à grandes enjambées, le corps tremblant de colère. Elle aurait bien aimé lui claquer son bec à ce prétentieux boutonneux, mais elle en avait déjà trop dit, emportée par l'injustice des propos de ce plouc. Johanna la rejoignit en criant au groupe hilare :

— Vous êtes nuls ! Yola, attends !

Elle marcha à ses côtés en passant son bras sous le sien et se voulut rassurante :

— Ne l'écoute pas. Antoine est un frustré, il a le complexe du mec trop grand, trop maigre, trop boutonneux et donc qu'aucune fille ne regarde. Alors il se venge en parlant à tort et à travers.

Yola avançait dans l'allée, s'éloignant de l'entrée de l'amphithéâtre. Elle avait honte, tout le monde s'était aperçu de leur petit jeu de séduction, tous riaient dans leur dos. Elle était pourtant discrète, à la fin des cours, elle attendait patiemment que tous les étudiants soient sortis avant d'aller parler à Axel. Mais c'était sans compter sur les yeux de lynx et la langue bien pendue d'Antoine. Même les autres filles avaient dû s'apercevoir de sa jalousie lorsqu'elles s'empressaient d'aller parler au professeur. Il ne fallait surtout pas que la rumeur arrive aux oreilles d'Axel, sans quoi il mettrait un terme à leurs entrevues.

— Yola, dis quelque chose, tout ça ce sont des enfantillages, personne n'y croit. Les autres rigolent, mais ils ne sont pas dupes. Ils savent très bien qu'Antoine a le béguin pour toi et comme tu ne l'as pas remarqué, ça le rend agressif. Il est prêt à raconter n'importe quoi pour faire l'intéressant.

— Je me fous d'Antoine, il est moche et idiot. Mais il n'a pas tort, Axel et moi avons une liaison, rétorqua Yola dans un élan de passion.

Johanna s'arrêta net au milieu de l'allée. Elle planta un regard interrogateur dans les yeux de la jeune fille.

— J'y crois pas ! C'est vrai ? Le prof et toi vous êtes ensemble ? Allez, raconte, je veux tout savoir. Quand, comment, où ?

Yola mourait d'envie de se confier à son amie, la seule à ne pas porter de jugement, la seule qui pouvait la comprendre. Elle ne se fit pas prier.

— Dès que je l'ai vu, j'ai su et lui aussi. Ça nous est tombé dessus comme ça, comme une évidence. Je l'ai invité à passer le week-end chez moi à Gujan et… il m'a déclaré ses sentiments. Nous n'avons rien dit à mes parents, trop tôt. Axel veut être discret pendant l'année scolaire, mais aux vacances on s'installe ensemble.

— Eh bien, toi alors, pour une cachottière, tu te poses là ! s'esclaffa Johanna.

— Surtout, n'en parle à personne, sinon Axel va mal le prendre, il pourrait mettre un terme à notre relation, implora Yola.

— Compte sur moi, ma chérie. Je serai une tombe, mais je veux connaître tous les détails croustillants de cette romance ! roucoula-t-elle. Vous avez couché ? C'était comment : doux, langoureux, passionné ! Raconte !

Les gestes qu'elle exécuta pour mimer une scène d'amour étaient très éloquents, ça sentait le vécu. Yola lui sourit, apaisée d'avoir enfin quelqu'un dans la confidence. Le regard dans le vague, la respiration entrecoupée, la jeune fille raconta un fantasme qui à ses yeux était devenu réalité :

— C'était magique. Il est si doux, ses caresses si expertes. Sa bouche, une vraie friandise. Je n'avais jamais ressenti ça auparavant. Quand il plonge ses yeux dans les miens, j'ai l'impression qu'il m'aspire tout entière. Faire l'amour avec un vrai mec, ça change tout.

— Mais vous étiez dans ton studio ?

— Non, dans ma chambre à Gujan. Le premier soir, il est venu me rejoindre. Mes parents ne se sont doutés de rien. Le dimanche il m'a raccompagnée à Talence et… nous avons remis ça, une dernière fois. Oh ! Johanna, je suis folle de lui et lui de moi. Nous étions faits pour nous rencontrer, avoua Yola les yeux étincelants, le visage extatique.

Johanna ne douta pas de la véracité des propos de son amie, tant elle mettait de passion dans son récit.

— Eh bien, je vais finir par être jalouse ! rétorqua-t-elle en rigolant.

Elles rebroussèrent chemin pour se rendre en cours. Elles arrivèrent avec trente minutes de retard. Le professeur Farsen avait commencé son exposé, le dos tourné à la salle, un marqueur à la main, il traçait des noms, des dates tout en soliloquant. Elles s'installèrent sans bruit au premier rang, mais les sifflets des garçons s'élevèrent dans l'assemblée pour avertir de leur présence. Le professeur se retourna brusquement, peu habitué à ce genre de manifestation. Il comprit tout de suite la raison de ce vacarme. Son regard, d'une dureté inaccoutumée, se posa sur Yola.

— Vous m'avez habitué à plus de discipline, mademoiselle Montignac. Et en plus vous entraînez une de vos camaradcs !

— Désolée, nous étions à la bibliothèque, nous n'avons pas vu l'heure, mentit Yola avec aplomb.

Les rires fusèrent et Axel les sanctionna :

— Silence ! Reprenons.

Yola sentit le poids des reproches d'Axel comme autant de flèches transperçant sa poitrine. Elle l'avait blessé en se montrant si désinvolte. Allait-il lui en vouloir ? Elle allait galérer pour faire amende honorable et lui prouver son attachement et son sérieux. Il ne devait pas la prendre pour une écervelée, une insouciante, sans quoi tout serait perdu…

— Toi alors, tu manques pas d'air ! Quel aplomb dans ton mensonge, lui murmura Johanna à l'oreille.

— Oui, ben c'était ça ou il nous refusait à son cours.

— En tout cas, il ne te fait pas de cadeaux. Son regard était d'une dureté. Il cache bien son jeu, ton soupirant !

— Personne ne doit être au courant de notre liaison, il donne le change devant les élèves.

Les deux jeunes filles se turent, mais Yola avait du mal à se concentrer sur le cours d'Axel. Elle, qui habituellement buvait ses paroles, n'entendait qu'un borborygme ininterrompu.

Ses remarques tournaient en boucle dans sa tête, elle sentait la panique la gagner, ses tempes résonnaient comme un tambour. Le temps était suspendu, l'heure se distendait. Enfin Axel libéra la classe. Les étudiants se levèrent bruyamment et s'engouffrèrent vers la sortie. Johanna se leva à son tour en s'adressant à Yola :

— Tu viens ma belle, on va à la cafétéria boire un verre.

— Non, je n'y tiens pas. Je n'ai pas envie de me retrouver face à Antoine et ses moqueries. Et puis j'ai du travail qui m'attend, répondit Yola tout en rangeant ses livres fiévreusement. Elle tremblait, ce qui n'échappa pas à son amie.

— Eh Yola ! Tu n'as pas l'air d'aller bien. Ce sont les reproches du prof qui te mettent dans cet état ? Laisse courir, comme tu dis, il donne le change devant les autres. Je ne crois pas qu'il t'en veuille vraiment pour ton retard.

— Je l'espère, en tout cas, je n'ose même plus aller lui parler.

— Querelle d'amoureux, ça passera sur l'oreiller, susurra Johanna avec un clin d'œil malicieux. On se retrouve au cours de Lettres, cet après-midi. Ne sois pas en retard ! ajouta-t-elle espiègle en s'éloignant.

Yola la gratifia d'une grimace. Axel rangeait ses cours, il n'avait pas regardé dans sa direction, ce qui l'attrista. Il était contrarié, ne voulait pas lui parler. Elle se devait de provoquer l'entrevue avant qu'il ne soit trop tard. Elle s'avança jusqu'au bureau, prit une grande inspiration avant de confesser :

— Axel, je suis désolée pour mon retard, cela ne se reproduira pas.

Le jeune homme leva enfin les yeux vers elle, son regard était de marbre, distant, professoral.

— Je l'espère, Yola. Vous êtes une élève brillante et je serais déçu que vous vous relâchiez en prenant mes cours à la légère. Le programme est intense, en licence, vous en êtes consciente et le travail personnel que je vous donne ne vous dispense pas d'être présente à mes cours. Les recherches à la bibliothèque se font en fin de journée, asséna-t-il d'un ton moralisateur.

Yola l'écouta, tête baissée, comme une petite fille

prise en faute. Des larmes picotaient ses yeux. Elle les essuya d'un revers de main. La gorge nouée, elle murmura :

— J'ai compris, professeur. Je suis vraiment désolée de vous avoir déçu. Nous sommes toujours amis, n'est-ce pas ?

Axel, attendri par son minois de chien battu, sentant qu'il avait été un peu trop dur avec elle, se ravisa. Son regard se fit plus doux, ses paroles plus amènes.

— Oui, nous sommes toujours amis.

La sentant désarmée, il se voulut rassurant :

— Tranquillisez-vous, vous ne m'avez pas déçu. Séchez vos larmes et allez prendre un verre avec votre amie mademoiselle Lasserre, elle vous attend à la cafétéria, me semble-t-il.

Yola posa sur lui un regard chargé d'une intensité presque électrique. Un sourire illumina son visage dont la pâleur disparut soudainement.

Il nous a écoutés alors qu'on parlait tout bas, il a entendu l'invitation de Johanna. C'est donc qu'il n'est pas insensible. Il s'en veut d'avoir été brutal, il m'aime toujours, il souhaite juste me protéger, pensa-t-elle avec bonheur.

— Peut-être pourrions-nous aller prendre un verre à Bordeaux, ce soir. Je serais heureuse de parler avec vous en dehors de la fac, loin des oreilles indiscrètes. Qu'en pensez-vous ?

— Cela aurait été avec plaisir, mais je ne suis pas libre, je suis attendu. Une autre fois, vous voulez bien ?

— Oh… bien sûr… une autre fois, acquiesça-t-elle d'une petite voix.

Elle prit congé sans plus attendre en le saluant.

— Au revoir, Axel, à demain. Promis, je serai à l'heure.

Il n'eut pas le temps de répondre qu'elle avait déjà

franchi la porte pour sortir comme un feu follet joyeux. Axel resta un instant dans ses pensées, troublé par l'attitude de la jeune fille. Cette capacité de passer du larmoiement à l'hilarité le laissait interloqué. Un mot apaisant, un sourire de sa part, la métamorphosaient en un clin d'œil. Il se demanda de quoi elle pourrait être capable s'il se détournait d'elle définitivement, s'il lui avouait qu'ils ne sont pas amis au sens où elle l'entend. Ce week-end passé chez ses parents les avait rapprochés, mais éloignés aussi. Ses aveux sur l'amour qu'elle lui portait ne lui avaient causé que de l'embarras. Il était incapable d'y répondre, il ne l'aimait pas comme elle le souhaitait et ne l'aimerait jamais. Son cœur appartenait à un autre. Maxime, son compagnon depuis deux ans maintenant, comblait sa vie plus qu'aucun autre garçon rencontré auparavant. Tout les rapprochait, ils avaient les mêmes goûts, les mêmes blessures d'enfance qu'ils pansaient ensemble. Aucune fille n'arrivait à la cheville de Maxime. Il était gay et ne s'intéressait aux femmes que pour leur beauté et leur grâce, jamais pour leur attrait sexuel. Il avait des amies féminines, pour la plupart homosexuelles comme lui, ce qui rendait leurs relations plus franches et sans ambiguïté. Yola n'en faisait pas partie, elle en était incapable. Le regard d'amour juvénile qu'elle posait sur lui, lui interdisait toute confidence.

Yola avait quitté précipitamment l'amphithéâtre. Elle avait tenté un rapprochement en l'invitant à prendre un verre, mais sa tentative avait échoué. Comme d'habitude, il n'était pas libre. Il était attendu, mais par qui ? Yola sentit une pointe de jalousie piquer son cœur. Elle n'arrivait pas à instaurer un climat de confiance suffisant pour qu'il accepte de la rencontrer ailleurs que sur les bancs de la fac. Depuis leur week-end chez ses parents, elle le sentait distant, gêné, et pourtant, tout dans son comportement lui prouvait qu'il n'était pas insensible à son charme. Comment faire pour l'obliger à ouvrir les yeux, à accepter ce lien indéniable qui les unissait.

Elle décida de le suivre jusqu'à Bordeaux pour en savoir plus sur ces personnes avec qui il avait rendez-vous et qu'il faisait passer avant elle.

Après les cours de l'après-midi, elle fit semblant de prendre la direction de son studio puis opéra un demi-tour et attendit sur le trottoir, à quelques mètres de l'arrêt du tramway, pour ne pas être vue. Elle aperçut Axel alors qu'il s'engouffrait dans un des wagons. Elle sauta dans le dernier. Le trajet dura une quinzaine de minutes et le tram s'arrêta à la Victoire. Lieu emblématique des rendez-vous de la jeunesse bordelaise, la place regorgeait de cafés et de restaurants.

Axel descendit de la rame, elle le suivit à distance. Son cœur battait la chamade. Enfiler un costume de détective privé était excitant et tellement loin des convenances. Qu'importait ! Yola était mue par un élan de curiosité maladive qu'elle ne pouvait réfréner.

À environ deux cents mètres devant elle, Axel pénétra dans un bar au nom insolite : *The Black Bull*. Elle ne sut que faire. Entrer avec le risque d'être vue, ou patienter jusqu'à ce qu'il en ressorte ? Oui, mais combien de temps devrait-elle attendre plantée là comme une potiche ? La fraîcheur du soir la fit frissonner. Elle remonta le col de son blouson, noua son écharpe autour du cou et décida d'attendre. Des jeunes se tenant par le bras entraient et sortaient de l'établissement en riant. Un groupe de six filles habillées d'un jean et les cheveux coupés très court passèrent également la porte du bar. Deux hommes sortirent en s'embrassant sur la bouche si bien qu'elle ne vit aucun couple hétéro et comprit alors que le bar n'était destiné qu'aux gays. Cette constatation lui glaça le sang. Que faisait Axel dans un endroit pareil ? Ses amis étaient-ils tous gays ? Sa curiosité se teinta bientôt d'inquiétude. Se pouvait-il que *son* Axel, son amour, soit homosexuel ? La chose lui sembla impensable. Elle essaya de se rassurer : *Non, pas lui, impossible ! Il m'aime, il n'est pas attiré par les hommes ! Mais il a le droit d'avoir des amis homos… Cela explique pourquoi il ne pouvait accepter mon invitation : il aurait été obligé de m'amener ici, de me présenter ses amis. Il aurait été gêné pour moi. Oui, c'est ça… Il a voulu me protéger, tout simplement. Il ne sait pas qu'être en compagnie de gays ne me pose aucun problème. Logique : nous n'avons jamais abordé ce sujet. Je le lui dirai, ainsi il sera rassuré si d'aventure il revient ici.*

Forte de ses conclusions rassurantes, Yola attendit encore un moment sur le trottoir d'en face. Les bars alentour distillaient des airs exotiques en partie couverts par le bourdonnement des voitures. La nuit commençait à tomber, Yola était transie de froid, mais incapable de bouger. L'attente interminable prit fin lorsqu'Axel sortit du pub, emboîtant le pas d'un jeune homme. Dans la pénombre, cachée des regards par un recoin du mur, Yola les observa. L'homme qui accompagnait Axel était grand, svelte, une touffe de cheveux bruns frisés encadrait un visage pâle, imberbe. Un dandy vêtu d'un jean, d'un pull rose et d'un duffle-coat, une écharpe blanche négligemment jetée autour de son cou. Son extrême beauté le faisait ressembler à un chérubin. Axel lui sourit, mit un bras sur ses épaules, approcha son visage du sien et l'embrassa sur la bouche. Ils empruntèrent le trottoir qui longeait le bar en direction d'une petite rue adjacente.

Yola ne bougeait plus, tétanisée par la scène. Tous ses espoirs venaient de s'effondrer. Des larmes amères coulèrent lentement le long de ses joues rosies par le froid. Elle avait gardé les poings fermés, serrés tellement fort dans ses poches que ses ongles avaient pénétré sa chair. Une douleur la fit tressaillir.

Elle se ressaisit, essuya son visage inondé et traversa la rue. Les deux hommes marchaient lentement, elle n'eut pas de mal à les suivre. Ils s'arrêtèrent devant la porte cochère d'un immeuble de quatre étages tout en pierre. Axel appuya sur le bouton déverrouillant l'entrée. Ils disparurent à l'intérieur. Quelques minutes s'écoulèrent et une lumière blafarde éclaira un appartement au deuxième. Derrière le voilage blanc, Yola distingua leurs silhouettes. Des volets roulants électriques s'abaissèrent, dissimulant aux regards extérieurs leur intimité, leur secret. Yola n'eut plus aucun doute. Axel vivait là avec son amant. Elle s'approcha de l'interphone pour lire les noms inscrits dessus. Ses yeux découvrirent avec dépit celui d'Axel associé à un autre : *Maxime Beaulieu.*

*

Son esprit était confus, elle n'arrivait plus à réfléchir. Bien qu'elle les ait vus s'embrasser, elle cherchait encore des raisons justifiant l'évidence : *c'est une marque d'amitié entre potes et… Il est en colocation ou… Il héberge un cousin ou simplement un ami pendant ses études…* Pour autant, tout la ramenait à cet effroyable constat : Axel était gay, Axel vivait avec un homme, Axel ne l'aimait pas, ne pouvait l'aimer…

Son immense peine fit bientôt place à une sourde colère. Ses mâchoires se contractèrent, mais étrangement ses yeux restèrent secs. La couleur noisette de ses iris vira au sombre. Elle inspira profondément et rebroussa chemin vers le tramway. Elle n'avait plus rien à faire ici. Une fois chez elle, dans son cocon, à l'abri des regards, elle réfléchirait plus calmement à la situation.

Elle prit le tram jusqu'à son appartement, le cœur dans un étau, la tête emplie d'une ouate épaisse. Des questions sans réponses tournoyaient : *Comment ai-je pu me tromper sur lui, sur son comportement ? Comment n'ai-je pas décelé la vérité dans ses hésitations, dans ses silences, dans l'aveu qu'il m'a fait de ne pas être amoureux de moi ? Je suis bien trop naïve. Je me suis laissé prendre au piège de la séduction, aveuglée par mes propres sentiments. Pourtant sa gentillesse, sa douceur, les discussions enflammées que nous avons eues, tout cela je ne l'ai pas rêvé ! S'il ne ressentait rien pour moi, il n'aurait pas été aussi prévenant pendant le week-end, il ne m'aurait pas pris la main, pas tenue contre lui, lorsque nous étions sur le port !*

En rentrant chez elle, elle fit couler un bain pour se réchauffer et s'y immergea tout entière, les yeux fermés, retenant sa respiration. Ses oreilles se mirent à bourdonner. Une voix douce murmura des paroles apaisantes : *Ne t'inquiète pas Yola, tout va bien, rien n'est perdu. Tu peux encore le séduire, lui faire oublier son Maxime. Montre-toi plus convaincante. Tu dois d'abord terminer ton devoir sur Marie-Antoinette, c'est ce qui vous rapproche. Ensuite tu élimineras l'intrus. Lorsque son amant aura disparu, plus rien ne vous séparera, il sera tout à toi, parce que tu sais qu'au fond il a des sentiments pour toi, il t'aime, il te l'a prouvé…*

Elle inspira une grande bouffée d'air en sortant la tête de l'eau. La voix se tut, son cœur reprit un rythme normal. Détendue, rassérénée, elle s'essuya et enfila un pyjama. Sur la table, son ordinateur n'attendait plus qu'elle. Elle devait poursuivre son travail. En marchant dans les pas de Marie-Antoinette, Yola était, elle aussi, sur le chemin de la liberté. Toutes deux retrouveraient bientôt leur Axel.

Les pages défilaient noircies d'une typographie sans relief, mais dont chaque mot, chaque phrase s'illuminaient de poésie, de romantisme, sous les doigts énergiques de la jeune fille. La transe avait commencé, elle durerait jusqu'au petit matin.

12
Le voyage de Paris à Compiègne

La nuit fut courte et agitée. J'ouvris les yeux en entendant frapper à ma porte. Je me levai, la petite voix de Sophie Dutilleul m'annonça que l'heure était venue de se préparer au départ. Je répondis brièvement que je serais bientôt prête. J'aspergeai mon visage de l'eau contenue dans un broc, puis me fardai avec la poudre posée à mon intention. Dans le sac de voyage, je trouvai une robe en taffetas fleuri ornée de fines dentelles, des jupons de drap blanc et des bas. Mes souliers, bien qu'élimés depuis tant de mois à ne porter qu'eux, devraient faire l'affaire encore un peu. Je coiffai mes cheveux grisonnants et les couvris d'un simple bonnet de satin bleu. Une fois parée, je rejoignis mon hôte et le chevalier de Rougeville dans le salon. À mon entrée, ce dernier se leva et me baisa la main.

— Bonjour Madame. Avez-vous bien dormi ?

— D'un sommeil agité, je le crains, mais que pouvais-je espérer après une telle aventure ?

— Prenez place et mangeons. La route sera longue jusqu'à Bruxelles.

Sophie fit servir du thé, du café, des petits pains et des confitures. Il y avait bien longtemps que je n'avais dégusté un si délicieux déjeuner. Mon estomac était encore noué par la peur, mais je me forçai à manger.

Puis l'heure vint de prendre la route.

— Je ne sais si nous aurons l'occasion de nous

revoir, chère Sophie, mais vous avez toute ma gratitude. Prenez bien soin de vous, je ne supporterais pas de vous savoir en danger à cause de moi.

— Merci Madame, peut-être que lorsque la situation sera apaisée, je ferai le voyage jusqu'à Bruxelles avec Monsieur de Rougeville pour vous y visiter.

Nous nous embrassâmes comme deux vieilles amies. Dehors le temps était clément, un ciel nuageux, mais sans pluie. Une brise légère s'engouffra sous mon jupon, je pénétrai à la hâte dans le carrosse au bord du trottoir. La cabine possédait deux fenêtres occultées par des rideaux en bois ajourés. Elle reposait sur deux grandes roues à l'arrière et deux plus petites à l'avant, surplombées d'un large banc où un cocher emmitouflé de pied en cap attendait le signal du départ. Les cloches d'une église lointaine sonnèrent dix heures. Il était temps de partir. Le chevalier de Rougeville s'installa à mes côtés. Les deux chevaux, répondant à l'ordre de leur maître, s'ébrouèrent.

Notre périple commencerait par l'ouest en sortant de Vaugirard, m'avait expliqué Rougeville, nous traverserons le canton de Clichy pour rejoindre la route de Senlis en direction de Compiègne. Notre deuxième étape serait Cambrai, la troisième Mons et, au quatrième jour, nous arriverions à Bruxelles.

Nous traversâmes les faubourgs sans encombre. Les bruits de la ville me parvenaient confusément. Sabots des chevaux, cliquetis des sonnettes des marchands ambulants, harangues des femmes vantant leurs étals... Une multitude de sons colorés témoignaient de la vie trépidante de la cité. Je n'osai regarder par les interstices de la fenêtre, ma curiosité pouvait nous être fatale. Sous son aspect enjoué, Paris respirait encore au rythme de la Terreur. Chacun faisait de son mieux pour supporter le joug des meneurs de révolte, des assassins sanguinaires qui voyaient en chaque citoyen un ennemi potentiel de la République. La délation était monnaie courante, par cupidité ou simple conviction. Un ami, un voisin, pouvait tomber sous des accusations anonymes… Le chevalier de Rougeville brisa le silence où je m'étais réfugiée :

— Dans quelques heures, nous atteindrons Compiègne. En attendant, voulez-vous que je vous raconte comment se sont déroulés les affrontements entre la France et les Pays du Nord ?

— Oui, narrez-moi les faits afin que je comprenne comment nos alliés autrichiens et donc mon neveu François II ont gagné ces combats.

— La Belgique est tombée aux mains de la République française lors de la bataille de Jemappes, le 6 novembre 1792, durant laquelle les Français ont battu les Autrichiens. Le 13 janvier de cette année, Danton, lors de sa déclaration à la Convention, a réclamé l'annexion de la Belgique à la France en faisant valoir la *doctrine des frontières naturelles de la France.* Depuis mars, la République française a intégré dans son territoire, via les décrets de la Convention, les provinces, villes, faubourgs et communes de l'État belge. Mais le valeureux Prince de Cobourg n'avait pas dit son dernier mot et les Français ont été vaincus à la bataille de Neerwinden. Les Impériaux occupent à nouveau la Belgique avec l'assentiment du peuple. On ne peut que se réjouir de l'efficacité des troupes de l'armée du Saint-Empire aguerries aux techniques de combats à découvert, par rapport aux troupes françaises constituées de jeunes soldats non formés et indisciplinés pour la plupart. Votre neveu, François II, a repris la direction des Pays-Bas et désigné l'archiduc Charles comme gouverneur avec l'accord du peuple belge.

Voilà Madame, vous savez tout. Nous pouvons entrer à Bruxelles sans craindre d'être arrêtés par des partisans de la République française.

Je me sentis soulagée en entendant la narration de Rougeville. Nous allions entrer dans un pays ami, hostile aux Français, et plus que tout j'attendais de pouvoir revoir Axel. Une question me brûlait les lèvres, j'osai la poser :

— Avez-vous des nouvelles de Monsieur de Fersen ?

— Oui Madame, nous sommes restés en contact en étant d'une extrême prudence. Nos missives furent échangées grâce à un jeune marchand faisant commerce entre la France et la Belgique et tout dévoué à votre cause et à celle du comte de Fersen. Ce dernier l'a aidé à financer l'achat de son stock d'huile venu d'Espagne, et l'homme lui en est reconnaissant. Nous étions convenus des détails de votre évasion, mais à cette heure, il n'a pas connaissance de son succès. Le jeune marchand a rejoint Bruxelles trop tôt pour porter la nouvelle au comte. Mais n'ayez crainte, Madame, nous avons un point de rendez-vous, dans quatre jours à six heures du soir. Fersen nous y attendra.

À ces mots, je sentis mon cœur s'emplir d'une joie nouvelle. Je pouvais désormais croire à ma liberté retrouvée.

Nous atteignîmes Compiègne en soirée. Cette première étape se fit dans une auberge en bord de la rivière Oise. Un cadre charmant de verdure, aux portes de l'immense forêt. Un souvenir refit surface, celui de mon passage en ces lieux, bien des années plus tôt. En 1770, lors de mon arrivée en France, Louis XV et son petit-fils, mon futur époux, étaient venus m'accueillir. Que d'événements malheureux depuis ce triste jour où je quittais ma patrie pour ne jamais y revenir. Ne plus revoir ma chère mère, mes frères, mes sœurs… Le peuple ne gardait sans doute aucun souvenir de la petite princesse que j'avais été, dernière d'une lignée de onze enfants. Seul l'écho de mon funeste destin avait dû leur parvenir, un jour. S'en étaient-ils émus ? J'en doutais.

L'auberge était une haute bâtisse de pierres où le lierre qui tapissait la façade remontait tout autour des fenêtres de l'étage, procurant à l'ensemble un charme bucolique. En entrant, nous découvrîmes une grande pièce à vivre. Le mobilier rustique y était constitué de tables et de chaises en chêne, d'un vaisselier et d'une panetière moulurée. Les fenêtres étaient flanquées de lourdes tentures en damas cramoisi bleu.

L'aubergiste nous accueillit avec un large sourire. Sa bedaine sous son tablier et son front dégarni comme sa moustache frisant au-dessus de ses lèvres charnues lui donnaient un air avenant. Rougeville demanda une chambre. Je tressautai légèrement à sa demande. Il comprit et expliqua d'un ton détaché à l'hôtelier :

— Mon épouse et moi-même revenons d'un voyage d'affaires à Paris, nous rentrons à Bruxelles et nous sommes bien las. Pouvez-vous nous faire servir un repas dans notre chambre, s'il vous plaît ?

— Bien évidemment, nobles seigneurs. Léonie ! appela-t-il, accompagne Monsieur et Madame à la numéro 3. Vous verrez, poursuivit-il, elle est spacieuse et fort tranquille. Vous y trouverez le repos.

Nous suivîmes la jeune soubrette jusqu'à l'étage. Le long du couloir au plancher qui craquait, quatre portes de chambres se faisaient face. Léonie ouvrit la troisième et nous laissa entrer. Elle déposa nos bagages sur une chaise, proche d'un lit à deux places. Elle posa le bougeoir qu'elle tenait à la main sur une table de toilette en bois recouverte d'un marbre blanc. Elle occulta les deux hautes fenêtres en rassemblant les tentures de damas rouge. Elle attisa les bûches dans la cheminée pour réchauffer la pièce. À la lueur du feu qui prenait vie, j'aperçus dans une alcôve un large canapé de velours rouge. Je fus soulagée. Je n'allais pas être obligée de dormir dans le même lit que le chevalier… La chambre était confortable, dans le même style chaleureux que la salle à manger. Léonie sortit sans un mot, les yeux toujours baissés. Sa timidité faisait peine à voir.

Je me débarrassai enfin de mon manteau et de mon bonnet. Rougeville fit de même en laissant tomber sa cape poussiéreuse sur la chaise.

— Eh bien Madame, vos craintes se sont-elles envolées ? questionna-t-il avec un sourire compatissant. Nous n'aurons pas à partager le lit, ce canapé me semble confortable, j'y dormirai sans problème !

— Merci Monsieur, votre sollicitude me touche, déclarai-je simplement.

Je m'assis sur le bord du lit, ôtai mes souliers pour frotter mes pieds gonflés par la trop longue station immobile. Depuis mon enfermement à la Conciergerie, les heures passées assise sur ma chaise avaient empêché mon sang de circuler correctement dans mes jambes, créant un gonflement douloureux de mes chevilles. J'avais pris l'habitude de les tremper dans une bassine d'eau salée mais ici je ne pouvais requérir ce soin, je craignais d'éveiller la méfiance de notre hôte. Je me résignais donc à un simple massage vigoureux.

Nous étions restés un long moment silencieux, perdus dans nos pensées, fatigués de ce premier voyage vers la liberté. On frappa à la porte. Rougeville alla ouvrit. Notre servante portait un plateau avec une soupière, deux assiettes, deux verres, une carafe de vin rouge, du fromage, du pain et des fruits. Elle le déposa sur une table située sous l'alcôve. Ce repas, bien que frugal, nous revigora. Détendus, nous parlâmes de bien des choses. Rougeville me narra sa vie après notre arrestation, ses difficultés pour rassembler les sommes nécessaires à mon évasion, ses échanges avec mon doux ami Axel qui n'avait de cesse de trouver des alliés pour mettre un terme à ma captivité. La simple évocation de son nom après toutes ces années passées à espérer, à désespérer, à me résigner me réjouissait au plus haut point.

Une fois notre repas terminé, Rougeville décida d'aller faire un tour dehors, voir si le cocher avait soigné les chevaux et s'ils ne manquaient de rien. Comme tout domestique, il dormirait dans l'étable, sur une paillasse. L'absence de Rougeville me permettrait de faire quelques ablutions et de me vêtir pour la nuit. J'enlevai ma robe, mon jupon, versai de l'eau dans la cuvette et m'aspergeai. Dans le petit miroir à main posé sur la table de toilette, je mirai mon reflet. La fraîcheur du liquide avait rendu des couleurs à mes joues pâles, mais mes traits étaient tirés, mes yeux autrefois si bleus semblaient délavés, et mes cheveux avaient viré au gris terne. À trente-sept ans, j'en paraissais soixante. Comment Axel regarderait-il une personne si laide, si vieille, alors qu'il avait aimé une femme splendide, fière et au regard brûlant? Tout à coup, je craignis nos retrouvailles, la déception que je ne manquerais pas de lire dans ses yeux, ou pire, la pitié…

Mes ablutions terminées, j'enfilai la chemise de nuit offerte par Sophie et me glissai entre les draps. Ils étaient un peu rêches, mais confortables. *Et puis,* me dis-je, *après avoir vécu dans une geôle humide, sans grand confort, la rudesse du linge de maison n'a que bien peu d'importance.*

Je fermai les yeux et attendis le retour du chevalier. Il pénétra dans la chambre à pas feutrés, je gardai les yeux clos. Il s'avança vers l'alcôve, tira légèrement les rideaux pour en occulter l'accès. Au bout de quelques minutes, je n'entendis plus un bruit. Je sombrai moi aussi dans le sommeil.

13
Dans la peau d'un détective

Yola avait passé la nuit à écrire, martyrisant frénétiquement les touches de son clavier. Elle mit un point final à son chapitre et se leva pour aller prendre une douche. Ses membres étaient engourdis par l'immobilité. Dans la nuit, elle s'était levée pour boire un verre d'eau, manger un biscuit et croquer une pomme. Elle arpenta pendant cinq minutes les quatre mètres de long de son studio, réfléchissant à la meilleure tactique pour se venger d'Axel, pour le faire souffrir. Et pour ce faire, se débarrasser de «l'autre» était la meilleure solution, la seule... Tout le monde croirait à un accident, Axel serait malheureux, il aurait alors besoin de son soutien à elle; elle, qui serait toujours là pour lui. Elle, qu'il finirait par aimer.

En premier lieu, elle allait devoir l'espionner pour tout savoir sur ce Maxime. Que fait-il dans la vie, quels sont ses habitudes, ses horaires, ses trajets, en bus ? En voiture ?... Boit-il, fume-t-il? Qui sont ses connaissances, ses amis en dehors d'Axel ? Bref : un fastidieux travail de détective qui risquait de lui prendre beaucoup de temps, mais qui ne devait pas la pousser à négliger ses études ni changer son comportement face à Axel.

Elle arriva en cours comme à son habitude, Johanna l'attendait sur les marches de l'amphithéâtre. Elle l'accueillit avec un large sourire, découvrant une rangée de dents bien blanches. Ses longs cheveux blonds et frisés voletant sous la brise automnale lui donnaient une allure féline, ses yeux de jade pétillaient de malice.

— Alors ma belle, tout va bien ? interrogea-t-elle tout en prenant Yola dans ses bras comme à l'accoutumée.

— Oui, ça va, se contenta de répondre Yola.

— Hou, ça paraît pas, dis-moi. Tu as les yeux cernés comme si la nuit avait été torride ! reprit Johanna espiègle.

— Tu crois pas si bien dire…

— Allez, raconte ! Tu as fait des folies de ton corps avec ton beau professeur ?

À l'évocation d'Axel, Yola fut parcourue d'un frisson et se mit subitement à rire. Un rire sans joie, aux intonations de dépit. Mais elle se reprit très vite et raconta à son amie *la folle nuit passée avec Axel.* Son discours, nourri de ses fantasmes, paraissait de plus en plus réel. Elle narrait la soirée en tête-à-tête dans un petit restaurant des Chartrons, leur balade main dans la main le long des quais, puis leur retour chez Yola où ils avaient fait l'amour avec passion et volupté. Johanna buvait ses paroles…

— Eh bien, dit-elle, tu as décroché le gros lot ! Beau, intelligent, sexy et un étalon au lit ! En tout cas, il est très fort, question discrétion. Si tu ne m'avais pas mise dans la confidence, jamais je n'aurais suspecté votre liaison. Je m'étonne tout de même qu'un si bon coup ne se soit pas casé avant de te rencontrer. Que te dit-il à ce sujet ? Il a bien dû avoir des nanas, elles étaient sans doute nombreuses à lui courir après ?

Yola se sentit obligée de répondre, plongeant de plus en plus dans la duplicité.

— Oui bien sûr, il en a eu plusieurs, mais rien de sérieux. Ses études comptaient plus pour lui que ses conquêtes. Toutes ces filles étaient insignifiantes à ses yeux, sans charme, il n'avait pas trouvé l'âme sœur.

— Et tu es apparue, éclipsant toutes les prétendantes, c'est ça ?

— Oui. Je suis son âme sœur… Et personne ne se mettra entre nous… Personne ne me le prendra ! hurla Yola subitement.

Johanna resta médusée, les sourcils froncés, elle scruta son amie et, d'une voix qui se voulait rassurante, elle murmura :

— Eh ma belle, ne t'inquiète pas, personne ne va te le voler, ton prince charmant. Pourquoi as-tu peur, tout à coup ? Vous vivez une merveilleuse histoire d'amour, à l'abri des regards et, puisqu'il t'a choisie, pourquoi voudrais-tu qu'il regarde une autre fille.

— Bien sûr… Tu as raison, je panique pour rien. Mais je l'aime tellement, si tu savais… Je ne supporterais pas de le perdre… Il est à moi. Rien qu'à moi !

Yola s'effondra en larmes. Johanna, décontenancée par l'accablement et le chagrin de la jeune fille, la prit dans ses bras, la câlinant comme un bébé. Cet emportement presque hystérique contrastait avec le récit idyllique qu'elle venait de lui dresser de leur relation. Pourquoi Yola avait-elle si peur de perdre Axel ? Doutait-elle de ses sentiments à son égard ? Se serait-elle imaginé une vraie histoire d'amour alors que pour lui il ne s'agirait que d'une aventure parmi d'autres ? Après tout, Johanna n'avait que la version de Yola sur leur liaison, jamais elle ne les avait vus ensemble. Le doute et les interrogations s'insinuèrent dans l'esprit de Johanna. Elle n'avait pas de raison de se méfier de la véracité des propos de son amie, mais une petite voix murmurait à ses oreilles : *Et si Yola mentait… Si elle avait tout imaginé…*

Elle se ressaisit et annonça :

— Allez, sèche tes larmes, il ne faut pas qu'Axel voie que tu as pleuré.

Yola s'exécuta, essuyant ses yeux noyés avec le dos de ses mains. Elle renifla. Johanna lui tendit un mouchoir en papier qu'elle sortit de son sac.

— Merci, dit Yola dans un sanglot. Tu es vraiment une amie. Puis sa voix changea, l'intonation se fit plus franche, débarrassée des trémolos.

— Excuse-moi, je dois être très fatiguée pour fondre en larmes sans raison.

Son visage était à nouveau serein. Ses prunelles aux contours rougis avaient retrouvé l'éclat mordoré des noisettes. Elle souriait comme si rien ne s'était passé. La tristesse et la rage avaient subitement disparu. Johanna s'en étonna *in petto*. Plus elle côtoyait Yola, plus sa camarade étudiante devenait une énigme pour elle. Mais Johanna, d'un naturel optimiste, chassa bien vite ses doutes et, bras dessus, bras dessous, elles pénétrèrent dans l'amphithéâtre et s'assirent au premier rang, comme à l'accoutumée.

Le professeur entra quelques instants plus tard, posa sa sacoche et balaya l'assistance du regard. Il aperçut Yola, mais ne s'attarda pas sur elle. Le silence se fit, il entama son cours.

Yola avait du mal à se concentrer. Le souvenir de la soirée où, cachée dans l'embrasure d'un porche, elle avait espionné Axel et son ami alors qu'ils rentraient chez eux, refit surface. *Chez eux*, dans leur appartement, dans leur chambre. Cette chambre où elle aurait dû être avec lui, où ils auraient dû faire l'amour. Alors que la réalité était tout autre, horrible. Cet homme, ce Maxime, lui volait son amour, son seul amour. Elle ne pouvait le tolérer plus longtemps. Elle devait l'éloigner d'Axel à tout jamais. Peu à peu se dessinèrent dans son esprit les prémices de sa vengeance. Elle allait devoir faire profil bas avec Axel, rester à distance, lui faire croire qu'elle ne s'intéressait plus à lui afin qu'il baisse sa garde.

La fin du cours la surprit, elle n'avait pas tapé une seule ligne. Pourvu qu'il ne s'en soit pas aperçu… Johanna avait observé son amie à la dérobée, consciente de la tension qui l'habitait.

— T'inquiète, dit-elle, je t'enverrai mes notes par mail.

Yola lui adressa un pâle sourire en guise de remerciement. Elles se levèrent et sortirent aussitôt.

Axel effaçait son tableau. Lorsqu'il se retourna, le vide et le silence le surprirent. *Étonnant,* se dit-il, *Yola n'est pas restée pour me parler. Je ne l'ai pas vue taper un mot sur son ordi, elle semblait absorbée, absente. Que cache-t-elle ? M'en veut-elle de ne pas avoir accepté de prendre un verre avec elle hier ? Si c'est cela, c'est bien puéril. Comme sa crise de jalousie, il y a quelques jours, simplement parce que d'autres élèves viennent me parler… Cette situation devient grotesque, il faut que je sois plus ferme avec elle, que je garde définitivement mes distances. Je dois arrêter de m'inquiéter pour elle, j'ai mieux à faire.*

Yola quitta son amie précipitamment, prétextant une grande fatigue et des maux de tête. Johanna fit mine de compatir, même si elle savait au fond d'elle que le comportement de Yola n'avait rien de rationnel.

— À demain. Repose-toi, tu en as besoin. Et ne te fais pas trop de mauvais sang, je suis sûre que votre relation est solide.

Sans répondre, Yola tourna les talons et disparut en direction du tramway. Elle n'allait pas rentrer chez elle. Axel avait encore des cours, elle avait le champ libre pour surveiller les allées et venues de Maxime. Sa première idée : se rendre au café où elle les avait vus sortir, se faire passer pour une amie de Maxime, de passage dans la région. *Si le patron du bar le connaît, peut-être sera-t-il en mesure de me dire où le trouver et où il travaille. Ensuite je n'aurai qu'à le suivre.* Elle n'avait pas encore de plan précis pour se débarrasser de lui, mais sa rage décuplait sa confiance. Elle prit la rame de tramway jusqu'à Bordeaux. Comme il était tôt dans l'après-midi, le bar risquait d'être fermé. Elle irait se promener en attendant l'ouverture. Mais en arrivant, elle fut surprise de le voir ouvert. Elle pensait à tort que ce genre d'endroit n'ouvrait ses portes qu'aux noctambules. Elle pénétra dans l'enceinte par deux battants aux vitres opaques. Une musique douce, une ambiance feutrée l'accueillirent. Elle s'approcha du comptoir derrière lequel un grand gars baraqué essuyait des verres.

— Bonjour, dit-elle avec un sourire.

— Que puis-je faire pour vous, jeune fille ?

— J'ai un renseignement à vous demander, minauda-t-elle d'une voix timide. Connaissez-vous Maxime Beaulieu ?

— Oui, pourquoi ?

— Je suis une de ses amies, je suis de passage dans la région, et… je voulais lui faire la surprise. Mais il y a longtemps qu'on ne s'est pas vus, depuis le lycée, je crois. Je ne sais pas très bien où il habite et je n'ose pas me présenter chez lui, surtout qu'il ne vit pas seul d'après ce que je sais…

Le barman eut un sourire complice. Yola poursuivit :

— Peut-être que vous pourriez me dire où il travaille ?

— Il bosse dans une entreprise en banlieue, à Pessac, il est architecte. Il prend le train tous les jours à huit heures et rentre vers dix-huit heures. À mon avis, vous pouvez l'attendre à la gare Saint-Jean. La surprise n'en sera que plus grande. Je ne vous propose pas de l'attendre ici, ils ne viennent pas tous les soirs avec Axel. Ils rejoignent leurs amis plutôt le vendredi en fin de journée. La semaine, ils sont sérieux, ils bossent.

Yola fut étonnée de cette réponse, car le soir où elle les avait suivis était un lundi. Elle tenta d'en savoir plus.

— Et vous êtes ouvert tous les jours ?

— Non, le lundi, c'est fermé. Sauf pour les soirées spéciales, pour des intimes.

Voyant que la jeune fille l'écoutait avec intérêt, l'homme continua :

— Par exemple, lundi soir, c'était la soirée anniversaire d'un jeune couple, enfin deux nanas plus précisément. Maxime et Axel étaient invités, d'ailleurs c'est Maxime qui avait organisé la fête. Les filles, elles ne s'y attendaient pas ! Il est comme ça, Maxime, le cœur sur la main.

— Vous avez l'air de bien le connaître ?

— Oui, c'est un gamin du quartier, j'ai bien connu ses parents. Ils sont morts, malheureusement. Avoir rencontré Axel, c'est ce qui pouvait lui arriver de mieux. C'est un gentil garçon, vous savez.

— Oui, il est très gentil, s'empressa de renchérir Yola.

Ne voulant pas paraître trop insistante, elle remercia le patron et se dirigea vers la sortie.

— Quand vous aurez retrouvé Maxime, revenez boire un verre avec lui.

— Oui, avec grand plaisir. Au revoir, Monsieur.

— Je m'appelle Charles !

Charles avait des cheveux chenus coupés en brosse, une grosse moustache tout aussi blanche et des yeux verts qui respiraient la gentillesse. Elle le gratifia d'un gracieux sourire et quitta le bar.

Son plan se déroulait à merveille, elle ne pensait pas que ce serait si facile d'obtenir des renseignements sur ce Maxime. Sa détermination monta d'un cran. Elle se dirigea vers la station pour observer le passage de son rival. Elle attendit en prenant un café au comptoir le plus proche des arrivées. La voix métallique dans le haut-parleur annonça l'entrée en gare du TER en provenance de Pessac. Elle se leva, régla sa note et s'avança pour ne pas rater la sortie du jeune homme. Après quelques minutes, elle l'aperçut enfin. Jean moulant, une chemise blanche rabattue sur ses hanches, couverte par un pull-over en grosse laine bleu ciel, il marchait d'un pas alerte, une main tenant un blouson en polaire posé sur son épaule. *Il est beau*, se dit Yola, *quel dommage qu'il ne soit pas amoureux d'une femme au lieu d'Axel.*

Certes Axel était beau, mais Maxime l'était plus encore, avec son visage aux traits si fins, sa bouche parfaitement dessinée et ses yeux d'un vert profond. Elle en eut des frissons. *J'aurais pu tomber amoureuse de lui, si…*

Le visage d'Axel se superposa à celui de Maxime, lui rappelant sa traîtrise, ses mensonges. Il ne l'aimait pas, parce qu'il l'aimait *lui*. Et Lui, il devait disparaître pour laisser le champ libre à Yola.

Lorsqu'il sortit de la gare, elle le suivit de loin. Même s'il ne la connaissait pas, elle ne voulait pas se faire remarquer. Il atteignit son domicile, composa le code d'entrée de l'immeuble et disparut. Yola n'avait plus qu'à rentrer chez elle. Elle devait réfléchir au meilleur moment, ne pas se précipiter. Elle irait sur le quai de la gare avant qu'il ne monte dans un wagon et… S'il y avait beaucoup de monde, si les gens se bousculaient, alors… Elle pourrait agir. Elle ne devait pas perdre de temps, car le patron du bar risquait de l'informer de son passage. Qu'importait, Maxime n'aurait aucune idée de l'identité de cette soi-disant amie de lycée. L'anecdote n'éveillerait pas de soupçons chez le jeune homme et il n'en parlerait pas à Axel.

Une fois chez elle, Yola sortit son ordinateur de sa sacoche, le posa sur la table et ouvrit la page sur la dernière destination de Marie-Antoinette. Elle devait mettre très vite un point final à son récit.

Les semaines s'écoulaient, ponctuées par ses retours dans la maison familiale où il lui fallait désormais donner le change face à des parents qu'elle sentait inquiets à son sujet. Ils ne manqueraient pas de lui demander des nouvelles d'Axel et elle devrait continuer à mentir jusqu'à ce que leur relation devienne réelle. Car, elle en était sûre, une fois évincé Maxime, Axel serait tout à elle. Son esprit s'égara dans les souvenirs récents, ceux de leurs conversations à la fac, ceux de leur week-end à Gujan – elle en chassa très vite celui de sa déclaration d'amour qu'Axel avait écarté –, elle se plongea dans ses yeux bleu océan dans lesquels elle pouvait lire la passion réprimée. Yola imaginait Axel tiraillé entre son amour pour elle et celui qu'il croyait éprouver pour Maxime. Jouer ce double jeu en mentant à son amant sur la véracité de ses sentiments devait être épuisant. Elle eut de la peine pour lui. Avec tout ce qu'il avait déjà traversé, sa solitude d'orphelin, ses longues études, il avait un lourd fardeau à porter et il allait devoir faire un choix : quitter sa vie de gay pour vivre au grand jour son amour avec elle, ou poursuivre sa liaison homosexuelle en restant caché pour éviter son coming-out à l'université. Heureusement, Yola avait la solution pour le sortir de cette impasse. Elle seule pouvait et devait le sauver.

Renforcée par ses propres conclusions, elle entama la suite de sa narration. Les mots courraient sur la page blanche, son cœur ne faisait plus qu'un avec celui de son héroïne. Cette liberté qu'elle lui avait offerte à travers son récit devenait sienne. Yola vivait chaque instant d'incertitude et de doute, chaque battement de cœur, chaque lueur d'espoir de la Reine comme un aboutissement de son propre destin.

14
Trois jours, de Compiègne à Bruxelles

Après une nuit sans rêves, reposée, accompagnée de mon chevalier servant, je repris la route. L'aubergiste nous avait servi un déjeuner avant de nous souhaiter bon voyage. Je cherchai Léonie du regard. Elle était appuyée au chambranle de la porte de la cuisine, elle leva la tête pour nous voir partir. Je lui fis un petit signe de tête amical. Ses yeux bleus s'animèrent, un timide sourire éclaira son visage. D'un petit geste discret de la main, elle m'adressa un au revoir.

Un ciel sans nuage et un pâle soleil nous accompagnèrent pendant tout le voyage. Sur les voies de circulation que nous empruntâmes, nous ne croisâmes que quelques paysans suivant leurs charrettes remplies de foin. Les prairies verdoyantes rivalisaient avec des forêts denses. Des rivières serpentaient dans les vallons. Que ces paysages étaient doux à mes yeux, moi qui n'avais pu quitter ni Versailles ni la capitale, hormis pour me rendre dans mon hameau. Ah, mon hameau ! Quel endroit magique, que de merveilleux souvenirs y dorment encore. Ceux de mes promenades où, vêtue de crinoline et d'un chapeau de paille, je jouais la fermière. Mes domestiques, que je n'avais jamais considérés comme tels, entretenaient le domaine avec fierté. La ferme, le potager, la laiterie, les jardins d'agrément, la maison, tout respirait le bonheur. Mes amis de passage aimaient s'y réunir pour jouer, danser, manger. Une vie pastorale, loin des complots de la cour, loin des médisances. Bien que me sachant jalousée et critiquée, je gardais farouchement mon refuge, mon havre de paix.

La journée s'égrena au rythme du trot des chevaux. Une halte pour se rafraîchir, une autre pour dégourdir nos jambes et nous reprenions la route. Dans la soirée, nous atteignîmes Cambrai : une place forte prise en tenaille entre l'alliance autrichienne et les armées françaises quelques mois auparavant. La cité semblait épargnée par la guerre grâce à ses fortifications et ses douves. Nous y pénétrâmes par une ruelle pavée, bordée de maisons basses, juste assez large pour permettre la circulation d'un carrosse. Nous débouchâmes sur la place du grand marché. La nuit et le froid avaient fait fuir les habitants. Le cocher stoppa notre voiture devant la seule auberge, une bâtisse sombre. Nous passâmes une lourde porte et pénétrâmes dans une grande pièce au décor harmonieux. Les tables et les chaises rustiques reposaient sur un plancher ciré, et des tentures de lin aux couleurs chatoyantes pendaient aux murs. Les tableaux évoquant des parties de chasse et les grands chandeliers apportaient une atmosphère chaleureuse. Dans l'immense cheminée, un feu crépitait, réchauffant quelques voyageurs assis à proximité. Rougeville récita la même tirade que dans la première auberge, mais n'exigea pas le repas dans la chambre. L'hôtelier ne fit aucun commentaire. Il nous donna la clé d'une des chambres identifiées par un chiffre, toutes au rez-de-chaussée. Sans attendre, nous allâmes prendre possession de la numéro 6. Le décor était plus sobre qu'à Compiègne. Un grand lit et un plus petit, une table de toilette, une commode et une cheminée me rassurèrent aussitôt. Les tentures de velours bleu avaient été tirées, occultant la vue sur la place déserte. Les candélabres diffusaient une lumière blafarde, mais le feu réchauffait la pièce. Nous déposâmes nos bagages et allâmes nous installer à une table isolée. Quelques personnes occupaient le centre de la salle. Cet éloignement me soulagea. La crainte d'être reconnue ne me quittait pas. Je n'osais parler de peur que mon accent, dont je ne m'étais jamais départie, ne trahisse mes origines. L'aubergiste fit lui-même le service. Taciturne, le visage pâle et le regard morne, il déposa sans un mot une soupière et une carafe de vin. Les autres voyageurs commencèrent à manger, discutant entre eux, sans nous prêter attention.

— Comment vous sentez-vous, Madame ?

— Bien. Mais j'ai hâte d'arriver à destination. La peur d'être reconnue m'empêche de me détendre. Pourquoi n'avons-nous pas dîné dans la chambre, à l'abri des regards ?

— N'ayez crainte, un couple n'éveille guère les soupçons. S'isoler à peine arrivé, aurait été plus suspect, me semble-t-il. Mangez et après nous irons prendre du repos. Demain, nous atteindrons la frontière et dans deux jours nous serons à Bruxelles, en sécurité.

Je souhaitais ardemment que le chevalier dise vrai. Mais la route était encore longue et jonchée d'incertitudes. Après le repas durant lequel nous chuchotâmes, nous rejoignîmes notre chambre. Comme la veille, Rougeville s'en fut parler au cocher et voir les chevaux. J'en profitai pour me déshabiller, me laver et me mettre au lit. Dans des draps plus doux que ceux de l'auberge de Compiègne, je trouvais rapidement le sommeil.

*

Il était sept heures lorsque le chevalier de Rougeville ouvrit les tentures, dévoilant un ciel gris chargé de nuages sombres.

— Hâtons-nous, Madame, le temps est à la pluie, ce qui risque de ralentir notre allure. Je descends demander un déjeuner pendant que vous faites votre toilette.

— Je vous rejoins dès que je suis prête, dis-je en voyant qu'il était déjà le bagage à la main.

Quelques minutes me suffirent pour repoudrer mon visage, revêtir mon jupon, ma robe et mon bonnet que je portais depuis notre départ. Je me sentais poussiéreuse et bien peu gracieuse parée de cette unique garde-robe. Mais le temps n'était pas à la coquetterie. Bientôt j'aurais tout loisir de choisir de nouveaux habits.

Je rejoignis Rougeville assis à la table de la veille. Le patron, toujours aussi renfrogné, nous servit du café et des petits pains au sucre. Aucun autre voyageur ne semblait encore levé. Nous déjeunâmes seuls, rapidement et en silence. Puis Rougeville régla notre nuitée, nos repas et des victuailles pour le midi. Lorsque nous passâmes la porte, l'hôtelier nous gratifia d'un *Bon voyage, Monsieur, Madame*, avec une esquisse de sourire. Nous le remerciâmes et montâmes rapidement dans la voiture. Le cocher fit un demi-tour et nous conduisit dans une ruelle menant à une des portes de sortie de l'enceinte fortifiée. Quelques marchands avaient installé leurs étals de légumes et de pains, d'autres de tissus et de cuir autour de la place que nous quittions. Le petit peuple des artisans éveillait la cité au bruit des charrettes et des rires des poissardes se brocardant joyeusement entre elles. J'eus soudain la vision de ces femmes grossières et revanchardes qui réclamaient du pain en nous invectivant sous les fenêtres du château de Versailles. Je revis cette journée du 6 octobre 1789 où le long cortège qu'elles formaient nous accompagna jusqu'aux Tuileries, ce palais qui allait devenir notre prison. Ces femmes du nord, elles, donnaient l'apparence de la sérénité et de la joie de vivre malgré les guerres qui n'avaient pas manqué d'endeuiller la région.

Tout au long de notre périple, sur ces routes inconfortables pour mon dos fatigué, nous traversâmes des hameaux, des villages, puis la campagne et des forêts sombres. Un ensemble aux couleurs délavées par les bruines automnales.

Les heures s'écoulèrent nimbées dans les voiles de mes réminiscences, de mes interrogations, de mes doutes et de mes espoirs. Il nous fallut quatre heures pour atteindre la frontière, dernière étape vers Mons et Bruxelles.

Sur le bord de la route, une petite maison servait de poste aux douaniers. À notre approche, un brigadier apparut et nous fit signe de nous arrêter. Rougeville ouvrit la porte et présenta nos laissez-passer autorisant notre passage du Royaume de France vers la Belgique. Je tremblai d'effroi, mon estomac se noua lorsque le garde passa sa tête par la portière ouverte et m'observa avec intérêt. Le chevalier de Rougeville, alias Monsieur Bertin, parla avant qu'il ne le questionne :

— Mon épouse et moi-même rentrons d'un voyage d'affaires dans la capitale. Les temps sont difficiles pour le commerce, nous devons nous déplacer si nous voulons gagner notre vie. Je suis marchand de liqueurs... J'en ai une bouteille dans mon bagage. Vous voulez y goûter ?

L'homme esquissa un sourire de satisfaction en prenant avidement le nectar des mains de Rougeville. Sans un mot de remerciement, il ordonna au cocher de fouetter ses chevaux. Puis, à l'attention de son collègue resté près du poste-frontière, il leva la bouteille comme un trophée. L'autre sembla ravi, ils nous tournèrent le dos et entrèrent dans le local. Nous reprîmes notre route. Un sourire se dessina sur le visage de Rougeville : donner un présent à un douanier aurait pu s'avérer néfaste, interprété comme de la corruption. Mais il n'en fut rien. L'homme était persuadé de n'avoir rien reçu : il croyait s'être servi.

Vers quatre heures, à bonne distance du poste-frontière, nous nous arrêtâmes pour dîner des vivres achetés à l'auberge avant notre départ : poulet froid, petits pains, fruits frais. Un régal pour nos papilles et nos estomacs mis à rude épreuve depuis le matin. Nous mangeâmes sur un sentier ombragé, à l'écart de la route principale. L'air frais me fit du bien. La pluie nous avait épargnés, je humai des senteurs de liberté. Les chevaux mâchonnaient leur fourrage, attachés sous un arbre, tandis que le cocher auquel je n'avais pas adressé la parole, et qui ne me regardait pas, mangeait son pain et son pilon de poulet. Assis à quelques mètres de nous, en retrait, il buvait au goulot du vin qui dégoulinait sur son manteau. Mon insistance à l'observer fit sourire Rougeville. Mon ignorance concernant les comportements des gens du peuple l'amena à glousser gentiment. Car malgré ma déchéance, je conservais l'attitude altière de la reine que j'avais été.

Une heure s'écoula faite de contemplation du paysage, à écouter le chant des oiseaux. Le temps gris du matin avait laissé place à un ciel clair, sans nuages, où un timide soleil réchauffait l'atmosphère. Rougeville s'était allongé sous un arbre, les bras repliés sous la tête. Je l'observai tant qu'il avait les yeux fermés. C'était un homme de taille moyenne, un peu rond de visage, dont les joues étaient grêlées par la petite vérole, les yeux marrons au regard vif, le nez large et épaté, les lèvres fines, le cheveu clairsemé sur le haut du crâne.

Je ne pouvais pas dire qu'il fut beau, mais un charme certain se dégageait de sa personne. Il se releva, s'assit et m'annonça :

— Dans une heure tout au plus nous serons à Mons. Nous devrons rester prudents, car Mons, qui fut libre après la victoire des Français, est à nouveau une possession du Saint-Empire. Peut-être qu'il y demeure quelques belligérants partisans de la République. Nous ferons halte dans une auberge que l'on m'a recommandée au bord du canal. Nous y serons au calme et loin du centre-ville. Demain, nous atteindrons Bruxelles.

Mons, cité médiévale parée d'un magnifique beffroi, nous accueillit dans les clameurs d'une population multicolore. Des carrosses sillonnaient les larges rues du centre, les gens se promenaient, visitaient les boutiques. Ces échoppes étaient toutes enclavées dans les murs des hautes maisons collées les unes aux autres. Leurs nombreuses fenêtres s'étiraient jusque sous les toitures formant des flèches crénelées. Un style bien différent de celui de France, mais la vie qui y régnait me ravit aussitôt. Nous quittâmes le centre pour nous rendre au bord du canal, à quelques lieues, par des ruelles ombragées. Au milieu d'un paysage verdoyant, contraste saisissant en sortant de la ville, serpentait un cours d'eau – la Trouille, me précisa le chevalier. Un grand mur de pierre était couvert de végétation. À travers ses nombreuses embrasures, de petits carreaux scintillants semblaient se refléter dans le courant de la rivière. Un décor charmant où il devait faire bon vivre. Nous descendîmes de la voiture pour prendre la pleine mesure de ce cadre campagnard. Guère de différence avec l'auberge de Cambrai, si ce n'était l'accueil de l'aubergiste. Une femme aux cheveux grisonnants, portant un tablier blanc sur sa robe sombre, vint à notre rencontre, le sourire aux lèvres. Après les formalités d'usage, une servante s'empressa de prendre nos bagages et nous conduisit jusqu'à notre chambre. Un grand appartement à l'ameublement raffiné me rappela celui de notre chère Sophie Dutilleul. Trois jours seulement nous séparaient de celui de notre départ, mais j'avais l'impression d'avoir quitté la France depuis des semaines tant le voyage me paraissait long. Demain, nous serions enfin à destination. Demain j'allais enfin revoir mon cher Axel.

Six heures sonnèrent au carillon du salon où nous nous étions installés dans les confortables fauteuils parés de tissu damassé. La nuit commençait à tomber, les grands candélabres illuminaient les murs peints en bleu lavande. Un feu crépitait dans l'immense cheminée de pierre blanche. Sur la table en marbre, quelques rafraîchissements avaient été déposés par la servante. Le chevalier lorgna le pot à tabac en bois de rose. Il l'ouvrit et huma les senteurs qui s'en dégageaient. Semblant satisfait, il extirpa de la poche intérieure de sa redingote un petit étui de protection contenant une pipe en argile sculptée. J'observai sa précision pour prélever une infime quantité de tabac dans la boîte, bourrer sa pipe avec précaution, sans trop le tasser, l'allumer et tirer dessus avec volupté par petites bouffées. Les volutes de fumée qui s'en échappèrent me rappelèrent les sous-bois de Trianon. J'en appréciai les effluves.

— Je ne vous savais pas amateur de pipe, Monsieur de Rougeville, annonçais-je.

— Oh! Il y a longtemps que je n'ai goûté ce plaisir. N'ayant plus de tabac à ma disposition. Autrefois, j'en fumais régulièrement avec quelques amis lors de nos soirées autour d'une table de jeu, dans le meilleur magasin parisien, situé près du Palais Royal, La Civette, répondit-il avec un brin de nostalgie. Je conserve néanmoins ma pipe toujours sur moi, au cas où!

Il tira à nouveau une bouffée avant de m'interroger :

— Les senteurs ne vous incommodent pas j'espère?

— Bien au contraire, j'y retrouve le parfum des sous-bois, des fleurs, des fougères, qui me rappellent avec délice les promenades à Trianon.

— Votre nez est fort sensible, Madame. Ce tabac brun est si pur qu'il exhale tous les relents naturels des essences de bois. Mais je suis confus de vous remémorer cette époque sereine, si nostalgique.

— N'ayez crainte, mes souvenirs sont tout ce qu'il me reste, j'aime à m'y plonger par moments. Je n'ai d'ailleurs vécu et supporté ces heures grises dans ma cellule que grâce à eux. Je revois les visages de mes amis, de ma belle-sœur, de mon tendre époux. Je n'ose penser à mes enfants, dont la simple idée de les avoir laissés, m'épouvante. Je me promène encore dans les jardins les soirs d'été, je ressens la griserie des bals, des soirées au théâtre. J'essaie d'en chasser tout ce qui me rappelle la terreur et l'ignominie engendrées par la Révolution. J'ai cru être une bonne reine, soucieuse de mes sujets, j'ai eu des bontés envers bien des gens qui ont préféré me traîner dans la fange et la calomnie. Ai-je vraiment mérité ce sort?

— Non, Madame, vous n'êtes en rien responsable des événements qui ont conduit à la chute de la monarchie. Le peuple, lorsqu'il a faim, cherche un bouc émissaire. Les factieux, les jaloux vous ont servie sur un plateau à cette horde sanguinaire. S'ils vous avaient mieux connue, ils ne vous auraient pas accusée. Soyez fière, Madame, de qui vous avez été et de qui vous êtes encore.

La soirée s'étira agréablement. Après un repas digne d'une table royale, nous rejoignîmes notre chambre. Pour cette troisième nuit, le chevalier ne dérogea pas à son rituel, aller s'enquérir de l'état des chevaux et causer avec le cocher ; et sans doute, ce soir, fumer une dernière pipe. Je profitai à nouveau de ma solitude pour me rafraîchir, me dévêtir et me glisser entre les draps souples et parfumés. Je sentais mon corps s'apaiser maintenant que nous étions à bonne distance de la France et si près du but. J'imaginais mon cher Axel préparant notre arrivée, aussi fébrile que je l'étais moi-même. Son doux visage, ses beaux yeux d'un bleu profond, ses bras puissants me serrant contre lui dans une dernière étreinte. Cette ultime nuit où le destin cruel nous avait séparés… Que de jours passés dans la douleur et les privations depuis lors ! Celle de mes enfants, surtout, que j'avais le sentiment, à cet instant-là, de ne jamais revoir. *Mon chou d'amour*, mon si gentil petit Louis, dix-septième du nom, qui à ce jour vivait séparé de sa mère. Ma si fière et si hautaine Marie-Thérèse Charlotte, dont je me moquais si souvent, omettant de lui dire combien je l'aimais. Je conservais l'espoir de les savoir un jour libres. Je ne pouvais imaginer mes bourreaux être aussi cruels avec eux qu'ils l'avaient été avec leur père et moi et envisager leur mort. Mais sans doute étais-je trop naïve pour les croire dénués de cruauté envers des enfants dont la seule erreur était d'être de sang royal. Je m'en remis à Dieu, comme chaque soir. Entendrait-il mes prières et sauverait-il ma chère descendance ?

Le sommeil me gagna avant le retour de Rougeville.

La clarté du jour s'insinuant à travers les tentures me fit ouvrit les yeux. Le chevalier avait déjà quitté la chambre. Je me préparai à la hâte et le rejoignis dans la salle à manger. Nous étions seuls ; il y avait peu de voyageurs à cette époque dans ce lieu frontalier. Je pris place à la table, le chevalier se leva pour me saluer en me baisant la main. Un geste qui se voulait normal entre conjoints et qui devait annihiler tout soupçon de l'aubergiste sur notre situation. La dame, toujours aussi souriante, nous porta le déjeuner en nous demandant si nous avions bien dormi.

— Fort bien, répondit Rougeville avec un large sourire.

— Vous êtes seigneurs de Bruxelles, je suppose ? questionna la femme.

— Oui, et nous rentrons chez nous après un long séjour dans la capitale française.

— Il faut avoir des affaires importantes à traiter pour demeurer dans un pays où règne la terreur, insista notre hôte.

— Par le fait, je suis commerçant en spiritueux et je me dois de négocier avec l'étranger. Mais nous n'avons rien eu à craindre, n'étant que de passage.

— Pour sûr, dit-elle en secouant la tête. Mais… je trouve que vous n'avez pas beaucoup d'accent pour un wallon.

— C'est normal, j'ai passé de nombreuses années en France, mon père était ambassadeur belge.

— Oh ! Je comprends. Faites excuse mon seigneur pour ma curiosité. C'est que… on n'a pas souvent des personnes de vot' rang qui s'arrêtent dans notre auberge, justifia-t-elle en rougissant.

— C'est fort regrettable, car votre établissement est des plus charmants, je ne manquerai pas de le recommander, conclut Rougeville en lui adressant en retour son plus beau sourire.

Durant toute la conversation, je ne pus empêcher

mes mains de trembler, tellement la peur gagnait tout mon être. Je les cachai sous la table, gardai la tête baissée en sentant la pâleur envahir mon visage. Les questions de cette femme me semblaient dirigées vers un seul but, celui de nous confondre et d'alerter une faction révolutionnaire encore en place dans les environs. Je nous voyais déjà perdus. Lorsque la discussion cessa, je relevai la tête pour apprécier le sourire non pas hostile de la femme, mais chargé de respect pour nos personnes.

Lorsqu'elle tourna les talons pour rejoindre son office, je poussai un profond soupir. Mon estomac noué par la frayeur m'interdisait de manger. Je bus quelques gorgées de café, picorai un peu de pain sans appétit. Rougeville, égal à lui-même, se sustenta sans l'ombre d'une inquiétude.

Nous quittâmes enfin ce havre de paix, qui, dans ces dernières heures, m'était devenu un carcan d'effroi. Mon cœur ne cessa sa gigue que lorsque les murs de l'auberge disparurent à l'horizon. Nous n'étions plus qu'à quelques lieues de notre destination finale. J'ouvris le rideau de la porte pour apprécier le paysage.

Nous atteignîmes Bruxelles vers six heures. L'entrée se fit par une enceinte creusée dans les remparts. Le cœur de la cité était constitué d'une Grand-Place réunissant autour d'elle toute l'activité commerciale. Les larges avenues étaient bordées de cabarets, de débits de boissons et de brasseries ; mais également de bouchers, de poissonniers et de divers étals d'artisans. Une palette foisonnante de couleurs bigarrées, de clameurs chantantes sans la moindre empreinte de terreur. Nous gagnâmes les hauteurs de la ville pour rejoindre les quartiers de la Cour et du Grand Sablon respirant l'aisance. Une multitude d'hôtels particuliers et de maisons de maître avec, de part et d'autre, des boutiques de mode, de décoration d'intérieur, d'orfèvrerie, de joaillerie et de banques. L'ensemble prouvait la magnificence des lieux. Nous passâmes devant des hôtels luxueux aux noms évocateurs : *Le Cerf*, *L'Empereur*, *Le Vieux Loup et le Dauphin*. Monsieur de Rougeville m'informa qu'ils étaient les terminus des diligences venant de Paris. Nous traversâmes ces quartiers jusqu'à l'autre extrémité de la ville haute où, sur la pente menant à la partie basse, s'étendaient les faubourgs regroupant l'administration royale, la chancellerie de Brabant, la collégiale Sainte-Gudule.

— C'est dans cet arrondissement que sont domiciliés les ambassadeurs, annonça-t-il. Nous approchons de la résidence du comte de Fersen.

Tout en disant ces mots, il m'observa. Je scrutai la route par la fenêtre. Je fermai légèrement les paupières, laissant l'air chargé de liberté caresser mon visage. Lorsque je les rouvris, nous passions sous une porte cochère menant dans la cour d'un hôtel particulier. Majestueuse demeure de trois étages, de style flamand, avec ses hautes fenêtres et son toit crénelé. Du seuil d'entrée, un domestique en livrée et perruque, comme j'en avais tant connu à Versailles, vint ouvrir la portière du carrosse. Tout en faisant sa révérence, il tint la porte et le chevalier de Rougeville me tendit la main pour m'aider à descendre. Je chancelai légèrement, comme si l'air pur dont j'avais été longtemps privée s'insinuait en force dans mes poumons. Je m'accrochai au bras du chevalier et nous pénétrâmes dans le hall. Deux autres domestiques avaient récupéré nos bagages, les emportant aussitôt à l'étage par un grand escalier de marbre blanc. Un quatrième serviteur ouvrit les deux battants d'une porte donnant sur un salon.

Ma vue se troubla, je ne distinguais rien de la décoration de la pièce. À travers des larmes que je ne pus contenir, j'aperçus Axel. Un sourire éclairant son visage, les mains tendues vers moi, prêtes à recevoir les miennes, il s'approcha. Tremblante et le souffle court, je me blottis sans plus de retenue contre sa poitrine. Ses bras m'enlacèrent sans pudeur. Nous étions seuls au monde, enfin réunis. Dans un soupir il prononça quelques mots à mon oreille :

— Vous voici enfin, j'ai tant espéré le moment où je vous tiendrais à nouveau dans mes bras. J'ai tant prié pour votre évasion… et Dieu m'a entendu.

Je m'écartai presque à regret de son torse pour répondre :

— Je n'aurai pas assez du reste de ma vie pour vous remercier, Monsieur. Sans vous et le chevalier de Rougeville, je serais toujours captive et sans doute déjà morte.

Tout en prononçant ces mots, je me tournai vers le chevalier qui nous observait. N'était-ce pas des larmes qu'il essuyait discrètement ? Il se racla la gorge avant de parler.

— Sans le comte de Fersen, nous n'aurions pu mener à bien cette périlleuse expédition. Je suis fier de l'y avoir aidé, car je vous suis à tout jamais dévoué.

Tout en disant cela, il fit une révérence, marquant ainsi son respect et sa dévotion à mon égard. Puis il ajouta sur le ton de la confidence :

— Je peux bien vous l'avouer maintenant que tout danger est écarté, j'ai moi aussi tremblé bien des fois tout au long de ces quatre jours de voyage. L'annonce de votre évasion a vite fait le tour de la capitale. Les « papiers-nouvelles » édités et distribués gratuitement dans tout le pays y relatent les faits et exhortent la population à la délation contre récompense. Heureusement, personne n'a eu de soupçons et nous sommes sains et saufs.

Je restai silencieuse, imaginant le pire si nous avions été démasqués.

Axel entoura ma taille et m'invita à m'asseoir. Il ne cessait de me regarder, je n'avais d'yeux désormais que pour lui. Je ne prenais pas encore la mesure de la situation, mais je savais que j'étais enfin sauvée. J'avais retrouvé mon Axel et pour l'heure c'était tout ce qui comptait.

Les deux hommes s'entretinrent des modalités de notre voyage, des éventuels aléas qui auraient pu survenir, du temps que nous avions eu. Je les écoutais sans un mot. Une immense fatigue avait envahi mon corps. Je me sentais poussiéreuse, peu à mon avantage. Je rêvais d'un bain. Comme s'il lisait dans mes pensées, Axel me proposa de rejoindre ma chambre et de prendre du repos. Il demanda à son serviteur de me conduire à mes appartements. Je me levai, aidée par sa main serrant la mienne. J'avais l'impression d'avoir cent ans, tant mon corps était lourd, usé par trop de privations, de douleurs et d'angoisse.

Je suivis le domestique, gravissant les marches une à une d'un pas pesant. En haut de l'escalier, un long couloir desservait de nombreuses portes. Il en ouvrit une et me laissa entrer. Je pénétrai dans une grande suite chaleureuse aux murs tapissés de bleu et blanc, aux tentures damassées représentant des paons et des fleurs de lys en fils d'or. L'ameublement raffiné et précieux me rappela celui de Trianon. Je me sentis très vite à mon aise dans ce décor. En avançant dans la chambre, je découvris, dans une alcôve, une pièce d'eau où trônait une baignoire en porcelaine. Une jeune servante que je n'avais pas entendu entrer me proposa de la remplir. J'acquiesçai aussitôt, impatiente de retrouver les bienfaits d'un bain.

Je m'y prélassai un long moment, la tête emplie des merveilleux souvenirs de mes rencontres avec le comte, se juxtaposant à ceux si récents de nos retrouvailles. Je ne le trouvais que peu changé, ses yeux étaient toujours d'un bleu intense, sa stature élancée, son sourire charmant. Un sentiment de doute assombrit ma conscience. Que pensait-il de moi ? N'était-il pas déçu de retrouver une femme vieillie, aux cheveux grisonnants, au lieu de la jeune femme au teint de porcelaine, à la taille fine et aux yeux pétillants qu'il avait connue ? Nos embrassades témoignaient de son affection pour moi, je n'en doutais pas, mais était-ce encore de l'amour ?

Je sortis du bain, m'essuyai énergiquement avant d'aller enfiler la robe déposée sur un fauteuil par la soubrette. Une robe de mousseline blanche comme j'en portais autrefois dans mon hameau, avec un jupon de coton et des bas de soie blanche. Je coiffai comme je pus mes cheveux hirsutes, frisés et si gris. Pour leur donner de la tenue, je trouvai sur la coiffeuse en marqueterie de la poudre argentée et un petit diadème à plume. J'en appliquai sur mon visage et mon cou, humectai mes lèvres d'un onguent rougeoyant, déposai derrière mes oreilles une goutte de parfum aux senteurs sensuelles. Ainsi parée, je me sentis à nouveau belle, jeune, presque reine.

Je descendis l'escalier avec plus d'allant et de grâce qu'à mon arrivée. À mon entrée dans le salon, les deux hommes se turent, se levèrent pour m'accueillir. Axel posa sur moi un regard empreint de douceur et, j'osais le croire, d'admiration.

— Prenez place, Madame, dit le comte, tout en m'indiquant un fauteuil. Vous êtes rayonnante. Cette robe que j'ai fait quérir à la boutique de mode des Sablons est-elle à votre goût ? Pour ma part, je la trouve parfaite.

— Elle me sied parfaitement, vous me voyez ravie de pouvoir à nouveau porter des habits qui, sans souligner mes origines, me font tout au moins oublier mon ancienne condition de détenue.

— Ce n'est qu'un début, demain nous irons ensemble faire des emplettes afin de vous constituer une garde-robe décente, ajouta Axel.

Enfin débarrassée de mes craintes, détendue, je pris part à la conversation qui reprit entre mes deux chevaliers servants.

Le repas qui suivit fut exquis, arrosé d'un bon vin venu de Bourgogne. Nous évoquâmes nos projets. Axel ne comptait pas demeurer à Bruxelles. La victoire de l'armée autrichienne du Saint-Empire contre les armées révolutionnaires françaises n'avait malheureusement pas mis un terme définitif aux batailles, et Axel craignait des représailles et une victoire des Français. Ce qui constituait un péril pour nos vies. Il nous fallait quitter la Belgique dans les plus brefs délais pour nous rendre en Suède. Sur ses terres, nous serions définitivement en sécurité.

— Qu'en pensez-vous, Madame ? me demanda-t-il, le territoire n'est pas sûr et je crains pour votre vie ici aussi.

— Que puis-je penser, Monsieur de Fersen ? Vous m'avez offert un immense cadeau en me sauvant, je serais bien ingrate d'avoir quelques exigences envers vous. Je ne pense rien, Monsieur, je m'en remets à votre bon sens.

Je m'enquis alors de Rougeville. Qu'allait-il devenir ? Je lui posai la question.

— N'ayez aucune inquiétude pour moi, je vais rejoindre l'Angleterre où j'ai encore quelques amis prêts à m'accueillir. J'y retrouverai mes parties de cartes acharnées, avec pour seule compagnie celle de ma fidèle pipe !

Je ne pus m'empêcher de sourire à l'évocation de cette anecdote entre nous.

— Bien, en ce cas, nous partirons dans une semaine. J'enverrai un émissaire annoncer mon retour à mon père et au Roi.

Sur ces paroles enthousiastes, nous trinquâmes à notre avenir et à la paix.

15
Il est à moi, personne ne me le prendra

Une semaine s'écoula sans que Yola ne se résolve à mettre son plan à exécution. Elle voulait agir, mais la peur la tenaillait. Elle ne put se rendre en cours, une migraine tenace lui vrillait la tête. Son amie Johanna s'inquiéta :

— Allo ?

— Yola, c'est Johanna, comment vas-tu ma belle ? Tu es malade ?

— J'ai une horrible migraine depuis plusieurs jours. Cela m'empêche de travailler et de sortir.

— Tu n'as pas prévenu ton amoureux ? Parce qu'il m'a demandé pourquoi tu étais absente. Je n'ai pas su quoi répondre. J'ai trouvé étrange qu'il ne soit pas au courant. J'ai même pensé qu'il y avait peut-être de l'eau dans le gaz entre vous. Il ne t'a pas téléphoné ?

— Pas encore. Mais je mets mon portable sur silencieux pour pouvoir dormir. Et puis, j'ai bien le droit à un peu d'intimité, je ne suis pas obligée de lui rendre des comptes sur tout ce que je fais. Est-ce qu'il me dit, lui, ce qu'il fabrique en mon absence ?

— Yola ! Pourquoi t'emportes-tu ? Qu'est-ce qu'il se passe avec Axel ? Vous vous êtes disputés ? Il ne t'aime plus, il a rompu, il a quelqu'un d'autre ? Il...

— Arrête ! intima Yola, c'est juste que j'avais besoin de repos. Je dois terminer mon exposé sur Marie-Antoinette et tu sais comme ce travail me tient à cœur. Ne t'inquiète pas, tout va bien entre Axel et moi. Tout va bien… répéta-t-elle dans un murmure.

— Bon, si tu le dis… Tu as besoin de quelque chose ? Tu veux que je te fasse des courses ? Tu manges, au moins ?

— Johanna, c'est bon ! On dirait ma mère ! Tu es gentille, mais j'ai tout ce qu'il me faut. J'ai juste besoin de repos, le temps que cette fichue migraine disparaisse. Je t'appelle dès que je vais mieux, promis. Bises.

Elle raccrocha sans laisser le temps à son amie de renchérir. Johanna était une fille adorable et serviable, mais un peu envahissante. Yola n'avait vraiment pas besoin que quelqu'un vienne fourrer son nez dans ses affaires.

*

À la fin de la semaine, elle ne rentra pas chez ses parents, prétextant un surcroît de travail. Sa mère, au sixième sens aiguisé, la pressa de questions par téléphone :

— Ne peux-tu pas travailler à Gujan ? Tu seras au calme et puis ton père attend avec tellement d'impatience tes retours du vendredi soir.

— Je sais, mais pour une fois il peut comprendre. Je viendrai le week-end prochain, promis. Je dois absolument terminer mes travaux sur Marie-Antoinette et pour cela il faut que j'aille à la bibliothèque.

— Je comprends ma chérie. C'est que… tu ne nous as pas habitués à une absence aussi longue. Deux semaines, pour ton père et moi, c'est beaucoup ! J'espère seulement que tu ne me caches rien. Tout va bien avec Axel ?

— Mais oui maman, tout va bien. Bon, je dois te laisser, embrasse mon petit papa pour moi et ne vous faites pas de soucis. Bises maman, je t'aime.

Elle raccrocha rapidement. Mais qu'est-ce qu'ils avaient tous à s'immiscer dans sa vie privée ? Johanna et maintenant sa mère. Elle ne pouvait se confier à aucune des deux sur ce qu'elle avait découvert sans compromettre son plan. Elle n'était pas sûre que son amie tienne sa langue, quant à sa mère, elle le dirait à son père qui l'obligerait à s'éloigner du jeune homme. Il n'en était pas question ! Elle allait le reconquérir. Quand tout serait terminé, ils pourraient vivre leur amour au grand jour.

Elle passa donc le week-end entre ses recherches à la bibliothèque et sa surveillance des deux hommes. La tâche était ardue, car elle ne pouvait pas faire le guet devant leur appartement sans éveiller des soupçons ou être démasquée. Elle se contenta, le samedi soir, de déambuler autour de la place de la Victoire, scrutant les alentours. Par chance, elle les aperçut qui pénétraient dans leur pub habituel. Rester là, attendre pour simplement les voir entrer puis sortir fut pour elle une véritable torture. À quoi cela servait-il, d'ailleurs ? Elle n'apprendrait rien de plus sur Maxime… Son cœur se morcelait chaque jour davantage et sa rage décuplait. Elle ne pouvait plus le supporter. Dès lundi, elle agirait. Oui, lundi serait le Jour de sa vengeance…

Obnubilée par les deux hommes, elle était plantée sur le trottoir face au bar quand une voix l'interpella :

— Eh ! Yola ! Qu'est-ce que tu fais là toute seule ?

La jeune fille sursauta en reconnaissant les inflexions chantantes de Johanna. Elle était accompagnée d'un jeune homme qui la tenait par la taille. Yola ignorait qu'elle avait un petit ami. Mais comment aurait-elle pu le savoir, puisqu'elle ne lui posait jamais de questions ? *Comme ils sont beaux, tous les deux,* se dit-elle. Lui, athlétique, cheveux charbonneux, visage hâlé et prunelles sombres ; elle fluette, chevelure de lionne et des yeux d'émeraude. Yola leur adressa un timide sourire, sans savoir quoi répondre.

— Je te présente Mathias, annonça Johanna en se serrant davantage contre le jeune homme. Mathias, je te présente Yola, mon amie de fac.

— Enchanté, fit Mathias en s'avançant pour lui faire la bise.

— Moi aussi, murmura Yola sobrement.

Elle se laissa embrasser sur les joues.

— Tu as l'air d'aller mieux, ta migraine a cessé ? Tu attends… Axel sans doute, interrogea Johanna, complice.

— Oui… J'attends Axel, il est… il est allé… chercher une bouteille de vin.

— Ah ! Vous dînez en amoureux chez lui.

— Oui, pour une fois qu'on se retrouve seuls, aussi tu comprendras que… je ne peux pas vous inviter… nous devons rester prudents, avoua Yola confuse.

— Bien sûr, acquiesça Johanna avec un sourire entendu.

Elle s'adressa à Mathias :

— Yola a une liaison avec un prof, donc… silence, motus, personne ne doit savoir. Il n'y a que moi dans la confidence… enfin… nous, maintenant.

— OK, dit simplement le jeune homme, alors on te laisse. Bonne soirée.

— Bonne soirée et merci… pour votre compréhension.

Johanna lui claqua une bise et se blottit aussitôt contre la hanche de son ami pour traverser la rue.

Pourvu qu'ils n'entrent pas au Black Bull, pensa Yola en retenant sa respiration… Mais non : le couple poursuivit sa marche pour rejoindre la rue Sainte-Catherine. Yola les suivit du regard un moment, consciente de l'absurdité de son comportement. Elle gagna la station de tramway pour rentrer chez elle et éviter d'être reconnue par d'autres étudiants.

La nuit du dimanche au lundi, elle ne ferma pas l'œil. Calculant et recalculant son trajet, les horaires, son approche, le moment où elle frapperait. Tout était clair dans sa tête. Elle était lucide, froide et armée. Bizarrement, sa migraine avait disparu.

Elle se leva à six heures, prit une douche, enfila un jean et un pull-over. Elle s'enveloppa dans un manteau, une écharpe autour du cou et mit un bonnet sur sa tête. Ce mois de novembre était glacial et, ainsi emmitouflée, elle aurait moins de chance d'être reconnue. Sa main empoigna le couteau qu'elle avait glissé dans la poche de son manteau. Facilement accessible, prêt à être dégainé et à se planter dans le corps de son ennemi. C'était sa seconde option, dans le cas où le pousser sous la rame du train s'avérerait malaisé. Alors que s'approcher au milieu de la foule et lui planter sa lame dans le cœur lui paraissait un jeu d'enfant. Un sourire aux lèvres, les yeux brûlants d'une curieuse fièvre, elle sortit du studio. Il y avait du monde dans la rame. Comme chaque matin, de nombreux étudiants s'entassaient pour rejoindre les facultés bordelaises. Yola resta debout, une main sur la barre de maintien, l'autre serrant le couteau dans sa poche. Arrivée aux Quinconces, elle changea de ligne et prit la C, conduisant à la gare. Une fois sur place, elle descendit et remonta son écharpe sur sa bouche ; le froid était mordant. Elle s'engouffra à la suite des voyageurs dans le hall de départ. Cachée dans un recoin, les yeux rivés sur les portes d'entrée, elle attendit. La foule se densifia et elle le vit. Mais… il n'était pas seul. Son cœur se serra jusqu'à lui faire mal lorsqu'elle aperçut Axel à ses côtés. Ils devisaient joyeusement. Ils s'avancèrent vers le quai. Yola, raidie par la rage, les tempes bourdonnantes, le corps fiévreux, tremblait de tout son être. *Vas-y ! Qu'est-ce que tu attends ? Il faut agir. Il est à toi, il ne doit pas te le prendre. C'est le seul moyen. Allez, fonce !* Mue par une force obscure, elle surgit de son alcôve, brandissant le couteau au-dessus de sa tête. Elle poussa un hurlement en se ruant vers Maxime.

— Non ! Il est à moi !

Le jeune homme s'arrêta et tourna la tête en entendant le cri de détresse émis par l'inconnue. Ne sachant pas qu'elle s'adressait à lui, il ne bougea pas. La scène se déroula très vite. Les gens se mirent à courir vers la sortie comme des rats sautant d'un navire en flammes, le moindre bruit suspect dans un lieu public ravivant le souvenir des attentats. Axel reconnut Yola. En une fraction de seconde, il comprit le dessein de la jeune fille. À l'instant où le couteau allait s'enfoncer dans le corps de Maxime, Axel s'interposa en le poussant avec violence. Il tomba à terre, Axel reçut le coup dans l'abdomen. Yola fut stoppée net. Elle n'avait pas voulu ça ! Le jeune homme s'effondra à ses pieds, la lame d'acier qui dépassait de sa chemise était auréolée d'une large tache rouge qui s'étalait à vue d'œil. Yola hurla son prénom et se jeta à terre.

— Axel ! Non ! Pas toi ! Pardon, je n'ai pas voulu ça ! Je t'aime, mon amour, je t'aime ! Ne meurs pas !

Penchée sur le corps inanimé d'Axel, secouée de sanglots, elle n'avait plus conscience de la réalité. Son regard était brouillé, ses oreilles sifflaient, étouffant les bruits alentour. Elle y plaqua ses deux mains pour finir de se couper du monde.

*

Combien de temps était-elle restée agenouillée, prostrée ? Elle n'en avait pas la moindre idée. Elle ne comprit pas les paroles que lui adressèrent les policiers alors qu'ils l'obligeaient à se relever et qu'ils cerclaient ses poignets de fers. Elle n'avait d'yeux que pour le jeune homme qu'elle ne semblait pas connaître et qui serrait Axel dans ses bras. Des hommes en blouses blanches déposèrent le blessé sur un brancard. Pourquoi ce gars pleurait-il ? Qui était-il ? Et pourquoi allongeait-on Axel sur ce lit de transport ? Que lui était-il arrivé ? Yola fut prise de panique en voyant ses mains prisonnières. Le regard que les policiers posèrent sur elle lui sembla hostile. Qu'avait-elle fait ? Que lui reprochait-on ? Le souvenir des dernières heures s'était volatilisé. Elle était incapable d'expliquer sa présence dans cette gare. Elle ne reconnaissait personne sauf… Axel. Axel, son amour, l'homme de sa vie. Que lui était-il arrivé ? Qui l'avait blessé ? Elle baissa les yeux sur ses entraves, puis les releva vers le jeune homme allongé dont la pâleur du visage contrastait avec le rouge sombre qui souillait sa chemise. Les blouses blanches s'affairaient autour de lui, posant aiguilles et masque sur ses bras et son visage. Alors elle comprit. Un froid intense envahit son corps, elle trembla. Des larmes coulèrent lentement le long de ses joues. Une question taraudait son esprit : était-ce elle qui avait commis cet acte abominable ?

Yola se retrouva au poste de police, toujours menottée, silencieuse, perdue dans des pensées obscures. Un officier l'interrogea. Elle le regardait, incrédule. Que voulait-il savoir ? Pourquoi avait-elle essayé de tuer son professeur ? Elle n'en avait aucune idée. Ils s'aimaient, ils allaient vivre ensemble… Pourquoi aurait-elle tout gâché ? Elle écouta avec attention les détails de son crime. Il lui parla de l'autre, le jeune homme qui accompagnait Axel. Son compagnon, d'après lui. Non, il devait se tromper, Axel n'était pas gay, puisqu'ils étaient ensemble. Elle eut beau réfuter les dires du lieutenant, il campa sur ses positions. «Vous étiez jalouse de Maxime Beaulieu. Vous vouliez vous venger, les empêcher d'être heureux, vous le vouliez pour vous toute seule.» L'interrogatoire dura plusieurs heures durant lesquelles Yola répétait inlassablement qu'elle ne comprenait pas, qu'elle aimait Axel, que jamais elle ne lui aurait fait de mal, qu'elle ne connaissait pas l'autre homme. Les policiers ne semblaient pas la croire. On l'installa dans une cellule. En sortant dans le couloir, elle aperçut ses parents. Leurs regards se croisèrent. Sa mère avait les yeux rougis, une grosse ride barrait le front de son père. Elle apparaissait toujours lorsqu'il était contrarié… Là, il y avait de quoi : être convoqué au commissariat parce que sa fille est accusée de tentative de meurtre… Mais ils seraient vite rassurés quand les policiers comprendraient leur méprise, quand Axel viendrait la chercher…

Yola passa la nuit en cellule. On lui porta de quoi se restaurer, mais elle n'avait pas faim. Combien de temps resterait-elle enfermée? Elle finit par s'endormir, épuisée par l'angoisse et la solitude. Ses pensées dérivèrent vers Marie-Antoinette, sa Reine sauvée des mains de ses bourreaux. Elle avait accompli sa mission : changer le cours de l'histoire, redonner vie à cette femme si injustement décriée. Elles avaient échangé leurs identités et leurs destins. Yola avait pris la place de Marie-Antoinette, dans sa geôle – innocente comme elle et jetée en pâture à la vindicte populaire – elle imaginait derrière ses barreaux la foule criant «À mort!». Quant à la Reine saine et sauve, elle avait retrouvé son bel Axel, alors que Yola en était privée. Où était-il ? Comment se portait-il ? Elle se souvenait vaguement des cris, des hurlements autour d'elle et du sang qui s'écoulait au travers de sa chemise. L'avait-elle vraiment tué ? Était-il possible que, dans un moment d'égarement, elle ait attenté à ses jours, qu'elle ait voulu sa mort ? Elle n'arrivait pas à rembobiner le fil de l'histoire. Les événements restaient flous, ils constituaient un puzzle dont il manquait des pièces.

Au lever du jour, qu'elle entrevit par la haute fenêtre grillagée, un policier vint la chercher. Dans le bureau où il la fit asseoir, se tenait le lieutenant qui l'avait interrogée la veille. Il l'accueillit sans sourire et demanda aussitôt :

— Alors mademoiselle Montignac, la nuit portant conseil, la mémoire vous est-elle revenue ?

Comme Yola restait muette, il insista :

— Je vous conseille de coopérer. Les faits sont avérés, nier vous portera tort… Reprenons. Pourquoi avoir tenté de tuer monsieur Farsen ? Il vous a éconduite et ça vous a mise en colère ? Vous vouliez vous venger ? Répondez !

L'homme avait crié, Yola trembla. Elle leva les yeux sur lui et murmura :

— Demandez à Axel, il sait la vérité. Je ne peux pas avoir fait ce que vous prétendez, il m'aime… il me l'a dit… pourquoi j'aurais voulu sa mort ?

— La sienne ou peut-être celle de monsieur Beaulieu ? C'est lui, l'intrus, dans votre histoire. Quand vous avez découvert que celui-ci était le compagnon de monsieur Farsen, vous avez pété les plombs, vous avez décidé de passer à l'acte.

— Je ne sais pas qui est ce Beaulieu, je ne comprends pas… Pourquoi affirmez-vous qu'il est le compagnon d'Axel ? C'est impossible.

— Et pourtant c'est ce qu'il nous a dit. Ils vivent ensemble depuis deux ans. En revanche, *lui* avait entendu parler de vous : l'étudiante peu farouche qui avait invité son professeur un week-end chez ses parents. D'après ses dires, son ami avait accepté l'invitation à contrecœur…

Yola hurla :

— C'est faux ! Axel est venu avec plaisir chez mes parents, il avait hâte de faire leur connaissance ! Nous avons passé un merveilleux week-end ! Je ne comprends pas pourquoi cet homme ment.

— Calmez-vous, mademoiselle Montignac. Si je suis bien votre raisonnement, tout le monde ment, sauf vous ? Vous n'avez pas essayé de tuer monsieur Farsen ou son ami, vous n'aviez pas d'arme, vous n'étiez pas sur les lieux non plus, vous n'avez donc rien à vous reprocher. C'est bien ça, mademoiselle Montignac ?

Cet lieutenant était horripilant à l'appeler *mademoiselle Montignac* avec condescendance en lui adressant un sourire ironique. Comment allait-elle sortir de ce guêpier ? Seul Axel pouvait la dédouaner. Pourquoi ne lui demandait-on pas de témoigner ? De venir la chercher…

— Mademoiselle Montignac ? Vous êtes avec moi ?

Mais Yola n'entendait plus. Elle percevait les sons qui sortaient de sa bouche comme un borborygme assourdi, comme si elle était sous l'eau.

— On n'arrivera à rien, on va la transférer à l'unité psychiatrique. Je fais la demande au Parquet. Ramène-la dans sa cellule.

L'agent en faction dans la pièce attrapa le bras de Yola pour l'aider à se lever. Elle le regarda et lui sourit. Une fois dans la geôle, elle s'allongea sur la banquette en béton et ferma les yeux. Marie-Antoinette était là, elle lui souriait. Elle lui demandait de garder l'espoir, tout allait s'arranger.

Plus tard dans la journée, après un sandwich et un verre d'eau, un policier vint à nouveau la chercher. Il lui remit les menottes aux poignets et la conduisit devant l'officier. Ce dernier annonça :

— J'ai eu le juge, il a demandé votre placement en unité psychiatrique pour une évaluation. Mon collègue va vous y conduire. Au revoir, mademoiselle Montignac.

Après l'annonce, il fit un signe de la tête à son subordonné, indiquant la fin de l'entrevue et leur départ.

Elle effectua le trajet dans un véhicule de police, à l'arrière, menottée comme une criminelle. L'hôpital psychiatrique Charles Perrens, non loin du CHU, possédait une unité qui recevait les patients en psychiatrie : dépressifs, schizophrènes, bipolaires, sociopathes, drogués…

Yola fut aussitôt prise en charge par une infirmière. Les mains enfin libres, elle suivit la jeune femme. Ses cheveux étaient courts et noirs, ses yeux couleur lavande et sa bouche rehaussée d'un rouge à lèvres intense. Son regard était compatissant, sans jugement. Elle l'invita à pénétrer dans une chambre dont les murs étaient peints en bleu ciel, les fenêtres portaient des barreaux et le lit était en métal blanc. Une autre cellule. Plus confortable que celle du commissariat, mais une cellule tout de même, remarqua Yola.

— Vous allez attendre ici, annonça l'infirmière. Le docteur va vous recevoir dans un moment.

Elle sortit et referma la porte derrière elle. *Pas à clé, c'est un bon début,* se dit-elle.

Elle s'assit sur le couvre-lit blanc à rayures bleues.

Sur un mur, un tableau représentant l'océan et des dunes lui rappela son village chéri. Elle eut l'impression qu'elle n'y avait pas mis les pieds depuis des semaines. *Il faudra que j'y aille ce week-end, papa et maman m'attendent. Je dirai à Axel de nous rejoindre. Il y a longtemps que nous n'avons pas passé un week-end ensemble au bord de l'eau. Il aime tellement le Bassin… Papa est très heureux : un gendre qui aime la mer… Quand nous serons installés à Bordeaux, nous pourrons nous y rendre régulièrement. Nous en ferons le tour en bateau, nous pique-niquerons sur la dune, nous dormirons dans ma chambre de jeune fille et nous ferons l'amour. Axel fait si bien l'amour…*

La porte s'ouvrit et mit un terme au mirage.

— Suivez-moi, intima l'infirmière, le docteur vous attend.

Elle pénétra dans un bureau au charme désuet, très *vieille France.* Assis derrière une table en acajou sur laquelle trônaient une pile de dossiers, une pendulette en bronze et un porte-stylo en cuir, un homme aux cheveux blancs et au regard pétillant l'accueillit avec sollicitude. C'était la première fois depuis son arrestation que quelqu'un lui souriait vraiment.

— Bonjour, mademoiselle Montignac, je suis le professeur Sauveur, psychiatre attaché au tribunal de Bordeaux. Vous êtes ici afin que j'évalue votre état mental à la suite des événements tragiques dont vous êtes la principale actrice.

Yola le regarda longuement. Elle pensa : *Sauveur ! Il porte bien son nom, j'espère !*

L'homme poursuivit :

— Hier matin à sept heures quarante-cinq, vous vous êtes jetée, armée d'un couteau, sur monsieur Axel Farsen, votre professeur d'Histoire à la faculté de Bordeaux. Poignardé à l'abdomen, il a été conduit à l'hôpital. Heureusement pour lui et pour vous, ses jours ne sont pas en danger.

Il attendit une réaction qui ne vint pas, puis questionna :

— Est-ce que vous reconnaissez les faits, mademoiselle Montignac ?

— Non, je ne reconnais rien. J'ignore de quoi vous parlez. Pourquoi aurais-je poignardé Axel ? C'est absurde ! Je l'aime et il m'aime ! Nous allons nous marier !

— De nombreux témoins vous ont vue vous jeter sur monsieur Farsen et lui asséner un coup de couteau. Pourquoi mentiraient-ils ?

— Je ne sais pas, moi ! Ils m'ont confondue avec une autre. Et Axel, vous lui avez posé la question ? Il va le dire, lui, que ce n'est pas moi qui ai fait ça ! On s'aime, jamais je ne lui voudrais du mal.

Yola s'effondra en pleurs. Sa mémoire était visqueuse, plus elle s'y accrochait, plus elle glissait sans comprendre.

— Yola, écoutez-moi, je suis là pour vous aider et faire la lumière sur cette affaire. Je suis certain que vous ne vouliez pas faire de mal à Axel, vous êtes amis, n'est-ce pas ?

L'homme avait parlé avec douceur, utilisé son prénom au lieu de son nom de famille. Yola se calma, cessa de pleurer, se redressa sur sa chaise et lui offrit son plus beau sourire.

— Oui, je vous l'ai dit, nous nous aimons. Nous allons nous marier. Demandez à mes parents, ils ont fait sa connaissance, ils l'ont trouvé charmant. Il m'a même déclaré son amour à Gujan, le week-end où je me trouvais chez eux. Ma mère était enchantée… On a pique-niqué sur le Banc d'Arguin… On s'est promenés sur le port… Il a dormi dans la chambre d'amis… On a fait l'amour… on était heureux… Jusqu'à ce…

Yola arrêta net son monologue, elle planta un regard d'une intensité métallique, dure, froide dans celui du psychiatre.

— Qu'avez-vous Yola ? Est-ce que quelque chose vous revient à l'esprit ?

— Non… je ne sais pas, je crois que… j'ai tout oublié, rétorqua-t-elle, abattue.

— Justement, je suis là pour vous aider à recouvrer la mémoire. Reprenons dans l'ordre, et racontez-moi ce dont vous vous souvenez : vous avez fait la connaissance de monsieur Farsen à la rentrée de septembre. Il est votre professeur d'Histoire, c'est bien cela ?

— Oui, il est nouveau, il nous fait cours ce semestre sur le siècle des Lumières et la Révolution française.

— Comment êtes-vous devenus amis, ce n'est pas courant je présume qu'un professeur entretienne une relation très amicale avec une de ses élèves ?

— J'étais curieuse de le connaître à cause de son nom de famille qui ressemble étrangement à celui de l'ami de Marie-Antoinette, le comte Axel de Fersen.

— Vous pensiez qu'il avait un lien de parenté ? Vous lui avez posé la question ?

— Oui, mais il m'a dit en riant que c'était un nom commun en Suède, qu'il n'avait effectué aucune recherche en ce sens et que ça ne l'intéressait pas.

— Étiez-vous déçue par sa réponse ?

— Oui.

— Pourquoi ? Vous auriez aimé qu'il ait une filiation avec cette famille ?

— Je suis sûre qu'il en a une ! C'est pour ça que nous sommes devenus amis, parce que j'aime le comte de Fersen et l'histoire qui le lie à Marie-Antoinette. C'est le sujet d'étude que j'ai décidé d'écrire et Axel a été touché que je choisisse cette période de la Révolution en imaginant que la Reine pouvait être sauvée. Lui aussi a beaucoup d'attachement pour Marie-Antoinette. Il m'a félicitée d'être si férue d'Histoire et notamment sur celle de cette pauvre Reine.

— Bien, comment ont débuté vos échanges ? À la faculté ou ailleurs ?

— On parlait beaucoup à la fin des cours ; il m'apportait des éléments, des pistes de recherches. Nous évoquions ensemble le parcours funeste de la Reine. Savez-vous que Marie-Antoinette était amoureuse du comte de Fersen ? Et lui l'aimait tellement qu'il a tout fait pour la sauver. Malheureusement, personne n'a jamais compris le lien profond qui les unissait. Je me devais de les réunir en changeant le cours de l'Histoire. Ainsi, leur amour était préservé.

— Vous identifiez-vous à Marie-Antoinette, Yola ?

— Un peu oui, je l'admire. C'était une femme amoureuse au-delà des convenances. Elle aimait un Axel de Fersen et moi un Axel Farsen. Ce n'est pas une coïncidence.

— Revenons à monsieur Farsen justement. Pourquoi l'avoir invité chez vos parents ?

Yola se redressa sur son siège, les joues tout à coup très rouges, elle apostropha le psychiatre :

— Comment savez-vous que je l'ai invité chez mes parents ? Ce sont eux qui vous l'ont dit ?

Non, c'est vous, Yola. Mais ils l'ont confirmé lors de l'interrogatoire de la police, dont j'ai le rapport sous les yeux. Ils ont expliqué que vous leur aviez imposé la visite de monsieur Farsen pour le week-end. Ils ont été surpris de recevoir votre professeur, avec lequel vous avez affirmé être très amie et ce, si peu de temps après la rentrée scolaire. Est-ce bien cela Yola ?

— Oui, mais… c'était vrai ! Axel et moi étions amis et il a été ravi lorsque je l'ai invité. D'ailleurs, nous avons passé un super week-end. Mes parents l'ont beaucoup apprécié, ils lui ont même proposé de revenir.

— Yola, votre maman ne vous a-t-elle pas mise en garde sur les sentiments que vous éprouviez à l'égard de ce jeune homme ? Ne vous a-t-elle pas prévenue de ne pas précipiter les choses, d'attendre d'être sûre de cet attachement que vous dîtes réciproque ?

— Ma mère a toujours peur pour moi. C'est normal, mais là il n'y avait aucune raison, car je savais qu'Axel était amoureux de moi, il me l'a dit ! Elle a bien vu comment il me regardait, combien nous étions complices !

— En êtes-vous certaine, Yola ? Se pourrait-il que vous ayez imaginé que votre relation amicale avec monsieur Farsen soit une relation amoureuse, alors qu'il n'en est rien ? Se pourrait-il que vous ayez inventé votre liaison ?

Yola écoutait sans entendre. À nouveau ses oreilles bourdonnaient, les paroles du médecin lui parvenaient étouffées. Elle voyait ses lèvres bouger, mais ne comprenait pas les mots qu'elles formaient.

— Yola ! Yola ! Vous m'entendez ?

Elle refit surface et acquiesça :

— Oui.

— Répondez à ma question : est-il possible que vous ayez imaginé votre liaison avec monsieur Farsen ?

— Non, non ! Je vous jure que c'est la vérité ! Ce sont les autres qui mentent, ce sont eux qui ne veulent pas qu'on soit ensemble ! Ils ne peuvent pas comprendre ce qui nous unit ! Axel et moi, nous sommes des âmes sœurs !

— Qui sont les autres, Yola ?

— Les autres… mes parents, les étudiants… ils ne peuvent pas comprendre, ils sont jaloux…

— À quel moment avez-vous entendu parler de Maxime Beaulieu ?

Yola se raidit à nouveau sur son siège.

— Je ne sais pas qui c'est.

— Si Yola, vous savez. Maxime Beaulieu est le compagnon de monsieur Farsen. Ils sont en couple, ils sont homosexuels.

— Non ! hurla-t-elle, c'est faux ! Axel n'est pas gay, il est amoureux de moi ! Il me l'a dit ! Pourquoi inventez-vous toute cette histoire ? Pour me faire du mal ?

Elle s'effondra dans son fauteuil, en pleurs. Le médecin se leva, prit une chaise et s'assit auprès d'elle. Compréhensif, d'une voix douce, il poursuivit :

— Non Yola, je ne suis pas là pour vous faire du mal. Je veux juste vous aider à recouvrer le sens des réalités. Vous souffrez d'une forme d'érotomanie, qui vous fait déformer le réel afin que ce dernier soit plus en phase avec vos désirs profonds. Dans le cas présent, vous souhaitiez ardemment qu'Axel vous aime, donc vous l'avez imaginé, mais lorsque vous avez découvert qu'il avait une relation homosexuelle, le choc a été trop violent pour que vous l'assumiez, votre délire s'est alors transformé en désir de vengeance. En éliminant monsieur Beaulieu, vous étiez sûre de récupérer Axel. Est-ce que vous comprenez ce que je vous explique, Yola ?

La jeune fille secouait la tête négativement en murmurant « Non, non, ce n'est pas vrai, non, non, il m'aime, personne ne me le prendra. »

— Vous souvenez-vous être allée à la gare pour y surprendre monsieur Beaulieu et votre professeur ?

Avoir planifié de le tuer avec le couteau que vous aviez dans la poche ?

Yola restait murée dans son silence.

— Yola, écoutez-moi. Vous êtes atteinte d'une maladie psychiatrique qui vous fait imaginer des choses qui n'existent pas. Vous allez rester ici, je vais vous prescrire un traitement et des séances de psychothérapie qui vous permettront de reprendre pied dans la réalité. Je vais donner mon rapport au juge et prévenir vos parents. Avez-vous compris Yola ?

— Oui, monsieur. Je suis folle. Vous allez me soigner. Mais… de toute façon, vous ne pourrez rien contre l'amour qui nous lie… Rien… Jamais.

— Nous en reparlerons Yola, plus tard. Vous verrez que les souvenirs vont resurgir et vous permettre de comprendre votre méprise.

Le psychiatre se leva, posa sa main sur l'épaule de la jeune fille en signe d'apaisement. Yola se leva à son tour et le rejoignit jusqu'à la porte. L'infirmière qui l'avait accueillie se tenait là, dans l'encadrement. Elle l'invita à la suivre. Yola se retourna, s'arrêta et interrogea le médecin avec un grand sourire :

— Vous demanderez à Axel de venir me voir, il doit être tellement inquiet…

Le professeur Sauveur ne répondit pas. Il referma la porte, prit son téléphone et dicta le rapport destiné au juge.

« L'érotomanie dont souffre Yola Montignac est une pathologie complexe dont les prémices s'inscrivent certainement loin dans l'enfance. Sans doute a-t-elle autrefois présenté des troubles qui ont pu paraître anodins à son entourage, mais qui n'en étaient pas moins les prémices de la maladie… »

Lorsqu'il eut terminé son compte-rendu, il prit le

procès-verbal d'audition des parents de Yola, trouva leur numéro de téléphone et le composa. Il était urgent qu'il s'entretienne avec eux pour connaître les origines du trouble, les débuts de son délire concernant Monsieur Farsen.

— Madame Montignac ?

— Oui.

— Bonjour. Je suis le professeur Sauveur, psychiatre à l'hôpital Charles Perrens de Bordeaux. J'ai pris en charge votre fille à la demande du juge d'instruction pour évaluer son état mental. Je souhaiterais m'entretenir avec vous et votre mari. Pouvez-vous venir demain à dix heures ?

— Bien sûr. Pourrons-nous voir notre fille ?

— Oui, cela lui fera le plus grand bien. Portez-lui aussi des vêtements, car elle n'a pas pu se changer depuis son arrestation. Pour la nuit, nous lui donnerons une chemise d'hôpital.

— Merci professeur. Dites-moi… comment va-t-elle ? osa demander Maggy, la gorge nouée.

— Pour l'instant elle est dans le déni de ce dont on l'accuse. Sa mémoire est morcelée, mais je vous expliquerai tout cela au cours de notre rendez-vous. Au revoir.

— Au revoir, répondit Maggy dans le vide, car le praticien avait déjà raccroché.

La mère reposa le téléphone, ses mains tremblaient. La stupeur qui l'accablait depuis l'arrestation de Yola et leur convocation à l'hôtel de police où ils avaient pris connaissance des faits se transformait peu à peu en angoisse. Elle ne put retenir ses larmes. Assise à la table de la cuisine, la tête dans ses mains, elle laissa libre cours à ses sanglots. La digue qu'elle avait érigée pour se protéger, pour être plus forte, pour ne pas craquer, venait de se rompre. Toute sa douleur de mère se déversait sur la toile cirée. Sa petite fille chérie, son adorable Yola, si belle, si intelligente, si brillante, si… triste parfois, solitaire, rêveuse, avait vu sa vie basculer en un instant. Pourtant, elle avait bien perçu le danger, mais jusqu'alors, elle refusait d'y croire. Parce que Yola ne vivait désormais plus sous son toit, elle avait simplement, elle aussi, refoulé ses intuitions, repoussé le moment fatidique où elle aurait dû avoir une discussion ferme avec sa fille. Elle l'avait sans doute fait pour se protéger, car, de toute manière, elle n'était plus maître du destin de sa fille. Une foule de questions la tiraillait, mais il était trop tard.

Lorsque Jean rentra pour déjeuner, il trouva Maggy assise, prostrée, les yeux rougis. Il s'approcha d'elle, se pencha sur le corps atone de son épouse qu'il entoura de ses bras.

— Ne t'inquiète pas, tout va s'arranger. Yola n'est pas une mauvaise personne, elle n'a juste pas supporté les mensonges de ce professeur. Cet Axel n'aurait jamais dû accepter de devenir son ami, la pauvre petite a cru à son amour ! Et nous, nous n'aurions jamais dû de le recevoir.

Maggy toisa son mari, une sorte de colère éclaira son regard. Elle s'indigna :

— Mais enfin, Jean… arrête de croire que ta fille est une victime ! Ce n'est en aucun cas la faute de ce jeune homme. J'étais sûre qu'il n'était pas amoureux d'elle. Je l'ai mise en garde pour qu'elle n'aille pas trop vite… Mais tu la connais, quand elle est convaincue, rien ne peut l'arrêter ! Nous n'avons pas été vigilants, les fois précédentes ne nous ont pas servi de leçons. Et maintenant il est trop tard, elle a commis l'irréparable. Nous avons perdu notre fille, Jean, nous l'avons perdue…

Maggy termina sa phrase dans un gémissement profond, les bras de son mari l'enveloppèrent de tout son amour. C'était tout ce qu'il savait faire. Discourir n'était pas son fort.

— Pourquoi dis-tu que nous l'avons perdue ? Axel n'est pas mort, si on lui parle, il ne portera pas plainte.

Maggy se redressa, prit les mains de son mari entre les siennes et d'une voix extrêmement douce, lui annonça :

— J'ai reçu un coup de téléphone d'un psychiatre de l'hôpital Charles Perrens de Bordeaux, Yola y a été admise ce matin sur ordre du juge. Ce professeur veut nous rencontrer pour faire le point sur l'état mental de Yola.

Jean s'écroula sur la chaise. Le sang avait quitté son visage habituellement rougi par les embruns. Ses bras ballants, des larmes coulèrent le long de ses joues sans qu'il les essuie. Des questions sans réponses tournaient dans sa tête. Comment sa petite fille adorée pouvait-elle se retrouver enfermée dans un hôpital psychiatrique ? Quel sort lui avait-on jeté pour qu'elle en vienne à prendre un couteau et à vouloir donner la mort à ce jeune homme qui se disait son ami ? Au bout de quelques minutes durant lesquelles sa femme n'avait cessé de l'observer, il se ressaisit et demanda :

— Quand est-ce qu'il veut s'entretenir avec nous ?

— Demain matin à dix heures.

— Est-ce qu'il nous laissera voir notre fille ?

— Oui, il dit que ça lui fera du bien.

Maggy proposa qu'ils passent à table, le repas allait refroidir. Jean s'exécuta, mais l'appétit n'était pas au rendez-vous. Il grignota, chipota son assiette et finit par se lever pour se rendre au salon. Machinalement il alluma la télévision, comme pour briser le silence pesant qui s'insinuait entre eux. Mais surtout pour dissoudre les interrogations et la peur des informations qu'allait leur distiller ce psychiatre bordelais.

Maggy noyait son chagrin dans la vaisselle. Laver, nettoyer… La maladie gangrenait l'esprit de Yola depuis bien des années, et ils n'avaient jamais accepté d'en prendre conscience. Y avait-il un remède ? Un élixir qui lui rendrait sa normalité ? Elle avait hâte d'être au lendemain pour prendre connaissance du diagnostic du spécialiste. Peut-être avancerait-il des solutions…

*

Après une nuit sans sommeil, les parents de Yola se présentèrent dans le service du professeur Sauveur. Une infirmière les accompagna jusqu'à son bureau. Le praticien les accueillit avec un large sourire, leur serra la main et les fit entrer. Ils s'assirent dans les fauteuils en cuir face à lui, il prit aussitôt la parole :

— Je vous remercie de vous être déplacés. Je vais essayer de vous expliquer la situation.

Il ouvrit un dossier contenant plusieurs pages manuscrites, réfléchit un instant puis poursuivit :

— Yola souffre d'une maladie assez rare, appelée communément érotomanie ou délire érotomaniaque. Les patients, souvent des femmes, ont la conviction illusoire d'être aimés. La moindre réaction positive de l'objet convoité nourrit le délire, jusqu'à forger dans l'esprit du sujet malade la conviction d'une relation amoureuse réelle. Je souhaite savoir si vous avez le souvenir d'événements antérieurs, dans l'adolescence de votre fille pouvant laisser penser à une propension aux délires, aux interprétations à caractère amoureux ou amical.

Maggy et Jean se regardèrent. Tous deux avaient encore à l'esprit les épisodes de phantasmes de Yola. Maggy prit la parole et raconta les deux événements. Face aux allégations de leur fille, à l'époque, ils n'avaient pu exprimer qu'incompréhension et honte. En réaction, ils l'avaient réprimandée, obligée à présenter des excuses, et avant de prendre l'initiative de la changer de collège. Comme tout était rentré dans l'ordre les années suivantes, ils avaient fini par baisser la garde, croyant l'incident clos. À aucun moment ils ne s'étaient imaginé que leur fille souffrait d'une vraie maladie.

— Je comprends votre surprise et votre accablement, surtout face à un délire avec passage à l'acte.

— Je me sens tellement coupable, lança la mère. J'aurais dû réagir, poursuivit-elle, lorsque je l'ai vue si enjouée, me parlant de son nouveau professeur. Ses yeux qui pétillaient, ses silences béats. Une mère sent ces choses-là. J'ai insisté pour en savoir plus sur leur relation, mais Yola se voulait rassurante, m'affirmant qu'il lui avait déclaré son amour. J'ai fermé les yeux, sans doute. Je ne pouvais pas imaginer…

Elle laissa un moment de silence flotter dans la pièce, puis reprit :

— Et maintenant, il est trop tard. Tout est allé si vite. Yola n'est pas revenue le week-end d'avant, elle a prétexté que son devoir d'Histoire lui prenait beaucoup de temps. Si elle était rentrée, elle se serait confiée à moi, m'aurait avoué ce qu'elle avait découvert. J'aurais su la protéger. L'empêcher d'arriver à ces extrémités. J'aurais…

— Non, Madame, vous n'auriez rien pu faire. Aucune mise en garde n'aurait été efficace, car Yola est persuadée qu'Axel l'aime. Dans son esprit, de fausses preuves se sont accumulées, renforçant jour après jour la véracité de ses croyances. Des mots gentils, une écoute attentive, des moments d'entretien seule avec lui, son acceptation de passer le week-end chez vous et de faire votre connaissance. Elle s'est créé un monde d'illusions où chaque acte et sous-entendu représentent autant de marques d'amour. Lorsqu'elle a découvert l'existence de Maxime Beaulieu, le compagnon d'Axel, son délire passionnel s'est transformé en délire de vengeance. Elle devait se débarrasser de celui qui les empêchait d'être ensemble, elle devait éliminer le rival. Son acte est celui d'une désespérée face à une situation fantasmée, irrationnelle pour tout individu normal, mais totalement réel pour elle. D'ailleurs, elle a occulté ses propres souvenirs ainsi que l'identité de monsieur Beaulieu pour maintenir l'illusion de ses croyances. Pour elle, l'amant de son professeur n'a même jamais existé.

— Que pouvez-vous faire, docteur, pour lui venir en aide ?

— Je lui ai proposé de rester ici quelque temps pour approfondir sa maladie. Je vais lui prescrire des psychotropes, ce sont des médicaments qui vont réduire son état délirant. Associés à des séances de psychothérapie, ils lui permettront d'atténuer sa confusion pour lui faire reprendre pied peu à peu dans la réalité.

— Combien de temps cela va durer, d'après vous ? demanda Jean.

— Tout dépend d'elle. Si elle coopère, quelques semaines. Si le trouble est profond, cela peut durer bien plus longtemps.

Maggy s'effondra en larmes.

— Je comprends votre douleur... Malheureusement, cette forme de psychose est longue à traiter. Le cerveau est un organe complexe dont nous ne connaissons pas encore tous les rouages. Chaque patient est différent, même si les symptômes sont souvent identiques. Votre patience et votre accompagnement seront utiles à Yola. Elle ne doit pas se sentir exclue, cependant vous devrez avoir sans cesse à l'esprit qu'elle est malade, que son comportement sera souvent irrationnel, qu'elle aura tendance à s'inventer une vie parfaite. Vous devrez rester vigilants, à l'écoute en permanence.

— Pourra-t-elle reprendre ses cours, finir son cursus universitaire ?

— Je crains bien que non. Dans l'état actuel des choses, la replonger dans ce milieu ne pourrait qu'entraîner une rechute. Son besoin de plaire, d'être aimée, se dirige essentiellement vers des personnes influentes ou ayant un poste à responsabilité. Des hommes qu'elles admirent et dont elles souhaitent être l'égale. C'est ce conflit entre l'amour rationnel et le fantasme qui crée la pathologie. Pour autant, il n'est pas exclu d'envisager une poursuite de ses études à distance, chez vous. Mais ne précipitons pas les choses, attendons de voir comment elle réagit aux traitements. Je vous propose maintenant que nous allions la voir. Je vous mets toutefois en garde : pour elle rien de grave ne s'est produit, elle est victime d'un complot. Ce sont les autres, vous, ses amis de la faculté qui êtes jaloux de son bonheur. Elle peut vous en vouloir, puisque son esprit est confus et le délire toujours présent.

Maggy et Jean suivirent le praticien dans le long couloir qui menait aux chambres des patients. Ils croisèrent un homme et une femme marchant à petits pas comme des automates, le regard dans le vide. Maggy serra la main de son mari, un frisson parcourut son corps. C'était la première fois qu'elle mettait les pieds dans un établissement psychiatrique et son cœur se serra à l'idée que sa fille ressemble un jour à ces êtres qui n'avaient plus rien d'humain.

Le professeur Sauveur frappa à la porte d'une chambre portant le numéro 3. Ce chiffre rappela à Maggy le jour de la naissance de Yola. Leur chiffre magique à eux ! Ils s'étaient mariés un 3 juillet, elle était venue au monde un 3 juin, ils formaient une famille de 3. Cela avait toujours suffi à leur bonheur. Mais aujourd'hui ce numéro de chambre représentait la fin d'un tout, l'internement de leur petite fille chérie dans cet hôpital, un avant-goût de l'enfer.

En entrant à la suite du médecin, ils trouvèrent Yola assise sur une chaise, immobile, face à la fenêtre. Elle se retourna et, dès qu'elle reconnut ses parents, se leva d'un bond pour aller se blottir dans les bras de sa mère.

— Maman ! Papa ! Vous êtes là, enfin ! Vous êtes venus me chercher ?

Elle pleurait à gros sanglots, accrochée au cou de sa mère, comme à une bouée de sauvetage. Elle était aimantée par sa génitrice, le corps parcouru de tremblements. Maggy lui caressa les cheveux comme elle le faisait lorsqu'elle était petite et qu'elle avait un gros chagrin. Elle lui murmura des mots rassurants à l'oreille :

— Tout va bien ma chérie, tout va bien… Nous sommes là…

Au bout de quelques minutes, Yola s'apaisa. Elle se blottit dans les bras de son père qui ne put retenir ses larmes. La gorge nouée, il lui fut impossible de lui parler. Le professeur mit un terme aux effusions en prenant la parole :

— Yola, vos parents sont venus vous rendre visite, pas pour vous chercher.

— Mais pourquoi ? s'insurgea Yola en se dégageant prestement de l'étreinte de Jean.

— Je vous ai expliqué, poursuivit le médecin, que vous allez rester parmi nous quelque temps, votre état de santé nécessite une prise en charge dans cet hôpital et non à la maison. Le traitement que nous allons vous administrer doit être associé à des séances de psychothérapie, comme je vous l'ai dit lors de notre dernier entretien. Vous en souvenez-vous ?

— Oui, mais... peut-être pourrais-je venir aux séances ici et prendre mes médicaments chez moi. Je me sens bien, je n'ai rien fait de mal ! Pourquoi devrais-je rester enfermée plus longtemps ?

Maggy prit la main de sa fille et délicatement la fit asseoir sur le lit ; elle prit place à ses côtés, caressa sa joue et, d'une voix douce et maternelle, lui demanda :

— Yola, mon ange, tu te souviens de ce qui s'est passé à la gare ? Tu te souviens que tu as blessé Axel d'un coup de couteau ?

— Non... Non... Je n'ai rien fait ! Ce n'est pas moi ! Il faut me croire, tu sais que j'aime Axel, jamais je ne lui aurais fait du mal. Pourquoi dis-tu ça ? Je ne comprends rien à ce qui m'arrive, c'est un cauchemar !

— Calme-toi ma chérie, je sais que tu ne comprends pas, que tu es perdue, c'est pour cela que tu dois rester ici quelque temps, pour que le professeur Sauveur te soigne. Avec le traitement, le brouillard qui enveloppe ton esprit va s'estomper, tu vas te souvenir puis enfin, guérir. Après tu pourras rentrer à la maison, chez nous.

Incrédule, Yola regarda sa mère. Les mots ne semblaient pas atteindre leur but. Elle sourit et dit :

— Axel va me rejoindre, n'est-ce pas maman ? Je ne comprends pas pourquoi il n'est pas encore venu me voir.

Elle secoua la tête puis, tout à coup radieuse, elle annonça :

— Vous savez qu'il m'aime, n'est-ce pas ? J'avais raison, il m'a demandé en mariage ! Tu vois papa, tu n'as plus à t'inquiéter. J'ai rencontré l'homme parfait.

Ce fut trop pour Jean. Il sortit de la chambre précipitamment, étouffé de chagrin. Yola ne sembla pas surprise. Elle souriait toujours, son esprit avait quitté le monde réel pour se réfugier dans celui de son délire.

Maggy ravala ses larmes et prit conscience de la gravité du mal qui rongeait son enfant. Même avec tout son amour, elle serait impuissante à la sauver. Elle se leva, attrapa la valise restée près de la porte et la déposa sur la table. Sans un mot, elle sortit le linge qu'elle avait pris soin de choisir pour Yola et le rangea dans le petit placard. La jeune fille l'observait comme si ce qui se déroulait devant elle ne la concernait pas. Elle était désormais ailleurs…

Lorsque Maggy quitta la chambre pour rejoindre Jean dans le couloir, Yola avait repris sa place sur la chaise, ses yeux scrutant le ciel. Elle ne tourna même pas la tête pour la regarder sortir.

Ils retrouvèrent le praticien dans son bureau. Ce dernier se voulut rassurant :

— Il est un peu tôt pour attester de l'évolution de Yola. Dans quelques semaines, je serai en mesure de vous donner un bilan. En attendant, vous pourrez venir la voir tous les mercredis, un jour fixe de visite est plus facile à gérer pour les patients. Vous lui porterez du linge, des objets familiers qui lui permettront de se souvenir.

Il les raccompagna à la porte, l'entretien était terminé.

Maggy et Jean saluèrent le psychiatre. Que pouvaient-ils faire de plus ? Rien. Ce dernier avait été clair, explicite, professionnel. La tristesse n'était pas de son ressort. Ils restaient seuls avec leur peine.

Comme deux petits vieux courbés par l'affliction, ils reprirent le chemin de Gujan-Mestras. La gorge nouée, les yeux rougis, les mots éteints. Qu'auraient-ils pu se dire, d'ailleurs ? *Courage, ne nous inquiétons pas, elle est entre de bonnes mains, le temps fera son œuvre, elle va guérir…* Des mots creux, sans signification. Les seuls que Maggy avait au fond de sa gorge, si elle les laissait sortir, seraient des cris. Des cris de rage, des hurlements de douleur, les mugissements d'une mère animale ayant perdu son petit, des gémissements de désespoir, des prières silencieuses.

Ils allaient désormais devoir vivre au rythme des visites à l'hôpital. *Le mercredi*, avait dit le professeur, alors que Maggy aurait voulu prendre sa fille dans ses bras chaque jour, chaque minute comme l'enfant qu'elle était encore, leur petite fille si fragile. Elle l'aurait câlinée, consolée, bercée, embrassée. Un seul jour par semaine, sans savoir ce qu'avaient été les précédents et ce que seraient les suivants. Elle se sentait dépossédée. Elle allait devenir une simple visiteuse médicale, une presque inconnue. La bienfaitrice d'une unique patiente, la seule pour laquelle elle pouvait souffrir.

En quittant l'hôpital, il leur fallut encore trouver l'énergie de se rendre à l'appartement de Yola. Il fallait trier, classer, faire les cartons pour se préparer à rendre les clés…

Le studio était en ordre, propre, malgré le passage des forces de l'ordre. Les policiers avaient déjà fait un état des lieux et récupéré tout ce qui pouvait être susceptible d'éclairer l'affaire. Le lit était défait, mais le linge et la vaisselle étaient correctement rangés dans les placards. La mère mit les habits de sa fille dans des valises, le père plaça l'imprimante et la vaisselle dans des cartons dans un silence religieux. Sur la table, Maggy vit un document tapuscrit. Elle le prit et parcourut la première page. Le *travail de Yola* sur Marie-Antoinette… Elle s'arrêta, rangea les feuillets dans son sac, ce n'était pas le moment, elle reprendrait sa lecture tranquillement chez elle, à Gujan.

16
La nouvelle vie de Marie-Antoinette et Axel

Le chevalier de Rougeville nous quitta le lendemain. Il me serra dans ses bras, nous étions devenus si proches que toute retenue était superflue. J'eus un pincement au cœur, car je ne savais pas si je reverrais mon ami. La Suède me semblait bien lointaine, un peu comme l'était le Royaume de France en quittant mon Autriche natale. J'avais perdu bien des amis depuis le début de cette terrible révolution. Certains étaient en fuite, d'autres morts. J'avais abandonné mes enfants avec l'infime espoir de pouvoir un jour les retrouver, de les serrer contre moi. Je ne savais plus rien de leurs conditions de détention. Mon petit, livré à ses odieux geôliers, ma chère fille, toujours captive de ces barbares prêts à tout pour assouvir leur vengeance, ma tendre Élisabeth, dernier lien avec feu le Roi, qu'il leur faudrait détruire. La peur étreignit à nouveau mon cœur. Leur destin était désormais lié à mon évasion. Je priais encore et encore pour leur salut. Dieu, dans sa grande miséricorde, m'entendrait-il ?

Axel me tira de mes sombres méditations.

— Vous êtes pâle et vous semblez si triste... Qu'avez-vous ?

— Je pense à mes pauvres enfants que j'ai abandonnés aux mains de ces abominables bourreaux. Que vont-ils leur faire ? Comment ne pas imaginer qu'ils se vengeront sur eux de mon évasion ?

Un flot de larmes jaillit, m'empêchant de poursuivre. Axel me prit dans ses bras, me serrant fort contre son cœur.

— Je suis là, je vous promets de tout tenter pour avoir de leurs nouvelles. Mais vous devez penser à vous, le chagrin qui vous accable ne les aide pas. Gardez l'espoir comme vous l'avez fait avec moi.

Il déposa un baiser sur mon front.

Les jours qui précédèrent notre grand départ vers la Suède, nous fîmes les boutiques de luxe afin de restaurer ma dignité par l'entremise de robes élégantes. Nous nous promenâmes sur l'Allée verte, au bord du canal, près du couvent des Grands Carmes, sur la place des Wallons. Des lieux fréquentés par la noblesse bruxelloise qui paradait en voiture.

Nous finîmes par quitter Bruxelles le 15 septembre. Notre périple nous amena tout naturellement au Danemark où nous prîmes un bateau traversant le Cattégat de Frederikshavn à Göteborg. Un périple de plusieurs semaines au total, qui nous conduisit de relais de poste en auberges, puis de bateau en carrosse, et qui me laissa le goût amer de l'éloignement définitif.

Notre destination était le château de Löfstad, demeure de la famille de Fersen. Quelle différence architecturale entre les Flamands et les Suédois ! La demeure se composait d'un corps de logis de trois étages et de deux longues ailes terminées par des tours. Ceint par un mur de pierres, dans un écrin de verdure et de forêt, il rappelait le charme des manoirs français.

Le comte et la comtesse de Fersen m'accueillirent chaleureusement, avec toute la déférence due à mon rang. Auprès d'eux j'étais toujours Marie-Antoinette, fille de l'Archiduchesse Marie-Thérèse d'Autriche et Reine de France. Je leur en étais fort reconnaissante, même si au fond de moi, tout ceci n'avait que peu d'importance. La mélancolie qui m'avait gagnée depuis la mort de Louis, tout autant que la déchirante séparation d'avec mes enfants demeurait mon calvaire quotidien. Il m'enveloppait dans les voiles brumeux de ma mémoire, là où je pouvais revivre les tendres moments de ma jeunesse. J'y retrouvais Axel dans nos tête-à-tête romantiques, lorsque nos regards s'enflammaient et que nos doigts s'effleuraient.

L'on nous installa dans l'une des ailes du château. Tout me rappelait Versailles. Bien qu'il n'y ait que peu de domestiques, j'avais à mon service une jeune femme de chambre, Ninon, avec laquelle j'entretins très vite une relation amicale. Pleine de déférence à mon égard, j'exigeai d'elle moins de vénération, moins de politesse obséquieuse, car je ne me sentais plus l'âme d'une reine. Je la souhaitais comme une amie, simple, joviale et franche. Elle s'y conforma avec bonheur. Nous passions des après-midis en promenade dans la forêt, au bord du lac bordé de saules, ou à lire dans mes appartements. À sa demande, j'évoquais, non sans émotion, ma vie au Royaume de France. Je lui narrais les bals, les jeux, les spectacles… Mais ce que j'avais plaisir à lui conter c'était mon quotidien dans mon hameau, quand je revêtais mon costume de fermière, profitant tantôt de la solitude des lieux, tantôt de mes fidèles amis venus en villégiatures.

Ninon buvait mes paroles qui se déversaient comme des étoiles éclairant son front, ses yeux, son sourire… Sur bien des aspects, elle me rappelait ma douce amie Madame de Lamballe. Sa beauté, son inaltérable sérénité, sa tendresse, sa dévotion… Oui, Ninon ressemblait à Marie-Thérèse-Louise et mon exil en était adouci.

Lorsqu'à certains moments elle me voyait pensive, les yeux larmoyants, elle s'approchait, prenait ma main avec délicatesse et me demandait, troublée :

— Qu'avez-vous, Madame ? Quel souci assombrit votre regard ?

— Ah, Ninon, si tu savais comme il est douloureux pour moi de vivre avec des fantômes.

— Je ne sais ce qu'est le bonheur d'être mère, mais je peux imaginer la douleur d'être séparée de sa progéniture. Il vous faut espérer, Madame. Continuez de prier pour que Dieu, dans sa grande clémence, vous réunisse à nouveau. Que dit Monsieur le Comte ? Ne vous incite-t-il pas lui aussi à garder l'espoir ?

— Monsieur de Fersen est le plus grand ami qui m'ait été donné… Il ne sait que faire pour adoucir mes jours, effacer mes tourments en me divertissant. Mais je me sens bien inutile parfois, à ses côtés…

Ninon ne répondait rien, se contentant de caresser ma main. Puis elle m'apportait une tasse de thé, des biscuits, que pour son plaisir je grignotais du bout des lèvres.

Lorsqu'Axel venait me rejoindre, les fins d'après-midi, elle s'éclipsait sans un bruit, nous laissant seuls dans l'intimité de nos souvenirs.

Je regardais Axel avec tendresse, reconnaissante de la nouvelle vie qu'il m'avait offerte à ses côtés. Parfois, des pensées sombres m'assaillaient, faites de questionnements absurdes. Je devais mon salut au comte de Fersen, mais que pouvais-je lui offrir en retour, moi, usée par tant de malheurs et de souffrances ? Mon bel Axel ne retrouverait jamais celle qu'il avait tant de fois rêvée. Je le condamnais au respect de ses engagements, par honneur, plus que par amour…

Mais Axel ne voyait pas les choses ainsi. Il était là,

à mes côtés, prévenant, aimable. Il ne semblait pas faire d'effort pour m'être agréable. Ce qui me ravissait, c'était d'apercevoir dans ses yeux cette flamme, cette étincelle qui brillait toujours comme au premier jour, lorsque nous nous étions rencontrés. Alors je me laissais aller à ce bonheur retrouvé en profitant des promenades en forêt à bord d'une calèche, des soirées au théâtre où nous assistions à des concerts de mes compositeurs préférés : Gluck et Mozart. Comme nos appartements se trouvaient dans une aile du château éloignée de celle de ses parents, nous avions peu de contact avec eux. Ces gens étaient accueillants et prévenants et savaient respecter notre intimité. Une fois par semaine, nous dînions tous les quatre et une fois par mois, ils organisaient une grande réception à laquelle étaient conviés tous les seigneurs de la cour. Cela me rappelait un peu le faste de celles de France, mais je n'y ressentais aucune des émotions qui faisaient vibrer mon cœur à l'époque. Seul le regard d'Axel croisant le mien me procurait encore cet émoi, ce frisson.

N'était-ce pas cela le bonheur après tout ?

17
Comment en est-on arrivé là ?

Allongé sur son lit d'hôpital, trois jours après les tristes événements, Axel se remettait de sa blessure, heureusement sans gravité. Il se repassait le film de l'agression, interdit. Il se revoyait s'interposant en un éclair entre Yola et Maxime à l'instant même où il avait deviné le dessein de son étudiante. Comment en étaient-ils arrivés là ? Et d'abord, comment avait-elle su ?

Il tournait et retournait dans sa tête les faits sans pouvoir les relier entre eux. Il s'en voulait de ne pas lui avoir dit la vérité dès qu'elle lui avait avoué son attirance pour lui. La conclusion était dramatique : Yola était malade. Malade de jalousie au point de commettre l'irréparable.

Maxime était vite sorti de sa torpeur après sa chute et avait accompagné Axel à l'hôpital. Il ne l'avait pas quitté jusqu'à ce qu'il reprenne connaissance. Lui aussi était sous le choc. Lorsqu'Axel avait enfin rouvert les yeux après l'opération, ce sont ceux de Maxime qu'il avait vus, pleins de larmes. Le jeune homme l'avait couvert de baisers, lui murmurant des mots d'apaisement qui s'étranglaient dans sa gorge tant sa peine était grande. Ce n'est qu'en apprenant que sa vie n'était plus en danger, que le sourire lui était revenu aux lèvres. Les premières heures ils ne parlèrent pas, chacun d'eux ne sachant comment aborder les faits. La peur de se perdre les tétanisait. Puis les questions qui taraudaient Maxime ombragèrent son front, brûlant ses lèvres à tel point qu'il lui devint impossible de les étouffer.

— Axel, j'ai besoin de savoir ce qu'il s'est réellement passé. Qu'as-tu fait ou non pour que cette fille tombe amoureuse de toi à ce point ?

Assis au bord du lit, il prit la main de son compagnon et l'interrogea en le regardant droit dans les yeux. Axel baissa les siens avant de répondre :

— J'ai cru pouvoir la tenir à distance en évitant de lui confier quoi que ce soit sur ma vie privée, mais… ma plus grosse erreur a été d'accepter ce week-end chez ses parents. Je n'ai pas pu me dérober à leurs questions. Son père était méfiant, j'ai dû raconter mon parcours, la mort de mes parents, mes études en pensionnat… Si j'avais été courageux et honnête, quand nous nous sommes retrouvés seuls sur le port et qu'elle s'est blottie contre moi en m'avouant son amour, j'aurais dû lui parler de toi. Cela aurait stoppé net ses fantasmes.

— Sans doute, mais tu prenais le risque qu'elle le divulgue aux autres étudiants et… tu n'es pas prêt, nous le savons tous les deux.

— Prof et homo, ça peut être mal perçu, encore de nos jours…

— Non, Axel, je ne crois pas. Tu crains seulement le regard des autres parce que tu n'assumes pas… Tu dois faire ton coming-out. On est au vingt et unième siècle, Axel : les mœurs ont changé !

Axel réprima ses sanglots et murmura :

— Tu m'en veux ?

Maxime resta muet. Oui, il en voulait à Axel d'avoir mis leur couple en péril par lâcheté, ou peut-être parce qu'il le soupçonnait d'aimer être courtisé par ses étudiantes. Il osa poser la question :

— Reconnais que toutes ces filles qui se pâment dès que tu ouvres la bouche… ça te plaît, ça flatte ton ego de prof.

Ce fut au tour d'Axel de rester muet. Que pouvait-il dire pour sa défense ? Était-il défendable, d'ailleurs ? Jusqu'à quel point Maxime ne touchait-il pas du doigt un vrai problème ? Son besoin de reconnaissance, de plaire à la gent féminine pour cacher ses véritables penchants… Il se trouva pitoyable. Au bout de quelques instants d'un lourd silence, les seuls mots qui franchirent ses lèvres furent des excuses. Il ne pouvait rien dire d'autre. Pas encore. Il lui fallait du temps pour faire le point, prendre des décisions, redonner confiance à Maxime, lui prouver combien il l'aimait…

Ils s'embrassèrent tendrement, puis Maxime quitta la chambre. Avant de refermer la porte, ses yeux sombres remplis de larmes amères se posèrent sur ce corps meurtri, sur ce visage aux traits tirés, aux lèvres blafardes, au sourire absent, sur ses paupières closes, d'où s'écoulaient sans bruit de fines gouttelettes. *Comme il est beau et fragile*, s'émut-il, convaincu de l'aimer toujours autant.

Un coup frappé à la porte de la chambre réveilla Axel. Depuis le départ de Maxime, il dormait, accablé par tant de peines.

Un homme en costume entra et se présenta :

— Bonjour Monsieur Farsen, je suis le lieutenant de police Fabre. Puis-je vous poser quelques questions au sujet des événements de lundi matin à la gare de Bordeaux ?

Axel opina du chef.

— Mais avant, je souhaite savoir comment vous vous sentez ? Le médecin m'a dit que votre blessure aurait pu s'avérer plus grave, la lame ayant effleuré une artère…

— Oui, j'ai eu de la chance… d'une certaine façon…

— J'ai besoin de comprendre à qui mademoiselle Montignac en voulait vraiment. Était-ce à vous ou à votre compagnon ? Savait-elle pour vous deux ?

— J'ignorais qu'elle était au courant. Je ne le lui ai jamais dit, j'ai l'habitude de préserver ma vie privée.

— Comment avez-vous compris qu'elle connaissait votre lien avec monsieur Beaulieu ?

— Lorsque je l'ai vue sortir le couteau de sa poche, elle ne me regardait pas. Son regard était braqué sur Maxime. En une fraction de seconde, j'ai réalisé que c'était lui qu'elle ciblait. Je n'ai même pas réfléchi, je l'ai poussé pour qu'elle ne puisse pas l'atteindre et… c'est moi qui ai reçu le coup de couteau. Mais encore une fois, je ne sais pas comment elle a appris notre liaison. Je ne me suis pas confié à elle.

— C'est certainement une erreur, car d'après elle, vous étiez amoureux et vous alliez vous marier.

— Jamais de la vie ! s'insurgea Axel.

— Pourtant vous avez passé le week-end chez ses parents sur son invitation. D'après sa mère, lorsque vous êtes rentrés d'une promenade, elle lui a confié que vous lui aviez déclaré votre amour et que vous comptiez vivre avec elle.

— C'est faux ! Pendant la balade, elle a voulu qu'on se tutoie, j'ai refusé prétextant que notre lien se bornait à élève et professeur. Elle s'est alors blottie contre moi en pleurant, en m'avouant qu'elle m'aimait et qu'elle était sûre que je l'aimais aussi. Je lui ai clairement dit que non, que je n'étais pas amoureux d'elle et que je ne le serais jamais. J'ai même voulu repartir aussitôt, pensant que ce n'était pas une bonne idée d'avoir accepté son invitation. Elle m'a supplié de rester, que ses parents ne comprendraient pas. J'ai cédé, elle a séché ses larmes. Le plus curieux c'est que dans l'instant qui a suivi, elle était à nouveau rayonnante, enjouée, comme si elle avait oublié ce qui venait de se passer.

Axel se tut, le regard tourné vers la fenêtre, il contempla le ciel gris.

— D'après le médecin de l'unité psychiatrique où nous l'avons transférée, elle…

Axel l'interrompit :

— L'unité psychiatrique ! Mais pourquoi ? Elle n'est quand même pas malade mentale !

— Le professeur Sauveur a fait une première évaluation de son état et nous a transmis son rapport. Mademoiselle Montignac souffre d'érotomanie, ou plus exactement de délire érotomaniaque…

Après l'explication du policier, Axel resta muet. La colère et l'incompréhension avaient laissé place à la tristesse. Pauvre Yola, elle qui était promise à un brillant avenir, tout s'écroulait autour d'elle. Il demanda :

— Est-ce qu'elle va guérir ?

— Difficile à dire, répondit le lieutenant. Un cas comme le sien est compliqué à soigner. Pour l'instant il est encore trop tôt pour avoir un quelconque avis. Le psychiatre dit qu'elle ne comprend pas ce qui lui arrive, qu'elle n'a jamais voulu vous faire de mal, ce dont je suis sûr maintenant. Mais le plus terrible, c'est qu'elle ne sait pas qui est monsieur Beaulieu. Lorsque le praticien lui a expliqué qu'il s'agissait de votre compagnon, elle s'est mise en colère, hurlant que vous l'aimiez, que vous alliez vous marier. Bref, elle est dans un total déni.

— Comment vont ses parents ?

— Les pauvres gens sont accablés et surtout ils

s'en veulent de ne pas avoir cerné plus tôt le mal dont souffre leur fille.

— Comment l'auraient-ils pu ? Avec eux elle paraissait si normale.

Un silence s'installa entre eux. L'officier avait suffisamment d'éléments pour rendre son premier rapport au Parquet.

— Je vous laisse vous reposer. Lorsque vous sortirez, je vous serais reconnaissant de passer à l'hôtel de police pour que nous enregistrions votre déposition. Nous avons déjà celle de monsieur Beaulieu.

— Lieutenant, intervint Axel, Yola sera-t-elle poursuivie pour tentative de meurtre ?

— Eh bien... au vu de votre témoignage, de celui de ses parents et du professeur Sauveur, je pense que le juge demandera son placement en unité psychiatrique de longue durée. Un procès et un enfermement en maison d'arrêt ne l'aideraient pas à se soigner.

— De toute façon, je ne porte pas plainte, annonça Axel.

— J'en informerai le juge, mais il faudra tout de même faire votre déposition. Bon rétablissement.

Lorsque le policier fut sorti, Axel laissa à nouveau libre cours à ses larmes. Un chagrin immense le submergea. Il s'en voulait terriblement de n'avoir pas su cerner à temps le comportement anormal de Yola. Peut-être Maxime avait-il raison, peut-être éprouvait-il plus de sentiments à l'égard de cette jeune fille qu'il ne voulait se l'avouer. Il se sentait coupable d'avoir ébranlé les fondations de leur couple par égocentrisme. Il aimait cet homme plus que tout, il fallait qu'il le lui dise ; mais il allait aussi devoir faire son coming-out pour que Maxime lui pardonne. Ses mots avaient été clairs. Pas de rédemption sans avouer à tous leur amour. C'était le prix à payer pour racheter ses erreurs et se libérer de ses chaînes.

*

Deux petites semaines plus tard.

Avant de rendre visite à Yola à l'hôpital, ce mercredi, Maggy et Jean s'arrêtèrent à son studio pour emporter les derniers effets de leur fille.

Un dernier tour d'horizon, puis ils refermèrent la porte du studio. Ils montèrent en voiture et prirent le chemin de l'hôpital. Ne leur restait plus qu'à signifier la fin du bail à la propriétaire.

— Qu'allons-nous faire des meubles de Yola, demanda Maggy à Jean qui n'avait toujours pas ouvert la bouche.

— Tout ça n'a pas d'importance pour le moment. Notre fille est enfermée, livrée à ses délires sans que nous puissions faire quoi que ce soit pour lui venir en aide. Dieu sait combien de temps cela prendra pour qu'elle guérisse…

Il essuya les larmes qui brouillaient son regard. Ses yeux semblaient plus sombres qu'à l'ordinaire, marqués de profonds cernes. Maggy posa sa main sur la sienne cramponnée au volant. Elle en ressentit le tremblement. Elle non plus ne pouvait endiguer le flot de larmes qui la submergeait. Leur vie si simple, si paisible, venait de basculer, emportée dans la tourmente.

À l'hôpital, avant d'entrer dans la chambre de Yola, ils se recomposèrent un visage aussi serein que possible. Maggy cogna doucement à la porte et l'ouvrit. Comme le mercredi précédent, leur fille était assise sur sa chaise. À croire qu'elle y était restée vissée. Ils pénétrèrent presque à pas de loup.

— Yola, ma chérie, c'est papa et maman.

La jeune fille tourna la tête, les reconnut et se dirigea vers eux. Un gracieux sourire éclaira son visage que Maggy trouva amaigri. Des cernes violets soulignaient le bas de ses yeux.

— Ah ! Je suis contente de vous voir. Le temps est long ici. Comment allez-vous ? demanda-t-elle réjouie.

Elle les embrassa à tour de rôle sans leur laisser le soin de répondre.

Ils s'assirent sur les deux autres chaises composant le mobilier sobre de la chambre. Jean, le corps en avant, les bras ballants entre ses genoux, les mains serrées l'une contre l'autre, la tête baissée, garda les yeux rivés sur ses souliers. Comme s'il n'osait plus affronter le regard de sa fille.

— Nous allons bien ma chérie, finit par lâcher Maggy, mais c'est à toi qu'il faut demander. Comment se passent tes journées ? Les séances de psychothérapie apportent-elles un résultat ? Ta mémoire revient-elle ? questionna-t-elle avec appréhension.

— Oui, ça va. Je vois le psy tous les jours, il est gentil, mais il me parle de choses que je ne saisis pas.

— Quelles choses, ma chérie ? insista Maggy.

— Toujours les mêmes : il veut savoir si je me rappelle de ce que j'ai fait à Axel.

— Et… tu te souviens ?

— Des images reviennent : la gare, le monde, les cris, Axel à terre, sa chemise tachée de sang… Mais je ne comprends toujours pas pourquoi j'aurais voulu lui faire du mal. Ça ne peut pas être moi…

— Tu n'as aucun souvenir du moment où tu l'as poignardé ?

— Bien sûr que non, tout est flou dans ma tête et surtout c'est absurde. J'aime Axel et il m'aime, alors pourquoi aurais-je essayé de le tuer ?

— Tu ne te souviens pas non plus de… Maxime, son compagnon ?

Yola se raidit, son visage se ferma, ses traits se durcirent. Son regard glacial alla de sa mère à son père, comme si elle cherchait lequel des deux était le coupable.

— Vous aussi vous allez me reparler de ce Maxime ! M'inventer une histoire d'amour entre lui et Axel !

Yola se mit à faire les cent pas dans l'espace exigu de sa chambre, allant et venant, secouant la tête négativement en soliloquant :

Non, non, non, je ne le connais pas… qu'est-ce qu'ils ont tous à me parler de cet homme ? Axel non plus ne sait pas qui est cet individu… il me l'a dit… il nous voulait du mal… il voulait nous empêcher d'être heureux… il fallait l'éliminer, il fallait que je nous protège… personne ne peut comprendre… personne ne sait combien on s'aime… combien… combien… je l'aime… je… l'aime… je… l'aime…

— Yola ma chérie, intervint Jean, décollant tout à coup ses yeux de ses souliers.

Mais Yola n'entendait pas. Elle parlait seule, répétant inlassablement combien elle aimait Axel.

Maggy et Jean assistèrent impuissants au monologue incohérent de leur fille. Ils se rapprochèrent, leurs corps tremblants comme transis d'un froid glacial. Les minutes s'écoulèrent, aussi oppressantes que les larmes qu'ils versèrent. Yola avait oublié jusqu'à leur présence. Elle était retournée dans son monde, celui où son amour pour Axel existait véritablement, celui où son beau professeur était réellement amoureux d'elle. Rien ne semblait pouvoir l'en dissuader. Maggy se leva d'un bond.

— Yola, nous partons ! lança-t-elle comme une bouée pour ramener sa fille sur le rivage de la réalité.

Cela produisit l'effet escompté. La jeune fille s'arrêta net de soliloquer, elle regarda ses parents avec un sourire radieux sur les lèvres.

— Merci d'être venus. Mon petit papa, prends soin de toi, et toi maman ne t'inquiète pas, tout va bien. Je serai bientôt de retour à la maison ! Et dis à Axel de passer me voir, il me manque tellement ! Au fait maman, il faudra lui donner mon tapuscrit terminé. Je suis sûre qu'il va adorer.

— Oui, je l'ai récupéré dans ton studio, je le lui porterai.

— Tu l'as lu ? Tu as aimé ? Ne trouves-tu pas magnifique comme j'ai su redonner vie à Marie-Antoinette, comme je l'ai sublimée ? Après tous ses malheurs, toutes ses épreuves, ses séparations, elle retrouve Axel… Je les ai réunis.

— Oui ma chérie, c'est un travail remarquable que tu as rédigé. Tu mérites la meilleure note, affirma Maggy pour rassurer Yola.

— Hum ! Hum ! fit la jeune fille avec fierté.

Ils déposèrent chacun une bise sur sa joue. Maggy aurait voulu la serrer dans ses bras, mais elle n'aurait plus été capable de la lâcher. Elle se contenta donc de lui caresser le visage.

— On t'aime ma chérie, tu sais… balbutia Jean avant de sortir.

— Oui papa, moi aussi ! renchérit Yola gaiement.

Maggy referma la porte, ils se dirigèrent vers le bureau du professeur Sauveur. Ils frappèrent et entrèrent dès qu'ils entendirent sa voix les y autoriser. Il les salua et les invita à s'asseoir.

— Alors, comment l'avez-vous trouvée aujourd'hui ?

— Guère mieux, confessa Maggy. Elle est toujours aussi incohérente. Ce qui est curieux, c'est qu'elle nous accueille en étant normale, je dirais, puis dès que nous parlons de ses souvenirs, du drame, elle se ferme et part dans son délire. Elle est toujours persuadée qu'Axel l'aime, qu'elle ne connaît pas Maxime, à part que…

— Oui, qu'avez-vous remarqué, madame Montignac ?

— Eh bien, aujourd'hui dans son monologue, elle a dit : *Il fallait l'éliminer, il fallait que je nous protège.* C'est la première fois qu'elle semble reconnaître le but de son acte, n'est-ce pas professeur ?

— Oui, lors d'une séance, elle a effectivement parlé de Maxime comme d'un ennemi dont elle devait se débarrasser.

— Est-ce bon signe ?

— Malheureusement, non. Son délire amoureux persiste, elle est certaine de l'amour d'Axel et je crains que son état n'empire. Même si elle se remémore peu à peu son crime, il ne fait qu'en renforcer les raisons. Elle se croit dans son bon droit : sauver sa relation avec Axel.

— Il y a donc peu d'espoir de la voir se rétablir ?

— Dans son état, je suis convaincu que cela va prendre de longs mois. Le passage à l'acte est un fait assez rare. Chez Yola, il a marqué la scission entre la réalité et ses fantasmes. Il est bien plus confortable pour son cerveau de se maintenir dans l'illusion. Lui imposer la vérité la fait souffrir…

Le professeur stoppa son explication, se redressa et observa le couple alors qu'ils se levaient à leur tour de leurs fauteuils. *Ils ont l'air tellement abattus,* pensa-t-il. Lui, si distant depuis le début de leurs entretiens, parut un instant affligé. Il leur adressa un petit sourire contrit. Il posa sa main sur l'épaule de Maggy et conclut :

— Je suis vraiment désolé de ne pouvoir vous

donner plus d'espoir. Continuez bien sûr à venir la voir, on ne sait jamais, un miracle…

Jean et Maggy, avant de le quitter, le remercièrent pour… *Pour quoi exactement ?* songea Maggy. *Pour les mauvaises nouvelles ?… Pour les soins inefficaces ?… Ou pour l'espoir auquel il fallait s'accrocher en croyant aux miracles ?…* Bien sûr qu'ils allaient s'accrocher. Leur amour de parents ferait-il revenir leur petite fille chérie à la raison ? Ils s'y emploieraient autant qu'ils le pourraient… L'Espoir, la Foi, l'Amour, voilà bien tout ce qu'il leur restait !

*

Depuis le drame, Maxime n'avait pas eu la force de reprendre son travail. La peur, l'incompréhension, le choc, l'avaient anéanti. Bien que soulagé de savoir Axel hors de danger, il ne pouvait s'empêcher de lui en vouloir, de le rendre responsable malgré lui de ce désastre. Si Axel avait eu le courage de dire la vérité à Yola, peut-être aurait-elle compris, et qui sait lâché l'affaire. Mais à trop vouloir protéger sa vie privée, il avait joué avec le feu. Pour se réconforter, Maxime alla boire un verre au Black Bull. Charles fit le tour du comptoir et le prit dans ses bras.

— J'ai appris par les infos ce qui est arrivé à Axel. Comment va-t-il ?

— Il se remet. Heureusement, sa blessure n'est pas trop grave.

— Mais qu'est-ce qui s'est passé ? Qui est cette personne qui l'a attaqué, une déséquilibrée ?

— Oui. Une de ses étudiantes. Elle a flashé sur lui et s'est persuadée qu'Axel l'aimait. En fait, c'est moi qu'elle visait.

— Toi ? Mais pourquoi ? Elle te connaissait ?

— Non, je ne l'avais jamais vue. Elle a dû apprendre

pour nous deux et elle a vu rouge. Un acte de folie, d'après la police. Elle souffrirait d'une sorte de délire amoureux.

Le patron resta un instant silencieux, les sourcils froncés, une ride creusant son front…

— Attends voir, comment elle est, cette fille ? Une brunette, plutôt jolie ?

— Tu la connais ?

— Non, mais…

Charles sembla tout à coup mal à l'aise. Il poursuivit :

— Je crois que c'est ma faute… Je l'ai vue, elle est venue ici il y a quelques jours. Elle m'a dit être une de tes amies de lycée, qu'elle ne t'avait pas vu depuis longtemps et qu'elle souhaitait te faire la surprise. Comme elle ne voulait pas se rendre chez toi, elle a tenu à savoir où tu travaillais. Je lui ai expliqué que tu rentrais en train tous les soirs à dix-huit heures. Oh mon Dieu ! Si je n'avais rien dit, elle n'aurait pas su comment te trouver. Tout est ma faute, Maxime ! Je suis désolé.

— Non Charles, tu n'y es pour rien. Elle se serait débrouillée autrement, crois-moi. Si elle était au courant de mon existence, c'est qu'elle a suivi Axel jusqu'ici et qu'elle nous a vus ensemble. Peut-être savait-elle aussi où nous habitons. Cette fille a de la ressource…

Charles repassa derrière son comptoir et servit une bière à Maxime. Ce grand gaillard dont l'apparence bourrue cachait si bien son caractère affable semblait dépité. Maxime le rassura à nouveau :

— Charles, ne te sens pas coupable. Si Axel avait été honnête avec elle dès le début, on aurait sans doute évité cette tragédie.

— Tu veux dire qu'il lui a laissé croire qu'entre eux… c'était possible ?

— Disons qu'il n'a pas été suffisamment clair. Il a accepté une invitation chez les parents de la fille. À partir de là, elle a pu tout imaginer. Axel est un naïf, il ne voit pas le mal. Comme il lui a dit qu'il n'était pas amoureux d'elle, il a cru que ça suffirait, qu'avec le temps elle se lasserait et qu'elle passerait à autre chose.

— Le pauvre, renchérit Charles, comme il doit se sentir coupable. Tu ne lui en veux pas, j'espère ?

Maxime garda le silence un long moment avant de répondre. Comment avouer à son ami Charles qu'il ressentait de la rancœur, du dépit face à l'inconscience et la faiblesse d'Axel.

Charles prit un ton paternel :

— Maxime, tu sais qu'Axel t'aime. Jamais il ne te ferait du mal. Vos parcours presque identiques vous ont rapprochés, c'est ce qui fait la force de votre couple. Pardonne-lui et sois là pour le réconforter, il va en avoir besoin.

— Oui, tu as raison, *ce qui ne nous tue pas nous rend plus forts,* c'est bien ce que l'on dit ? Je crois que c'est le moment de faire nôtre, cette maxime de Nietzsche.

Un mois après sa sortie de l'hôpital, Axel était de retour sur le campus de la faculté, avec une certaine appréhension, disons-le. Tout le monde était au courant, la presse et les réseaux sociaux s'étaient déchaînés. Lorsqu'il pénétra dans l'amphithéâtre, le tumulte habituel des étudiants cessa, chacun prit place dans un silence pesant. Axel décida de jouer cartes sur table pour éviter les rumeurs.

— Bonjour à tous. Avant de commencer, je voudrais faire une mise au point : mademoiselle Montignac s'est prise d'une affection pour moi que je qualifierais d'inappropriée. Malgré mon attitude distante et mon refus d'être plus que son professeur, elle a cru que j'étais amoureux d'elle. Lorsqu'elle a appris que j'étais en couple avec… un homme, son délire amoureux s'est transformé en délire de jalousie et de haine. Vous connaissez la suite… Ma blessure était sans gravité ; l'état psychique de mademoiselle Montignac est inquiétant. Elle n'est évidemment pas responsable de sa maladie… Cette mise au point n'appelle aucun commentaire. Mettons-nous au travail.

Axel entama son exposé, soulagé d'avoir effectué son coming-out devant toute l'assemblée.

*

À la fin du cours, Johanna s'approcha de lui.

— Professeur, je peux vous parler ?

— Bien sûr.

— C'est au sujet de Yola.

Axel se raidit, sa mâchoire se contracta.

— Je vous écoute.

— Eh bien… voilà, Yola s'était confiée à moi au sujet de votre soi-disant liaison. Elle semblait convaincue de votre amour. Elle m'a dit que vous aviez… couché ensemble. Les détails qu'elle m'a donnés paraissaient si réels… Et pourtant, à plusieurs reprises j'ai eu des doutes, je me suis même demandé si elle n'inventait pas votre relation.

— Qu'est-ce qui vous a fait douter ?

— Après le week-end que vous avez passé ensemble chez ses parents, elle était enjouée et volubile… Mais quelques jours plus tard, son comportement avait changé. Elle était nerveuse, irascible, à la limite de la colère. Elle a craqué pendant une de nos conversations. Elle a crié que personne ne vous séparerait, que vous étiez à elle, que vous alliez vous marier… Elle a beaucoup pleuré puis, comme par enchantement, son attitude a changé, elle est redevenue souriante. J'avoue que ce changement de comportement m'avait troublé sur le moment… mais je me suis dit qu'elle avait simplement peur de vous perdre. Je suis désolée de ce qui vous est arrivé, jamais je n'aurais pensé qu'elle était à ce point… malade.

— Moi non plus, je l'avoue. J'ai eu tort d'accepter son invitation, tort de ne pas lui dire la vérité sur ma relation homosexuelle. Peut-être qu'elle aurait fini par se faire une raison… Merci d'être venue me parler, Johanna. Et ne vous en veuillez pas de n'avoir pas compris. Même ses parents n'ont rien vu venir.

— J'espère qu'elle guérira. C'est une fille formidable, vous savez. Elle mérite de réussir ses études et de devenir professeur d'Histoire, comme vous.

— Oui, je crois qu'elle aurait fait une brillante enseignante.

Ils se turent. Tout avait été dit.

— Bonsoir, à demain.

— Bonsoir Johanna.

Axel rangea ses documents et, au moment de se diriger vers la sortie, il vit Maggy qui patientait appuyée au chambranle de la porte.

— Maggy ?

— Je me suis permis de vous attendre pour vous parler de Yola.

— Je suis désolé de ce qu'il s'est passé. Jamais je n'aurais imaginé qu'elle en arriverait là…

— Vous n'y êtes pour rien… Jean et moi, on va la voir chaque semaine depuis son internement. Pour l'instant il n'y a aucune amélioration. Elle attend toujours que vous veniez la chercher. Son esprit refuse de faire face à la réalité. Le professeur Sauveur ne nous a pas donné beaucoup d'espoir… Il dit qu'on peut encore croire aux miracles…

Maggy fondit en larmes, Axel la prit dans ses bras. Elle se ressaisit et tira de son sac un document qu'elle tendit à Axel.

— Yola a souhaité que vous lisiez son travail sur Marie-Antoinette. Elle en est très fière… Au revoir, Axel, prenez soin de vous.

— Merci Maggy, donnez-moi des nouvelles de temps en temps. Je serais heureux de savoir comment elle va.

Avant qu'elle ne tourne les talons, il la retint par le bras et demanda :

— Comment va Jean ? Est-ce qu'il m'en tient rigueur ?

— Non. Il est comme moi, il n'en veut qu'à lui-même.

Maggy disparut dans le couloir, comme avalée par la nuée d'étudiants qui se croisaient, entrant et refluant des différentes salles de classe.

Axel regarda le volume de feuilles qu'elle lui avait remis, puis les rangea dans sa sacoche. Il gagna la sortie d'un pas pressé. Il avait hâte d'entamer sa lecture. Était-ce de la curiosité professionnelle, ou l'inavouable envie d'une proximité avec quelqu'un qui l'aimait tant ?

Une heure plus tard, Axel reposait le tapuscrit sur la table du salon. Des larmes coulaient sur ses joues sans qu'il ne parvienne à les réprimer.

Yola avait réalisé un travail remarquable. En sublimant Marie-Antoinette, en modifiant son destin sous sa plume, elle lui avait offert une deuxième chance. Il comprenait mieux au travers de son récit la passion dévorante qui la consumait : Yola avait sauvé sa Reine, mais elle-même s'était perdue. En lui redonnant vie, elle avait mis un terme à la sienne. Et puis, en achevant d'écrire cette prospective, l'étudiante s'était-elle rendu compte que la mort tragique de Marie-Antoinette, bien plus que cette fin rêvée, avait élevé au rang de légende la destinée romantique de cette reine au grand cœur ?

En pénétrant dans le salon, Maxime trouva son compagnon les yeux rougis.

— Que se passe-t-il ?

Le jeune prof releva la tête, sans répondre il tendit le tapuscrit à Maxime. Ce dernier s'assit auprès de lui, l'enlaça et déposa un baiser sur ses cheveux. Il lut, dans un silence religieux, interrompu par des reniflements intermittents. Du revers de la main, il chassa quelques larmes qui inondaient ses joues, obstruaient son nez.

Il reposa les feuillets sur la table du salon. Il se tourna vers Axel, lui prit les mains et les embrassa tendrement. Comme pour exorciser la situation, il annonça en se voulant ironique :

— Eh ben ! Elle a du talent la bougresse ! Dommage qu'elle soit *chtarbée* !

18
C'est un cauchemar

Trois années s'étaient écoulées depuis le drame de la gare Saint-Jean, durant lesquelles chacun, hormis Yola, avait repris le cours de sa vie. Au début de son hospitalisation, ses parents lui rendaient visite chaque semaine. Puis, peu à peu, désarmés par le comportement délirant de leur fille, ils avaient espacé leurs visites. En ne venant que tous les quinze jours, il leur semblait que son état s'améliorait, que sa folie s'atténuait. Mais ne voyaient-ils pas simplement ce à quoi ils voulaient croire de toutes leurs forces ?

Le médecin était encourageant. Il leur parlait des progrès que faisait Yola à l'occasion des séances de psychothérapie. Elle y tenait des propos plus censés, plus en adéquation avec la réalité. Elle n'évoquait plus sa relation avec Axel, comme si elle l'avait effacé de sa mémoire. C'était un bon début et la promesse d'une guérison. Mais sur ce plan, le professeur Sauveur restait assez prudent. Yola, si elle allait mieux, n'était pas à l'abri d'une rechute. Tout événement inhabituel pouvait la faire à nouveau sombrer dans ses chimères.

En ce début juin, le soleil rayonnait à l'extérieur, et le moral de Yola s'était mis au diapason du temps : beau fixe. Comme chaque semaine, le psychiatre la reçut dans son bureau pour son point hebdomadaire. La jeune fille était souriante, détendue. Depuis quelque temps, elle n'avait plus de sautes d'humeur, parlait avec douceur, s'intéressait à tout. En trois ans, Yola et le professeur avaient tissé une relation proche de ce qu'on pourrait qualifier, en d'autres circonstances, d'amicale. Ils échangeaient ensemble sur de nombreux sujets. Elle, évoquant sa passion pour l'Histoire, lui s'épanchant longuement sur la sienne : les armes à feu. Sujet assez insolite dans le contexte qui était le leur ! Ils devisaient souvent comme le feraient deux amis. Elle, avide d'apprendre, lui, fier de partager avec elle ses connaissances. Si bien que parfois, par le biais de ses pistolets de collection, leurs deux passions finissaient par se rejoindre, et ils pouvaient ainsi disserter longtemps sur certaines périodes de l'Histoire de France. Avec le temps, Yola arrivait presque à en oublier qu'elle était encore sa patiente. Son bureau n'était pas très grand, mais il comportait une vitrine contenant une collection impressionnante d'armes de différentes époques. Bien entendu le professeur lui avait répété à maintes reprises que ces dernières étaient inoffensives en l'état, car non dotées de leurs munitions. Certaines étant même neutralisées.

Un jour, alors que Yola pénétrait dans la pièce pour sa séance hebdomadaire, elle l'avait aperçu se saisir de la clé servant à ouvrir sa vitrine, rangée dans le dernier tiroir de son bureau. Et comme pour bien insister sur le fait que ces armes n'avaient qu'une vocation décorative, ce jour-là, il lui avait mis entre les mains un pistolet à silex datant du XVIIIe siècle à l'époque de Louis XV. Il en avait profité pour lui raconter comment il en avait fait l'acquisition des années plus tôt.

Après cet épisode, qui avait vivement marqué Yola, le praticien avait ensuite reposé l'arme dans la vitrine et replacé la clé à sa place, sous le regard subjugué de sa patiente. Pendant qu'il farfouillait dans ses documents, la jeune femme en profita pour jeter un œil panoramique dans son bureau.

— Yola, comment vous sentez-vous aujourd'hui? demanda le psychiatre en l'accueillant.

— Bien, merci, répondit-elle simplement.

Elle prit place sur son fauteuil habituel, lui s'installa face à elle, derrière son bureau. Il posait presque toujours les mêmes questions, auxquelles elle apportait chaque fois des réponses sensiblement identiques. Elle avait très vite compris ce qu'il attendait d'elle : montrer qu'elle n'avait plus d'hallucinations, qu'elle était à nouveau en phase avec la réalité, qu'elle était capable de se projeter dans l'avenir, sans tourments. Ses réponses, qu'elle voulait les plus honnêtes possible, lui procuraient un apaisement, la joie indicible de croire en ce qu'elle disait. Son âme semblait en paix.

Ce mardi 3 juin, le professeur devait lui exposer son projet : il consentait à l'autoriser à retourner chez ses parents passer quelques jours. Mais Yola semblait l'écouter d'une oreille distraite. Pourquoi? Parce que toute son attention avait soudain été accaparée par la *Une* du quotidien Sud-Ouest. Journal dont une partie dépassait de la sacoche du psychiatre. Elle ne pouvait détacher ses yeux du gros titre qui s'affichait en lettres capitales. Un frisson la parcourait alors qu'elle le relisait pour la troisième fois : *Premier mariage gay célébré à Bordeaux!* Il était accompagné d'une photo… Elle était un peu coupée dans la pliure, mais il ne faisait aucun doute, c'était bien eux… Les époux y apparaissaient, souriants, heureux. Axel était toujours aussi beau et Maxime avait perdu son côté chérubin. Leur bonheur éclaboussa Yola, des flashs resurgirent, ravivant la haine que le manteau brumeux de sa conscience avait étouffée depuis tant d'années. Elle ne put empêcher ses mains de trembler. Elle se sentit pâlir. Était-ce réellement possible ? Ce journal, ce gros titre, cette photo ainsi mise en évidence à son corps défendant, était-ce un nouveau test proposé par le psychiatre ? Un vulgaire montage destiné à la déstabiliser ?

— Yola ? Yola ? Vous m'écoutez ? Que vous arrive-t-il ? questionna le professeur en voyant la jeune femme tout à coup très pâle et les yeux dans le vague.

Elle se ressaisit aussitôt, se trémoussa sur son fauteuil en cachant ses mains qui ne cessaient de trembler entre ses genoux.

— Rien, professeur ! Tout… tout va bien ! Je… je suis étonnée que vous acceptiez de me laisser rentrer chez moi. Est-ce que c'est parce que c'est mon anniversaire, aujourd'hui ?

— C'est la première raison, en effet, mais c'est aussi parce que je pense que vous avez fait de gros progrès et que retourner un temps chez vous pourrait être bénéfique avant d'envisager une sortie définitive. Vous êtes d'accord ?

— Et comment ! Bien sûr ! s'exclama-t-elle.

— Parfait, je vais voir la secrétaire pour préparer les papiers. Voulez-vous que je prévienne vos parents pour qu'ils viennent vous chercher cet après-midi ?

— Non, ce ne sera pas utile, j'ai l'habitude de prendre le train pour Gujan, et puis… j'aimerais leur faire la surprise ! ajouta-t-elle tout sourire.

— Je les préviendrai tout de même de votre arrivée. Par sécurité, vous comprenez ? Vous m'attendez sagement, j'en ai pour quelques minutes, dit-il avant d'entendre Yola lui répondre, toute raisonnable :

— Oui, bien sûr professeur, vous êtes responsable de moi, il ne faudrait pas qu'il m'arrive quoi que ce soit alors que mes parents ne savent pas que je suis sortie.

Il se leva et se dirigea vers la porte.

— Attendez-moi ici, répéta-t-il, avant de quitter la pièce.

Une fois le psychiatre parti, Yola se leva d'un bond, ouvrit discrètement la porte du bureau pour mieux observer ce qui se tramait à l'extérieur. Le praticien avait interpellé sa secrétaire et semblait embarqué dans une discussion soutenue avec elle. À première vue, il ne s'agissait pas d'un piège. Un vulgaire hasard ? Se pouvait-il qu'il n'ait pas eu le temps de prendre connaissance du journal avant leur rendez-vous ? Rassurée, Yola referma la porte puis fit le tour du bureau et ouvrit le tiroir dans lequel le médecin dissimulait la clé de l'armoire vitrée où étaient exposés les pistolets. Ce qu'elle cherchait était bien là, caché sous une pile de chemises de couleurs différentes dans une boîte métallique servant à placer ses cartes de visite. En se mettant à quatre pattes pour mieux observer dans le tiroir, tout au fond, elle distingua une seconde clé scotchée contre la paroi. Elle se saisit de la première, puis avec un léger tremblement, ouvrit sans tarder la porte de la vitrine, s'empara aussitôt du Browning 6.35 qui, d'après les explications du professeur, conviendrait parfaitement à une femme. Léger, maniable, il devenait presque invisible lorsqu'on le tenait en main. Yola en eut un frisson d'excitation ! Sur l'étagère du bas, elle distingua un objet qu'elle n'avait jamais vu jusqu'alors : Un coffre-fort. Ni une ni deux, elle fit le rapprochement avec la seconde clé qu'elle venait de distinguer. Cela ne pouvait être que ça ! L'endroit où son psychiatre cachait les munitions. Il ne lui fallut pas plus de quelques secondes pour arracher la clé, et ouvrir le coffre pour en retirer six balles correspondant au calibre du pistolet.

Puis, avec une infinie douceur, elle referma la vitrine et méthodiquement reposa les clés à l'endroit où elle les avait découvertes. Elle dissimula l'arme dans la manche de sa veste et reprit sa place sur son fauteuil. Elle ferma les yeux, inspira profondément et attendit le retour du médecin, qui pénétra seulement quelques secondes après, un document officiel entre ses mains autorisant Yola à quitter provisoirement l'établissement de soins.

— Voilà Yola, tout est réglé ! Vous pourrez sortir après le repas de midi. Bien sûr pendant ces quatre jours que je vous accorde, je vous appellerai régulièrement pour savoir si tout se passe bien. Et vous-même n'hésitez pas à me téléphoner si vous avez le moindre problème. Nous sommes d'accord ?

— Oui, je vous remercie.

La jeune femme se dirigea vers la sortie sans se retourner lorsque le professeur Sauveur l'interpella :

— Yola !

Elle stoppa net, une vague de peur la submergea. Elle tenait la poignée de la porte, tétanisée, n'osant pas se retourner.

— Yola, insista-t-il, je vous fais confiance, je crois en vous, ne me décevez pas.

Rassurée, elle fit un demi-tour sur elle-même et lui offrit son plus beau sourire.

— Soyez tranquille, tout se passera bien. Je fêterai dignement mes vingt-quatre ans en famille !

Yola rejoignit sa chambre et cacha le revolver dans son sac à main et entreprit de faire sa valise… Le reste de la matinée s'écoula lentement. Assise face à la fenêtre, elle admirait le ciel d'un bleu limpide, les hauts sapins ballottés par la brise, les nuées d'oiseaux qui pépiaient gaiement. Malgré la quiétude de sa chambre, son esprit ne parvenait pas à trouver le repos. Les visages d'Axel et de Maxime célébrant leur mariage tournaient en boucle dans sa tête, et ce flot d'images nourrissait sa colère, sa rage et un sombre désir de vengeance.

Au repas du midi, qu'elle prit sans appétit, elle resta calme, souriante. Enfin l'heure du départ arriva. Elle salua les soignantes. Elle compta l'argent dont elle disposait, heureusement sa mère, toujours prévoyante, lui laissait à chacune de ses visites une dizaine d'euros pour s'acheter des revues ou des friandises. Yola ne dépensait rien, si bien qu'elle eut largement de quoi payer le tramway.

C'est le cœur comprimé comme dans un étau et le cerveau en ébullition qu'elle se dirigea vers la station à proximité de l'hôpital. Direction… le campus. Elle le savait, le temps lui était compté avant que le psychiatre ne se rende compte qu'il manquait une arme dans sa collection.

*

Axel et Maxime avaient réussi à consolider leur relation. Ils s'étaient parlé ouvertement, et avaient fini par se pardonner mutuellement. Ils s'étaient prouvé combien ils tenaient l'un à l'autre et Axel n'avait plus peur d'afficher son homosexualité en public.

Le samedi 31 mai, trois ans après le drame, ils s'étaient unis à la mairie de Bordeaux. Ce premier mariage homosexuel avait fait grand bruit dans les médias et ils avaient découvert avec fierté leur photo à la une du journal *Sud-Ouest*.

Axel était heureux, enfin épanoui. Cette triste affaire lui avait sans doute permis de se libérer. Même avec ses élèves, la relation avait changé, il était plus détendu, plus à l'écoute. Il avait mis en place des ateliers de discussions autour de grands événements historiques où chacun pouvait s'exprimer, s'interroger ou refaire le monde...

Après un merveilleux week-end de noces qu'ils avaient célébré entre amis, Axel avait repris le chemin de la faculté. En ce mardi après-midi du 3 juin, le soleil brillait déjà haut dans le ciel et la nature exultait de cette saison merveilleuse où la lumière du jour était la plus longue. Regroupés sur le parvis, les étudiants attendaient leur professeur. Axel entra, sourire aux lèvres, dans le grand amphithéâtre de la faculté d'Histoire.

Il fit son cours pour les élèves du cycle 3 comme à son habitude. Les étudiants qui autrefois avaient partagé le semestre avec Yola avaient poursuivi leur cursus universitaire, certains même avaient décroché un poste dans l'enseignement. Parmi eux, Johanna, l'amie de Yola. Axel l'avait croisée quelquefois sur le campus, elle poursuivait son cycle en doctorat. Ils s'étaient salués, de loin, sans jamais se parler. À quoi bon évoquer ce passé si douloureux ? Axel n'avait aucune nouvelle de Yola et ne souhaitait pas en prendre. Le choix d'oublier purement et simplement cet épisode malheureux s'était imposé à eux.

Lorsque son cours fut terminé, Axel rassembla ses affaires. Les étudiants avaient quitté les bancs de l'amphithéâtre, bruyamment, comme toujours. Du haut de l'estrade, il profita du silence et ses yeux bleus se posèrent sur chaque rangée déserte. Comme il aimait ce lieu ! Il s'y sentait à sa place, fier du travail qu'il accomplissait, jamais il ne s'était senti autant en phase avec lui-même.

Lorsqu'il descendit la marche pour se diriger vers la sortie, son regard fut happé par une présence, une ombre dissimulée dans l'encoignure de la porte.

Comme il faisait sombre, il ne put distinguer immédiatement de qui il s'agissait. Puis… la silhouette se dessina plus clairement. Les rayons du soleil généreux de juin l'enrobèrent d'un halo incandescent. Alors il la reconnut. Son sang se glaça. Sa main lâcha la sacoche qui tomba à terre dans un bruit sourd. Le temps fut suspendu. Était-ce un rêve, un cauchemar ? Non, c'était bien réel ! Elle était là, plantée devant lui, l'observant de son regard métallique. Il avala avec difficulté sa salive, sa bouche était sèche comme s'il venait de traverser un désert. Il finit par articuler un mot :

— Yola ?…

La jeune femme s'avança vers lui, lentement, un sourire sans âme dessiné sur ses lèvres pâles. Axel vit briller une arme au bout de sa main droite. Il n'eut pas le temps de réagir, car sans un mot, sans trembler, elle la pointa dans sa direction, le visa et tira. Un bruit de tonnerre emplit l'immensité de la pièce au moment où Axel s'écroulait lourdement au sol. Yola s'approcha de lui, l'arme serrée dans sa main, le doigt sur la détente, prête à tirer de nouveau. Elle l'observa longuement, penchée au-dessus de lui. Comme un vulgaire pantin, ses bras semblaient désarticulés, ses pupilles autrefois si bleues étaient désormais dilatées et sans éclat, sa respiration se faisait haletante. Sur sa chemise blanche, près du cœur, une tache d'un rouge écarlate se dessina peu à peu. Toujours souriante, Yola la regarda s'agrandir pour former… un œillet. Un œillet rouge vif. *Quel bel hommage à ma Reine sauvée*, pensa-t-elle.

Encore quelques minutes et Axel quitterait ce monde. Il tendit la main vers elle comme pour implorer son aide, mais Yola resta impassible. Avant qu'il ne ferme les yeux pour toujours, elle s'agenouilla. Penchée sur lui, elle murmura une seule phrase : « Je t'avais dit que tu étais à moi». Dans le silence froid de l'amphithéâtre, ses mots résonnèrent, s'immisçant dans toutes les cellules du corps tétanisé d'Axel en un frisson glacé au moment où il rendait son dernier souffle.

Dans la seconde qui suivit, Yola se redressa, son sourire avait disparu, des larmes coulèrent le long de ses joues. Elle posa l'arme contre sa tempe et tira.

Désormais, plus rien ni personne ne pourrait les séparer.

3e partie

Pour aller plus loin

19
La réalité historique

Le complot destiné à libérer Marie-Antoinette de sa prison ne put être exécuté. De fausses manœuvres, la peur, l'incompréhension et toujours le désir de tout maîtriser, entraînèrent Marie-Antoinette dans de graves erreurs. En voici le récit :

Le billet glissé autour de la tige de l'œillet jeté à ses pieds par le chevalier de Rougeville lors de sa courte visite lui annonce qu'il lui portera le vendredi suivant une somme de quatre cents louis, destinée, en sous-entendu à soudoyer le gendarme. Marie-Antoinette reprend alors espoir, pleine de courage et de confiance, elle se croit dans l'obligation de répondre, bien qu'on ne lui demande rien ! Sur un petit bout de papier qu'il lui reste, elle pique avec une aiguille les lettres de sa réponse. Elle confie le billet au gendarme Gilbert pour qu'il le remette à l'inconnu quand il reviendra, contre les quatre cents louis. Mais le gendarme hésite entre le gain et le couperet de la guillotine. Doit-il trahir la république en exécutant sa mission ou abuser de sa confiance en trahissant la malheureuse ? Il fait part de son dilemme à la femme du concierge, la puissante Madame Richard. La voilà elle aussi dans l'embarras. Finalement, elle ne dénonce pas Marie-Antoinette, mais, au lieu de se taire, elle confie à son tour le problème à Michonis, l'inspecteur principal. Ce dernier pâlit à cette nouvelle. Il récupère le billet suspect, ordonne à Madame Richard de se taire et espère ainsi réparer l'étourderie de la prisonnière. Si le bon Michonis étouffe l'affaire en ne rédigeant pas de rapport, le gendarme, quant à lui, préoccupé et inquiet, en fait un quelques jours plus tard, qu'il adresse aux commissaires de la Commune. Tous les protagonistes sont interrogés. Michonis finit par produire le papier qu'il a pris soin de percer davantage pour le rendre illisible. Marie-Antoinette nie les faits puis renonce et reconnaît avoir reçu un billet enroulé autour d'un œillet, mais sans jamais dévoiler le nom du visiteur. Toutefois, le Comité de salut public apprend bien vite qu'il s'agit de Rougeville. Poursuivi dans tout Paris, le chevalier réussit à s'échapper. L'administrateur Michonis est révoqué, il expiera sa faute sur l'échafaud. Madame Richard est remplacée par une dame Bault.

En voulant sauver la Reine, les amis de Marie-Antoinette n'ont fait que précipiter sa chute. Car autour d'elle les liens se resserrent. On la transfère dans une cellule plus sûre. Quoi de mieux que l'ancienne pharmacie que l'on munit de doubles portes en fer. L'unique fenêtre de sa prison qui donne sur la cour des femmes est murée jusqu'à mi-hauteur, empêchant ainsi toute visibilité sur l'extérieur. Deux gendarmes se relaient jour et nuit pour monter la garde. La voici désormais plongée dans une extrême solitude. Tout ce qui donnait encore un sens à sa vie de captive lui a été enlevé ; ses travaux d'aiguille, sa montre, son petit chien. Pour combler son ennui, elle demande des livres. Avec une préférence pour les récits d'aventures, de voyages excitants qui la tiendront en haleine, lui feront oublier le temps et les troubles du monde extérieur. Ces personnages imaginaires deviennent alors les seuls compagnons de son immense solitude.

Personne ne vient plus la voir. Dans le silence

de cette étroite pièce humide et sombre comme un tombeau, seul le tintement des cloches de la Sainte-Chapelle résonne. L'immobilité, le manque d'air et les hémorragies l'affaiblissent. Le brouillard humide de la Seine traverse les murs de sa cellule, le bois est mouillé, l'odeur qui s'en dégage est celle de la moisissure. Son linge se délabre, ses habits s'éliment. Le froid la transperce jusqu'aux os. Le silence est aussi glacial que les murs et l'appel de la mort ne l'effraie plus. Lorsqu'elle est conduite devant le tribunal, c'est avec les cheveux blancs et les yeux rougis qu'elle s'avance dans la lumière du jour dont elle n'a plus l'habitude.

Son procès débute le 13 octobre 1793 devant le tribunal révolutionnaire dirigé par l'ignoble accusateur public, Fouquier-Tinville. Au préalable, le 12, Marie-Antoinette est conduite dans l'ancienne Grand-Chambre du parlement, devenue siège du Tribunal révolutionnaire et portant désormais le nom de « salle de la liberté ». Là, elle est interrogée par le jeune magistrat Hermann qui fait office de juge d'instruction avant les débats publics. L'acte d'accusation est une catilinaire où le niais et l'absurde rivalisent avec l'atroce et le monstrueux. Pendant trois jours et trois nuits, l'auguste victime n'a pas un moment de repos. Celle qu'on appelle désormais la veuve Capet répond avec calme et dignité à toutes les questions. Une seule fois elle s'y refuse, lorsqu'on l'accuse d'avoir corrompu son fils. Sa voix s'élève alors, à l'attention de toutes les mères présentes dans l'auditoire :

« Si je n'ai pas répondu, c'est que la nature se refuse à répondre à une pareille inculpation faite à une mère. J'en appelle à toutes celles qui peuvent se trouver ici. »

L'accent douloureux et enflammé de cette femme

calomniée émeut l'auditoire. Toutes les citoyennes du peuple, ouvrières, poissardes, tricoteuses retiennent leur souffle, car dans cette accusation, c'est tout leur sexe qui est attaqué. Le président du tribunal se hâte de passer aux autres questions.

À l'issue des débats, le 16 octobre, Marie-Antoinette est condamnée à mort à l'unanimité ; elle reçoit la sentence à quatre heures du matin sans montrer aucun effroi. De retour dans sa cellule, à la lueur des deux chandelles qu'on lui accorde comme ultime faveur, Marie-Antoinette rédige une dernière lettre adressée à sa belle-sœur, Élisabeth, gardienne désormais de ses enfants. La tempête intérieure, déchaînée par l'idée de mourir, s'est calmée, laissant entrevoir aux yeux de cette femme grave et pathétique sa propre grandeur d'âme, sa profondeur, son humanité. Elle écrit dans un sentiment direct et un langage pur. En voici des extraits :

C'est à vous, ma sœur, que j'écris pour la dernière fois. Je viens d'être condamnée non pas à une mort honteuse, elle ne l'est que pour le criminel, mais à aller rejoindre votre frère. Comme lui innocente, j'espère montrer la même fermeté que lui dans ses derniers moments. Je suis calme comme on l'est quand la conscience ne reproche rien. J'ai un profond regret d'abandonner mes pauvres enfants ; vous savez que je n'existais que pour eux et vous, ma bonne et tendre sœur. Vous qui aviez par votre amitié, tout sacrifié pour être avec nous, dans quelle position je vous laisse ! J'ai appris, par le plaidoyer du procès, que ma fille était séparée de vous. Hélas ! La pauvre enfant, je n'ose pas lui écrire, elle ne recevrait pas ma lettre ; je ne sais même pas si celle-ci vous parviendra. Recevez pour eux deux ici ma bénédiction. J'espère qu'un jour, lorsqu'ils seront grands, ils pourront se réunir avec vous et jouir en entier de vos tendres soins. Qu'ils pensent tous deux à ce que je n'ai cessé de leur inspirer : que les principes et l'exécution exacte de ses devoirs sont la première base de la vie, que leur amitié et leur confiance mutuelle en feront le bonheur. Que ma fille sente qu'à l'âge qu'elle a, elle doit toujours aider son frère par les conseils que l'expérience qu'elle aura de plus que lui et son amitié pourront lui inspirer ; que mon fils, à son tour, rende à sa sœur tous les soins, les services que l'amitié peut inspirer ; qu'ils sentent enfin tous deux que dans quelque position qu'ils pourront se trouver, ils ne seront vraiment heureux que par leur union. Qu'ils prennent exemple en nous. Combien dans nos malheurs, notre amitié nous a donné de consolations ! Et dans le bonheur, on jouit doublement quand on peut le partager avec un ami, et où en trouver de plus tendre, de plus uni que dans sa famille ? Que mon fils n'oublie jamais les derniers mots de son père, que je lui répète expressément : qu'il ne cherche jamais à venger notre mort ! (…) Je meurs dans la religion catholique apostolique et romaine… Je demande sincèrement pardon à Dieu de toutes les fautes que j'ai pu commettre depuis que j'existe ; j'espère que dans sa bonté, il voudra bien recevoir mes derniers vœux, ainsi que ceux que je fais depuis longtemps pour qu'il veuille bien recevoir mon âme dans sa miséricorde et sa bonté (…) Je demande pardon à vous ma sœur (…) Je pardonne à tous mes ennemis le mal qu'ils m'ont fait (…) J'avais des amis, l'idée d'en être séparée pour jamais et leurs peines sont un des plus grands regrets que j'emporte en mourant. Qu'ils sachent du moins que jusqu'à mon dernier moment, j'ai pensé à eux (…) Adieu, ma bonne et tendre sœur (…) Pensez toujours à moi (…) Je vous embrasse de tout mon cœur ainsi que ces pauvres enfants. Mon Dieu, qu'il est déchirant de les quitter pour toujours !

Au matin de ce 16 octobre 1793, la jeune Rosalie, bouleversée, se glisse auprès d'elle et lui propose un bouillon qu'elle a du mal à boire. Comme on lui refuse d'aller au supplice avec sa robe noire de deuil, elle revêt une camisole de nuit blanche, sur deux jupons superposés, un noir et un blanc ; sur sa tête, un bonnet blanc serré par un ruban noir. Le bourreau, Henri Sanson, après la lecture de la sentence obligatoire, lui ôte sa bonnette, lui coupe les cheveux et lui attache les mains dans le dos. Elle prend place sur une charrette, simple plateau posé sur deux essieux sans ressorts et tirée par deux percherons. Entre les ridelles, elle s'assied sur un banc de bois au centre de la carriole, le dos opposé au sens de la marche. (Dans les usages médiévaux, en signe d'infamie, le condamné devait se rendre sur le lieu du supplice à reculons.)

Stephan Zweig, en voyant le croquis jeté à la hâte sur du papier par le peintre David, la décrit ainsi :

C'est une esquisse d'un grandiose effroyable, d'une puissance sinistre... Une vieille femme sans beauté, la bouche orgueilleusement fermée, comme pour proférer un cri intérieur, les yeux indifférents et étrangers, elle est là dans la charrette avec les mains liées dans le dos, aussi droite et fière que sur son trône. La haine même ne saurait nier sur cette feuille la noblesse avec laquelle Marie-Antoinette, par son attitude sublime, triomphe de l'opprobre de la charrette.

Dès sept heures, un impressionnant service d'ordre a été disposé le long du parcours que doit suivre le cortège, jusqu'à la place de la Révolution. On fait durer le trajet presque une heure et demie, sous les cris de « À bas l'Autrichienne ! Vive la République ! » et les insultes d'une populace en délire. Les yeux rougis, Marie-Antoinette tient bon, elle ne cesse de prier. Il est midi passé lorsque, face à une place noire de monde, elle descend de la charrette et monte les quelques marches de l'échafaud. Son pas est aussi léger que lorsqu'elle avait gravi les escaliers de marbre à Versailles. Son regard se porte au loin, peut-être vers les Tuileries. Son corps bascule sur la planche, le collier de bois enserre son cou, la corde est lâchée, le couteau tombe. Il est exactement midi et quart.

Sanson brandit sa tête ensanglantée et la montre à la populace qui crie : « Vive la République ! Vive la liberté ! » Puis, très vite, la foule se disperse. On emporte sur la charrette le corps de la suppliciée, la tête posée entre ses jambes au cimetière de la Madeleine. Sa dépouille fut déposée dans la fosse qui reçut celle de Louis XVI.

Le 10 mai 1794, ce sera au tour de Madame Élisabeth d'être guillotinée.

Restée seule, Marie-Thérèse-Charlotte s'installe dans une vie laborieuse et résignée. Elle a appris à balayer sa chambre, à faire sa toilette et à s'habiller seule. Elle tricote pour ne pas rester inoccupée. On l'informe que son frère, le petit Louis XVII, est très malade. Contre toute attente, Robespierre, à qui elle demande l'autorisation de se rendre au chevet du valétudinaire, la lui accorde. Elle ne le verra que rarement. Séquestrée, c'est dans une vie quasi monacale que la jeune princesse attendra son salut.

Lorsque le couperet tombe sur la tête de Robespierre, le 27 juillet 1794, les conditions de détention s'allègent autour des enfants prisonniers. La princesse reçoit des repas améliorés, du linge propre. Ses nouveaux geôliers, Lasne et Gomin sont plus cléments. Ils lui donnent régulièrement des nouvelles de l'évolution de la maladie de son frère qui peu à peu va devenir infirme. Pendant que Marie-Thérèse revit et prospère, son pauvre petit frère achève de succomber à sa maladie. Il rendra son dernier souffle le 8 juin de l'année suivante, dans les bras de Lasne.

Le 18 décembre 1795, Marie-Thérèse-Charlotte, dite Madame Royale est libérée et rendue à l'Autriche, en échange de prisonniers français. Après trois années passées auprès de son oncle autrichien, l'Empereur Ferdinand II, le 2 mai 1799, elle est rendue à son oncle, le comte de Provence qui se fait appeler Louis XVIII. Elle le rejoint à Mitau, dans les états de l'Empereur de Russie, Paul 1er qui leur accorde l'hospitalité.

À cette époque, Marie-Thérèse est une belle jeune fille de vingt ans, blonde, la peau bien blanche, des yeux d'un bleu très doux, aux proportions parfaites. Sa démarche et son maintien sont empreints d'une grande dignité. Elle a l'air impérieux de sa mère et la placidité de son père. En voyant son oncle, elle court, se jette à ses genoux en s'écriant : « Mon père, mon père ! Sire, mon oncle, excusez mon désarroi, je suis heureuse ! »

Le comte de Provence, très ému, la serre dans ses bras. Puis il lui présente son fiancé, Louis-Antoine, fils de son frère.

Marie-Thérèse avait le souvenir d'un bel enfant. Mais le Duc d'Angoulême n'avait pas répondu aux promesses de son enfance, sa croissance s'étant arrêtée très vite, il était petit, peu élégant et très timide. Ni physiquement ni intellectuellement, il ne comblera les aspirations d'une jeune princesse rêvant de trouver le bonheur auprès d'un brillant époux.

Madame Royale épouse le Duc d'Angoulême le 10 juin 1799 au château de Mitau. Dans ce vaste palais qui lui rappelle un peu Versailles, Marie-Thérèse retrouve l'étiquette de la cour de France et les habitudes de son enfance. Pour la première fois, elle se sent chez elle.

C'est une vie paisible et détendue qui attend le jeune couple en exil. Son sens du devoir fait d'elle une épouse fidèle et dévouée. Elle encourage son époux à reprendre du service actif en rejoignant l'armée de

Condé – armée contre-révolutionnaire faite d'émigrés français – le 5 août 1800.

Pour Marie-Thérèse et Louis XVIII, c'est à nouveau l'exil vers le Royaume de Prusse, puis retour à Mitau après la mort de Paul 1er, où son fils Alexandre, devenu Empereur, les accueille. De 1800 à 1807, ils vivront au rythme de l'écho des conquêtes du nouvel Empereur Bonaparte.

À l'été 1808, c'est l'Angleterre qui leur donne asile, le retour à la monarchie semblant compromis. La duchesse d'Angoulême passe alors son temps entre un vieillard et un mari déprimé. N'ayant pas d'enfant, elle trouve le réconfort dans la prière et ses occupations auprès des pauvres.

Lorsque la monarchie est restaurée en 1815, Marie-Thérèse retrouve sa terre natale, la France, avec bonheur. C'est une vie sans émois qui s'écoule pour le couple, malgré les dissensions et les rivalités politiques. Lorsque le Duc d'Angoulême, son époux, décède en 1844, Marie-Thérèse perd celui qui l'a ardemment aimée, son fidèle et loyal compagnon. Elle s'installe près de Vienne, seule. Elle s'éteindra le 19 octobre 1851 des suites d'une pneumonie.

Marie-Thérèse aura connu la douleur des grandes séparations, les affronts, les privations. Elle aura tout accepté et tout pardonné. Durant son existence, elle n'aura jamais manqué une seule messe célébrant l'anniversaire de la mort de ses parents. Réfugiée dans la contemplation, les promenades solitaires, elle aura accompli son destin en se dévouant aux plus humbles.

À des lieux de là, en Suède, le comte de Fersen pleure la mort de sa reine bien-aimée.

Le 26 octobre puis le 5 novembre 1793, voici ce qu'il écrit dans son journal :

Tous les jours j'y pense et tous les jours mon chagrin augmente. Tous les jours je sens davantage tout ce que j'ai perdu. Oh, combien je me reproche mes torts envers elle et combien je sais à présent que je l'aimais. Éléonore ne la remplacera pas dans mon cœur. Quelle douceur, quelle tendresse, quelle bonté, quels soins, quel cœur aimant, sensible et délicat…

Pendant dix-sept ans, il connaît une existence en dents de scie. Devenu un des plus hauts dignitaires de Suède, il voyage, fait de nouvelles connaissances, aime de nombreuses femmes. Mais le souvenir de Marie-Antoinette ne le quitte pas. Elle occupe une place à part dans son cœur jusqu'à hanter ses pensées.

Le 20 juin 1810 à Stockholm, accusé d'avoir empoisonné le nouveau roi, alors qu'il escorte le corps du prince dans la ville, il est pris dans une émeute. Il meurt lapidé et piétiné par la foule.

20
Mon point de vue sur l'Histoire

En réécrivant cette page de l'Histoire de France, j'ai souhaité pour Marie-Antoinette un destin moins tragique que celui qu'elle a connu. Considérée par de nombreux historiens comme *la* victime de la Révolution, celle qui endura toutes les humiliations, les privations, les souffrances physiques, n'était après tout qu'une femme. Une femme moderne, avant-gardiste, romantique à souhait.

Marie-Antoinette ne fut pas responsable de la Révolution inscrite de longue date dans le creuset historique, entre les institutions figées et la réelle évolution de la société. Mais sa légèreté, son appétit de vivre, son désir de liberté précipitèrent la chute de la monarchie.

Ne pourrait-on, pour sa défense, trouver des responsables à l'hostilité du peuple français envers elle ? Sa mère tout d'abord, l'Archiduchesse Marie-Thérèse d'Autriche, qui se servit d'elle à des fins politiques l'obligeant à ce lien indéfectible avec son pays natal. Louis XVI et ses ministres qui préférèrent la garder dans l'ignorance des affaires de l'État, l'encourageant vers des plaisirs futiles et sans risques.

Son seul défaut fut de ne pas avoir répondu à ce que l'on attendait d'elle : être une reine, l'épouse du Roi de France, la dépositaire des valeurs traditionnelles. Mais Marie-Antoinette était un roseau, qui plie, mais ne rompt pas. D'un caractère entier, révoltée, passionnée, elle refusa le modèle établi. Elle voulut exister par elle-même, hors du cadre familial. Elle voulut prendre part au pouvoir, domaine réservé aux hommes. En boudant les soirées *d'appartement* de Versailles pour les divertissements sans apprêt de Trianon, elle déclencha la colère de la noblesse de Cour. La bourgeoisie et le peuple lui reprochèrent de n'être pas restée dans le moule des traditions : être une bonne épouse, une femme au foyer docile et discrète. Rendre heureux son époux, éduquer ses enfants, répandre ses largesses de charité lui aurait sans doute évité la guillotine.

Mais l'Histoire était en marche contre vents et marées !

On peut se plaire à imaginer que, si le plan prévu par le chevalier de Rougeville et les partisans de Marie-Antoinette s'était déroulé comme convenu, le cours de l'Histoire en aurait été bouleversé.

Et sans le couperet de la guillotine, que resterait-il aujourd'hui de cette reine considérée comme frivole et scandaleuse ? Sa mémoire ne serait-elle pas tombée dans l'oubli ? Peut-être.

Toutefois, lorsqu'à Versailles, le visiteur se promène dans les petits appartements de Trianon, au Hameau, en faisant le tour du lac, entre le moulin et le Temple de l'Amour, ce ne sont pas les fantômes des rois et des reines du temps jadis qu'il entrevoit, non. S'il est attentif, c'est la silhouette aérienne de Marie-Antoinette, toute parée de mousseline blanche qui reprend possession des lieux, comme un éternel trait d'union entre le passé et le présent.

21
Yola et moi

J'ai débuté l'écriture de ce roman voilà cinq ans. Une longue maturation, des mois de lectures et de recherches pour être au plus près de la vérité historique.

Ma passion pour l'histoire de Marie-Antoinette, cette reine mal-aimée, mal connue m'a conduite à imaginer ce qu'avaient pu être ses pensées intimes lors de son incarcération. Je lui ai donné l'opportunité de dénouer l'écheveau de ses souvenirs, de se mettre à nu en racontant les moments importants de sa vie, des plus merveilleux aux plus tristes, des plus sublimes aux plus sombres. Réhabiliter le personnage historique aux yeux des lecteurs, ou le leur faire découvrir et peut-être aimer, est le but que je me suis donné en écrivant ce livre. C'est également parce que j'admire Marie-Antoinette, cette femme si impulsive, si naïve et si capricieuse, dont le caractère bien trempé, fidèle à ses origines, lui a fait commettre tant d'erreurs, que j'apprécie singulièrement aussi la femme rebelle, volontaire, moderne, qui désirait avant tout exister, être simplement libre.

Comme Héloïse et Abélard, Roméo et Juliette, Marie-Antoinette et Axel de Fersen vécurent un amour défendu, inconvenant qui ne fit que la rendre encore plus impopulaire. En lui permettant de s'évader et d'échapper à la guillotine, je lui ai offert l'opportunité de vivre son amour au grand jour, d'aller au bout de sa passion.

Mais dans son cœur de femme amoureuse et passionnée, se cachait celui, bien plus raisonnable et meurtri, d'une maman.

En sauvant la Reine rebelle, j'étais contrainte de précipiter la chute de celle qui fut mère. Son bonheur ne pouvait être que de courte durée. En offrant son âme à Dieu, elle aurait obtenu le pardon de son plus grand péché : l'abandon de ses enfants.

Ce qui fut pour moi comme une évidence, ne pouvait l'être pour mon héroïne Yola.

Yola la voulait heureuse jusqu'à la fin de ses jours auprès d'Axel. Peu lui importait ce qu'étaient devenus les enfants de Marie-Antoinette, seul son amour pour le comte, enfin révélé, sublimait sa propre relation avec le professeur Axel Farsen. Comme dans un miroir, Yola s'est identifiée à sa Reine. En la sauvant, en la rapprochant d'Axel, elle a voulu gagner elle aussi le cœur de *son* Axel…

Comme je ne suis que l'auteur, mon opinion s'est effacée pour laisser la place à celle de mon personnage. C'est Yola qui a écrit les pages sur Marie-Antoinette, c'est elle qui a reçu ses confidences, qui l'a menée jusqu'à la liberté. Pour plus de cohérence, je ne pouvais donc pas écrire à sa place le destin que j'aurais souhaité pour Marie-Antoinette.

Remerciements

Un grand merci à ceux qui m'accompagnent dans mon travail d'écriture depuis plusieurs années et entretiennent ma passion :

Mon mari Jean-Claude, fidèle lecteur et admirateur, critique orthographique aussi.

Mon amie Murielle qui sait si bien me corriger. Qui, avec sa sensibilité d'auteur, sait toucher du doigt les anomalies du roman, me pousse dans mes retranchements, me bouscule lorsque je reste trop timide avec les mots. Notre passion pour l'écriture nous a rapprochées depuis plusieurs années, j'aime la lire autant qu'elle aime me lire. Nous échangeons, progressant sans cesse dans nos styles et notre poésie.

Ma fille Aurélie qui m'aide à trouver les mots justes.

Josette, pour ses recherches historiques sur Sophie Dutilleul, le chevalier de Rougeville et les quartiers parisiens de l'époque.

Anita, ma relectrice, qui s'est passionnée pour ce thriller psychologique.

Mes lecteurs, sans qui je n'aurais pas continué à écrire, qui attendent patiemment depuis cinq ans, ce nouveau roman dont je leur ai tant parlé. Le voici enfin ! Je vous souhaite d'avoir autant d'émotions en le lisant que j'en ai eu en l'écrivant.

Bibliographie

– *La Reine scandaleuse*, Cécile Berly
– *Marie-Antoinette l'insoumise*, Simone Bertière
– *Mémoire sur la vie privée de Marie-Antoinette*, Madame Campan
– *Louis XVI Marie-Antoinette et Madame Élisabeth*, F. Feuillet De Conches
– *Le procès de Marie-Antoinette*, André Castelot
– *L'Érotomanie,* Gaëtan Gatian De Clérambault
– *Jeunesse et vie de Marie-Antoinette*, M. De Lescure
– *Correspondance secrète inédite sur Louis XVI et Marie-Antoinette*, M. De Lescure
– *L'agonie de la Royauté,* G. Lenôtre et A. Castelot
– *Marie-Antoinette,* Évelyne Lever
– *Marie-Antoinette*, Jean-Clément Martin et Cécile Berly
– *Histoire de Marie-Antoinette*, J-J-E Roy
– *Marie-Antoinette aux Tuileries,* Imbert De Saint-Amand
– *Marie-Antoinette images d'un destin*, Xavier Salmon
– *Fersen et Marie-Antoinette Correspondances*, Alma Söderjhelm
– *Le vrai visage de Madame Royale*, Madeleine Louise de S.
– *Marie-Antoinette*, Stephan Zweig
– *Les campagnes de 1793*, Wikipédia
– *Les espaces résidentiels de la noblesse à Bruxelle*s (XVIIIe - XXe siècle), Wikipédia.

Éditions Terres de l'Ouest

email : infos@terresdelouest-editions.fr
ISBN papier : 979-10-97150-93-8
ISBN numérique : 979-10-97150-96-9

Dépôt légal avril 2022
Achevé d'imprimer sur les presses de l'imprimerie
Présence Graphique en avril 2022